기억이 되지 못한 말들

지은이

김동현

제주에서 나고 자랐다. 국민대학교에서「로컬리티의 발견과 내부식민지로서의 '제주'」로 박사학위를 받았다. 제주4·3문학과 오키나와문학을 연구하고 있다. 저서로는『제주, 우리 안의 식민지』,『욕망의 섬 비통의 언어』,『김시종, 재일의 중력과 지평의 사상』(공저),『김석범×김시종-4·3항쟁과 평화적 통일독립운동』(공저),『냉전 아시아와 오키나와라는 물음』(공저),『전후 오키나와문학과 동아시아』(공저),『언어전쟁』(공저) 등이 있다. 제주의 진보적 예술운동 단체인 제주민예총 이사장으로 있으며 제주4·3예술운동과 제2공항 반대 투쟁 등에도 손을 보태고 있다. 제주의 시간을『제주작가』에 소설과 평론을 발표하며 보내고 있다.

기억이 되지 못한 말들

초판인쇄 2023년 5월 1일 **초판발행** 2023년 5월 20일

글쓴이 김동현 **펴낸이** 박성모 **펴낸곳** 소명출판 **출판등록** 제1998-000017호

주소 서울시 서초구 사임당로14길 15 서광빌딩 2층

전화 02-585-7840 **팩스** 02-585-7848

전자우편 somyungbooks@daum.net **홈페이지** www.somyong.co.kr

값 19,000원

ISBN 979-11-5905-776-2 03810

ⓒ 김동현, 2023

문학인 산문선—03

기억이 되지 못한
말들

김동현 지음

바람의 문장

섬에서는 바람을 피할 수 없다. 겨울 제주 바다에 서면 바람이 날 선 창을 겨눈 채 달려들곤 했다. 오랜 인연을 겨울 바닷속에 구겨놓던 그날도 바람은 어김없이 불었다.

섬에서 나고 자랐지만 늘 섬을 떠나고 싶었다. 10여 년 뭍살이 끝에 다시 섬으로 돌아오던 날들도 바람이 먼저 나를 맞았다. 어쩌면 버리고 싶었던 기억들이 휘몰아쳤는지 모른다.

운명이라는 손쉬운 점괘를 나는 믿고 싶지 않았다. 희망이 아니라 무너짐의 시간들이 나를 버티게 했다. 바람의 문장들은 무너지는 자의 운명이 아니라 무너짐의 태도를 말하고 있었다. 지나간 섬의 기억들 속에서 나는 자주 무너졌다.

수많은 죽음들을 읽고, 보고, 만지고 싶었다. 불가능한 꿈을 꾸면서 자주 발을 헛디뎠다. 때로 시간의 불가역성이라는 단단한 벽 앞에서 좌절했다. 제주의 시인 김경훈은 '까닭 없는 죽음은 없다'고 말한다. 죽음이 끝내 죽음인 이유는 그것이 이야기의 종언이기 때문이다. 더는 그들의 몸으로 쓸 수 없었던 이야기들. 나는 그 이야기들을 읽고 싶었다. '무고한 죽음'이 아니라 살아서 그들의 몸으로 써가야 했던 생생한 이야기들을 만나고 싶었다.

겨울 제주의 동백꽃은 살아생전 그들이 썼던 수많은 이야기들의 발화다. 겨울이면 잊지 않고 피어나는 그 작은 이야기들이야말로 기적이다. 기적은 기적으로 우리 앞에 오지 않는다. 지극한 평범의 얼굴로, 잊고 있었던 기억의 얼굴로, 오늘 다시 피어난다.

여기 쓰인, 오늘의 문장들이, 망각을 건지는 작은 그물이었으면 한다.

「기억이 되지 못한 '기억'들」, 「'사이'를 읽다」, 「'폭력' 이후를 상상하기 위해서」는 각각 「냉전의 지속과 지역의 상상력-제주와 오키나와문학을 중심으로」, 『한국언어문화』2020.8, 「편입의 욕망과 저항의 미학-오시로 다쓰히로의 「신의 섬」과 제주4·3소설을 중심으로」, 『한민족문화연구』2019.12, 「반공주의와 '개발'의 정치학-제주의 사례를 중심으로」, 『한민족문화연구』2019.3에 발표했던 글들이 바탕이 되었다. 미처 책에서 밝히지 못한 출전들은 위의 글들에 있다.

한때 아이였던 모든 이들에게

한 소년을 생각한다. 겨우 열두 살이었던 아이. 일찍 부모를 여의고 사랑보다 눈치를 먼저 배워버린 아이. 하늘 아래 몸 뉠 곳 하나 없었던 슬픈 얼굴의 아이. 친척 집에 맡겨져 월급 없는 점원으로 고된 노동을 이어갔던 아이. 장갑도 없이 차가운 겨울, 곱은 손으로 무거운 리어카를 끌었던 아이. 털장갑 하나가 세상에서 제일 부러웠던 아이.

갈라진 손등에서 피가 배어나는 그 아이를 만날 수 있다면 내 호주머니에 그 손을 넣어 녹여주고 싶다. 오래전 섬 땅에 살았던, 저마다의 사연으로 꽁꽁 얼어있었을, 그 아이와 닮은 모든 이들에게 내 어설픈 글들이 따뜻한 장갑이었으면 한다.

글을 묶으면서 많은 사람에게 신세를 졌다. 사진을 쓸 수 있도록 해준 제주교육청의 김영학 형, 제주투데이 김재훈 기자, 양용찬열사추모사업위원회 김평선 형, 그리고 무엇보다 성근 글들을 읽고 조언을 아끼지 않았던 박성모 사장님과 소명출판의 식구들에게 감사드린다.

차례

1
4·3이라는 중력

언제부터인가 마땅한 질문들은 잊혀졌다. 풍문과 사실이 뒤섞이고 연민의 문장들이 위로의 옷을 입고 거리를 활보했다. '지금—여기'에서 윤리를 묻는 일은 무망해졌다. 한때는 당연했던 질문들이 낡은 시대의 취중객담쯤으로 치부되었다. 영민하고 발 빠른 이들은 코스모폴리탄이 되었다. 공중 부양의 언어들만 난무한다.

그것은 땅으로 되돌아오는 도약이 아니라 끝내 대지를 떠나고 마는 비상이었다. 수직의 비상은 치명적인 매혹이었다. 얼마나 더 높게 날 수 있는지 견주는 일이 많아질수록 뿌리의 기억들은 잊혀갔다. 언어의 가지들이 하늘로 뻗어갈수록 한없이 가벼운 몸짓들만이 칭송의 대상이 되었다. 낭창낭창 가벼운 비상 앞에서 추락의 필연은 사라져도 좋을 물리物理였다.

운동이 사라진 시대일수록 추락이 필요하다. 높이 오른 것일수록 더 빠르게 대지로 곤두박질친다는 중력의 법칙. 그 당연한 물리를 상기하는 일은 우리 자신이 이 땅의 사물이라는 사실을 잊지 않도록 하는 힘이다. 땅은 한순간 거센 바람에 솟아오른 비상의 욕망을 땅으로 되돌아오게 하는 실존이다. 우리 모두 대지의 자식이라는 사실을 끊임없이 자각하게 만드는 실체다.

땅의 상상력은 추상의 허공으로 탈출하려는 우리를 끝내 붙잡는다. 그 땅에서라야 우리는 우리의 몸을, 몸에 새겨진 땅의 언어를 응시할 수 있기 때문이다. 외면의 자유가 아닌 대결의 구속. 그 마땅한 구속을 가능하게 만드는 힘이 바로 지역의 중력이다. 철학이 보편을 지향한다면 문학은 개별을 겨냥한다. 낱낱의 차이를 드러내고 확인하는 일. 그것이 문학의 길이라고 한다면 우리는 모두 이 땅과 관계하는 존재들이다. 우리가 딛고 서 있는 대지는 그 관계의 물리가 생생하게 펼쳐지는 현장이다.

그렇기에 지역은 삶의 지층이 켜켜이 쌓인 장소인 동시에 기억의 공유가 이뤄지는 삶의 공간이다. 내 몸으로 더듬을 수 있는 개별적인 장소이며 타인의 육체와 직접적으로 마주하는 마주침의 현장이다. 제주에서 글을 쓴다는 일은 '제주'라는 지역의 정체성과 '작가'라는 자의식, 이 두 개의 질문을 동시에 던져야 하는 일이다. 이것을 '자각'할 수 있게 만드는 것이 바로 지역의 중력이다. 한없이 가벼워지고 싶은 순간, 대지의 구속에서 벗어나고 싶은 욕망을 끝내 붙들게 만드는 힘. '제주4·3'은 가장 강력한 중력이다.

운동을 멈추는 순간 언어는 낡아지고 사유는 힘을 잃는

다. 비상의 언어가 주는 자유를 외면하고 기꺼이 대결의 구속을 감내하는 동안에만 문학은 '문학'일 수 있다. 지역이라는 구체성과 개별성으로 근대의 주름을 관통해가는 과정의 진실. 그것을 문학적 진실이라고 이름 붙일 수 있지 않을까.

4·3은 화인火印이다. 문신이다. 잊고 싶어도 잊을 수 없는 기억이고, 지우고 싶어도 지울 수 없는 숙명이다. 끊임없이 땅으로 곤두박질치게 만드는 중력이다. 추락이라는 마땅한 물리가 있기에 우리는 땅에 새겨진 피의 흔적을 바라볼 수 있었다. 바다 위에서 울부짖는 비명을 들을 수 있었다. 때로는 고통이었고 악몽이었다. 죽은 자들의 목소리가 살아있는 자의 몸을 가득 메우기도 했다. 죽은 자만 귀신이 아니었다. 살아 있는 자도 반은 귀신이었다. 외면하고 싶어도 뿌리칠 수 없는 혈연이었다.

그렇게 제주의 작가들은 어쩔 도리 없이 땅의 자식이 되었다. 대지의 애통을 기억하고 죽은 자들의 고통을 증언하는 심방이 되었다. 때로는 피 묻은 땅의 기억들을 반공과 개발이라는 이름으로 서둘러 덮으려는 자들과 맞서기도 했다. 땅의 기억들은 두터운 아스팔트를 뚫고 들꽃으로 피어났다. 그 생명의 환희 앞에서 맨손으로 아스팔트를 깨보자고 덤비기도 했다. 무모했지만 포기하지 않았다. 무슨 특별한 용기가 있었던 것도 아니었다. 그저 아이가 자라 어른이 되듯이 대지의 중력대로 살았을 뿐이다. 시로, 소설로, 그도 아니면 마당극으로 노래하고 춤추었을 뿐이다.

'씨팔저팔' 욕설 몇 마디 바다에 던질 때, 쓴 소주 한두 잔 안주도 없이 씹어 넘기기도 했다. 끊어버릴 수 없는 혈연의 문신을 지우고 싶어서, 파도에 몸을 던질 때도 있었다. 날카로운 칼을 서로에게 던지며, 피 흘리기도 했다. 어떤 이는 지긋지긋한 환멸을 제주해협에 구겨 던지며, 섬을 떠나기도 했다. 누군가는 훌쩍 하늘로 떠나기도 했고, 또 다른 누군가는 피 묻은 파도의 비명에 귀를 막기도 했다.

그래도 높이 오른 것들이 끝내 추락하는 물리를 어쩔 수 없었다. 그 '어쩔 수 없음'으로 살았다. '살암시믄 살아진다'고 했던 세월을 곱씹으며, 쓰고, 지우고, 다시 썼다. 제주에서 나고 자란 이들에게 '제주4·3'은 그래서 '문학'일 수밖에 없다. '제주4·3'은 떨쳐 버릴 수 없는 중력인 동시에 지금도 계속되는 삶의 물리이다.

4·3이 '문학'인 이유는 단순히 항쟁이냐 학살이냐 혹은 폭동이냐(물론 이 폭동론은 시효가 만료되었다)는 '기억투쟁'이 현재도 계속되고 있기 때문이 아니다.(제주4·3 평화기념관에 전시되어 있는 '백비'는 이를 시각적으로 보여준다. 어떤 문장도 새겨지지 않은 채 눕혀져 있는 '백비'는 4·3을 둘러싼 기억의 대결이 지금도 계속되고 있음을 상징한다. 70주년을 맞은 2018년 4월. 전야제가 열렸던 제주문예회관 앞마당에서 시민들의 손으로 백비를 일으켜 세우는 퍼포먼스를 했다. '4·3민중항쟁'이 뚜렷하게 쓰인 '백비' 앞에서 선 김석범 선생은 오랜 동료 김명식 시인을 붙들고 눈물을 쏟았다.) '제주4·3'을 '항쟁'이냐 '학살'이냐고 정의하는 것보다 더 근원적인 문제는 그것이 물리

김석범, 제주4·3 70주년 기념 특별강연 ⓒ김영학

제주4·3의 기억은 사라진 사람들, 잊힌 사람들의 이름을 호명하는 일이기도 했다.
사진은 2022년 제주 대정에서 열린 제주민예총 4·3해원상생굿 ⓒ김동현

의 대결이기 때문이다. 거칠게 말하자면 '제주4·3'은 이 땅의 물리와 미국의 물리가 대결하는 과정에서 발생한 폭력적 왜곡이었다.(현기영이 소설 「순이삼촌」을 쓴 이후 방성칠난, 이재수난을 다룬 『변방에 우짖는 새』, 해녀항쟁을 다룬 『바람타는 섬』을 연이어 창작한 이유는 '제주4·3'을 이데올로기적인 대립과 대결이 아니라 제주의 공동체를 지켜왔던 오래된 정신 ── 그것을 현기영은 『지상에 숟가락 하나』에서 "관권의 불의에 저항해온 제주섬 공동체의 신화"라고 이야기하고 있다 ── 에서 찾는 이유도 바로 여기에 있다.)

해방의 시공간에서 자주독립과 통일은 마땅한 물리였다. 미군의 점령 이후 벌어진 숱한 퇴행들은 말 그대로 반동反動이었다. 조선의 물리를 미국의 물리로 대치하려고 한 폭력적 반동. 제주4·3이 절멸의 공포였던 이유도 여기에 있다. 현기영이 말했듯이 '제주'는 "관권의 불의에 저항"해오면서 '우리'라는 공동체를 지속하여왔다. 미국과 이승만은 이 자명하고 마땅한 물리를 인정하지 않았다. 그것은 역행이었다. 하늘이 땅이 되고 땅이 하늘이 되는 반동이었다.

그것을 김석범은 "제주도가 빨갱이의 섬으로 날조되고, 반공국가 존립을 위해서는 제주도 전체를 희생해도 어쩔 수 없다는", "친일파 정권의 확립과 유지를 위한 대의명분"이라고 간파한 바 있다. 제주를 빨갱이의 섬으로 '날조'하고 이승만 친일파 정권의 유지를 위한 대의명분으로 삼는 일. 그 역행과 반동을 가능하게 만든 물리의 정체는 바로 미국이었다.

제주4·3이 항쟁인 이유도 여기에 있다. 역행과 반동을 용납하지 않기 위한 저항. 하늘이 하늘이 되고, 땅이 땅이 되는 지극한 물리의 세계를 되찾고자 하는 저항. 항쟁은 순리였고 질서였다. "도둑같이 온 해방"의 시공간을 조선의 물리로 충만하게 채우려 한 당연하면서도 필연적인 운동이었다.

운동의 대가는 혹독했고 반동의 시간은 오래되었다. '비국민'의 시간을 지나는 동안 침묵은 딱지처럼 굳어갔다. 4·3이 '문학'이 될수록 제주의 작가들도 '문학적' 삶을 살 수밖에 없었다. 제주4·3은 역사적 사실로만 존재하지 않았다. 4·3은 신체에 각인된 과거였다. 상처투성이의 기억이었다. 하지만 상처는 아물고 다시 새살은 돋아났다. 살아있는 몸의 순리처럼 침묵을 뚫고 피어오른 외침이 있었다. '제주4·3'은 땅의 기억을 잊지 않도록, 생생한 삶의 육체를 외면하지 않도록 하는 강력한 중력이었다.

제주4·3은 오랫동안 외로웠다. 제주4·3 진상규명운동사는 어쩌면 제주4·3을 대한민국의 역사에 기입하고자 한 인정투쟁이었는지도 모른다. '제주4·3은 대한민국의 역사입니다.' 70주년을 맞아 통용된 구호의 의미를 모르지 않는다. 하지만 이러한 구호는 제주4·3을 '대한민국'이라는 차원에서만 기억하게 만들 위험성을 지니고 있다. 국가에 의해서 안전하게 관리되고 승인되는 기억만이 전승될 우려가 있다.

제주4·3항쟁은 물리의 회복이자 반동에 대한 저항이었다. 4·3을 대한민국의 역사로만 기억하는 인정투쟁의 결과는 어떤 기억을 승인할 것인가라는 선택과 배제의 문제를 지닐 수밖에 없다. 2000년 제주4·3특별법 제정 이후 지역 사회에 폭넓게 번진 '희생담론'과 '화해와 상생'의 언어들은 이를 상징적으로 보여준다. 그런 인정의 욕망이 강해질수록 제주4·3의 기억은 박제화된다. 몸의 실체는 사라지고 한없이 가벼운 몸의 부피만 기억된다.

그래서 아직도, 우리는 4·3이라는 중력에서 자유로울 수 없다. 지금은 비상보다는 대지의 구속이 필요할 때다. 여전히 갈 길이 멀다. 끊임없이 우리를 추락하게 만드는 4·3의 물리 앞에서. 이제 다시 운동이다. 다시 '문학'이다.

2000년 1월 11일 김대중 대통령은 제주4·3특별법에 서명했다. ©제주4·3평화재단

2
그러나, 법은 아무것도 모른다

법의 이름만 남아

환호와 박수가 봄날 꽃처럼 지천이다. 희망과 기대는 벚꽃으로 만개滿開다. "이제야 봄이 됐다"는 함성이 귀를 울린다. 2021년 제주4·3특별법 개정안이 통과된 이후 관덕정 광장에서는 유족들과 정치인, 4·3 관련 단체들이 손을 잡고 만세를 불렀다. 그 환호성의 의미를 모르는 바 아니다. 개정안 통과가 쉽지 않았기 때문이다. 20대 국회에서 발의된 개정안은 정치적 공방만 거듭하다 자동 폐기되었다. 민주당은 법안 처리에 미온적인 국민의힘 때문이라고 했고 국민의힘은 배보상을 반대한 기획재정부와 행정안전부가 문제였다고 지적했다. 4년 전 총선에서도 여야 간 책임공방은 이어졌다. 21대 국회에서 다시 발의된 4·3특별법 개정안의 쟁점은 희생자에 대한 배보상 규정과 불법 군사재판의 무효화였다.

배보상 문제가 거론되기 시작한 것은 그것이 과거사 문제

해결을 위한 정의의 실현 과정이었기 때문이었다. 이미 노무현 대통령이 4·3 당시의 국가폭력에 대해서 사과를 했다. 2018년 4·3 70주년 추념식에서 문재인 대통령도 '국가폭력이 가한 폭력의 진상을 제대로 밝혀 희생된 분들의 억울함을 풀겠다'고 약속한 바 있다. 국가의 불법적 행위를 국가수반이 인정한 것이다. 보상이 아닌 배상이 이뤄져야 한다는 요구가 나오기 시작한 것도 바로 이 때문이었다. 4·3 당시 이뤄졌던 군사재판 역시 그 불법성이 충분히 입증된 바 있다. 제주4·3 생존 수형인이 청구한 재심에서 법원이 '공소 기각' 결정을 내리고, 행방불명 수형인에 대한 무죄 결정이 내려진 것도 이러한 사회적 인식의 반영이라고 할 수 있다.

2021년 3월 16일 제주4·3 수형인 335명이 제기한 재심 청구 공판에서 재판부는 무죄 선고를 내렸다. 군법회의에 회부되어 유죄 판결을 받았다는 사실이 있지만 재판이 있었다는 것을 확인할 수 있는 공소장, 공판기록, 판결문 등을 확인할 수 없다는 것이 재판부의 판단이었다. 형사소송법상 죄의 입증 책임이 검사에게 있다는 점을 거론하면서 재판부는 이들의 죄를 증명할 수 없기에 무죄를 선고한다고 판결했다.(무죄 선고의 근거가 된 법률은 형사소송법 제325조다. 제325조무죄의 판결 피고사건이 범죄로 되지 아니하거나 범죄사실의 증명이 없는 때에는 판결로써 무죄를 선고하여야 한다.)

선고 공판에서 재판부는 피고인들의 희생을 거론하면서 "지금까지 그들이 '과연 국가는 무엇을 위해 그리고 누구를 위

해 존재하는지?'를 몇 번을 곱씹었을지 우리는 알지 못한다"고
밝혔다.

335명 모두가 무죄를 선고받은 데다, 국가의 책임 문제를
거론한 재판부의 판결문 내용 역시 화제가 되었다. 언론은 이
날을 눈물과 환호로 얼룩진 재판이었다고 보도했다.「"구순 넘어 한 풀
었다" 제주4·3 생존수형인 무죄」, 『연합뉴스』, 2021.3.16 4·3특별법 개정안이 통과
된 이후 처음 수형인에 대한 무죄 선고가 내려진 재판이었던
만큼 언론의 관심도 컸다.

특별법 개정과 수형인에 대한 무죄 선고가 내려지면서
'새로운 봄'에 대한 지역의 기대는 그 어느 때보다 크다. 73주
년 추념식 캐치프레이즈 역시 '돔박꼿이 활짝 피엇수다'로 정
해진 것도 바로 이러한 기대감의 반영일 것이다. 제주4·3특별
법 제정과 21년 만의 개정, 그리고 이어진 사법부의 판단은 제
주4·3을 비롯한 과거사 문제 해결의 모범 사례로 받아들여지
고 있다.

하지만 지금 이 순간이야말로 제주4·3의 진실을 향해 던
지는 우리의 화살이 과녁을 향해 제대로 날아가고 있는지 물
어야 한다. 4·3특별법 개정으로 희생자에 대한 '위자료' 지급
의 근거가 마련되고 3월 16일의 선고 공판에서 수형인에 대한
무죄 선고가 내려졌지만 그것으로 충분한 것인가. 물론 이제부
터 새로운 시작이라고 말할 수 있다. 4·3 진상규명운동사의 지
난한 과정을 복기하면서 지금까지의 성과에 의미를 부여할 수
도 있다. 4·3특별법 개정안이 통과된 이후 열린 도민 보고대회

생존수형인 무죄 선고는 그 자체로 의미가 크다. 하지만 제주4·3이 '법-제도'의 내부에서만 논의될 수 있는 것인지 따져야 한다. 사진은 생존수형인 재심에서 공소기각 판결이 내려진 직후 기뻐하는 생존수형인들 ⓒ제주4·3평화재단

제주4·3평화공원 행방불명인 묘역 ©김동현

에서 '새로운 봄'을 말하는 것도 이러한 이유 때문이다.

그 모든 성취에도 불구하고 우리는 '4·3의 진실'이 '법-제도'의 내부로 수렴될 수 있는 것인지 따져야 한다. 아감벤이 지적했듯이 법은 정의의 실현이 아니라 사법적 절차에 지나지 않는다. 수형인에 대한 무죄 선고가 내려진 선고 공판에서 재판부가 국가 책임의 문제를 말했지만 군사재판의 불법성, 나아가 군사재판의 무효화를 언급하지는 않았다. 4·3특별법이 개정이 되었지만 2001년 헌법재판소가 결정한 '자유민주적 기본질서와 대한민국의 정체성에 심각한 훼손을 초래한 자들'로 규정된 존재들은 여전히 말해지지 않는다. '법-제도'에 기대어 말하는 제주4·3이 우리가 말하는 '4·3의 완전한 해결'로 이어지지 않는다는 것은 여전히 '법-외부'에 남아있는 존재들이 있기 때문이다. 진실을 규명하기 위한 노력이 '법-제도'의 내부만을 지향할 때 4·3은 '법-제도'로 축소되고 왜소화될 수밖에 없다. 4·3이 형해화된 조문으로만 남는다면 그것이야말로 '4·3의 실종'이라고 할 수 있다. 그렇게 법의 이름으로 남는 것이 우리가 바라는 '4·3의 진실'은 아닐 것이다.

먼저 심방의 죽음이 있었다

1947년 3·1절 발포사건의 희생자는 모두 6명이다. 그런데 흥미로운 것은 첫 희생자로 지목된 이가 심방이었다는 사실이다. 1989년 제주4·3연구소가 펴낸 증언집의 첫 시작은 '4·3 내력굿'이었다. 여기에서 증언자는 4·3 내력굿 이야기를 하면서 1947년 3·1절 발포사건 첫 희생자로 양모 씨를 지목하고 있다.

"맨 처음 죽은 이가 양○경이라고 중대굴오라 3동에 속한 마을 곱새로 지레 호꼬만헌 사름이라. 우리 무속허는 사람이주."

증언자는 희생자의 이름을 '양○경'이라고 기억하고 있으나 제주4·3 진상조사보고서에는 이름이 양무봉으로 나와 있다. 당시 희생자는 양 씨를 포함해 허두용15세, 김태진38세, 송덕수49세, 박재옥21세, 오문수34세 등 모두 6명이다. 이날 경찰의 강경진압이 3·10총파업으로 이어지고, 이듬해 4월 3월의 항쟁으로 이어졌다는 점을 생각해보면 3·1절 기념식의 첫 번째 희생자가 "무속하는 사람", 심방이었다는 사실은 우연치고는 기이하다.

제주4·3항쟁이 비극적인 대학살로 귀결될 수밖에 없었던 데는 많은 이유가 있다. 그중에 가장 중요한 것이 바로 미군정의 존재였다. 해방기 연구들이 지적하고 있는 것처럼 해방은 또 다른 점령의 시작이었다. 딘 러스크와 찰스 본스틸, 이 두 명의 미국 장교가 내셔널지오그래픽의 지도를 보면서 38선이라는 아이디어를 낸 이래로 한반도는 미소 냉전 체제 대결의 최전선이 되었다. 1945년 9월 한반도에 진주한 미군정의 책임자는 '뛰어난 야전 사령관'이었던 하지 중장이었다. 복잡한 한반도 문제를 이해하기 위한 '정무 감각'보다는 미국의 이익과 군사 전략을 중요시했던 하지는 조선에 대한 이해가 전무했다.

미국이 해방된 조선에서 폭넓은 지지를 받고 있었던 몽양 여운형 대신 이승만을 정치적 동반자로 선택한 이유도 이러한 맥락에서 이해할 수 있다.

1945년 12월 모스크바 삼상회의 결정을 둘러싼 좌우의 대립과 1946년 5월의 정판사 위폐 사건과 10월 대구 항쟁, 그리고 1948년 4월에 이르는 기간은 남한 지배를 위한 미군정의 전략이 실현되는 과정이었다. 제주4·3항쟁과 이후 벌어진 대학살의 문제에서 미국의 책임을 묻지 않을 수 없는 이유도 여기에 있다. 몽양 여운형의 주도로 만들어진 조선인민공화국의 등장에서 알 수 있듯이 해방이라는 역사적 시간은 일본 식민지 지배 이후 새로운 주권을 선언하기 위한 민중적 쟁투의 시작이었다. 해방 이후 수없이 만들어진 정당들과 각종 단체들의 등장을 '난립'이라고 말할 수도 있지만, 당대적 욕망의 발현이라는 관점에서 이해해야 한다.

해방기의 당대적 욕망은 '나라 만들기'였다. 그것은 35년간 조선을 지배한 '제국 일본'의 권력을 대신할 새로운 주권의 성립을 위한 열망이었다. 1945년 9월 9일 조선총독부 청사에서 일장기가 내려지고 성조기가 게양되는 순간을 전한 『매일신보』의 기사는 이를 상징적으로 보여준다. 기사는 "우리들의 자유와 의사를 압박하여 오던 제국주의 간판은 여지없이 땅에 떨어진 것"이라면서 "우리들은 하루빨리 저 깃대에 성조기 대신 우리들의 국기가 자유롭게 휘날릴 날이 실현되도록 힘을 합쳐야 할 것"이라고 전했다.

1948년 제주에 주둔하고 있었던 미군정 소속 기마경관.
1947년 3월 1일 발포사건도 기마경관의 집회 대응 과정에서 발생했다. ⓒ제주4·3 평화재단

「하강된 일본국기 9일 오후 4시 이후로 종언」, 『매일신보』, 1945.9.11.

일장기도 아니고, 성조기도 아닌 새로운 깃발에 대한 염원. 그것은 '나라 만들기'를 둘러싼 좌우의 대립이 깃발의 대결이었음을 보여준다. 이것은 태극기와 인공기의 대결이 아니었다. 대한민국과 조선민주주의인민공화국의 대립도 아니었다. '단선 단정 반대'라는 구호가 징후적으로 보여주듯, 그것은 조각난 깃발을 거부하는 함성이었다. 그 함성의 기원에 제주4·3 항쟁이 맞닿아 있다.

제주4·3은 제주라는 지역에 한정된 우연하고 비극적인 '사건'이 아니다. 그것은 해방이라는 시공간을 관통하는 결정적 순간이자, 주권자가 누구인지, 주권은 어떻게 행사되어야 하는지를 좌우하는 역사적 결정이었다. 벤야민의 견해를 빌려 말하자면 그것은 법의 이름을 선포하는 새로운 법의 창안이자, 발견의 순간이었다. 일장기와 성조기를 거부하고, "우리들의 국기"를 선택하려는 혁명의 시간이었다. 제주4·3이 문제적인 이유도 여기에 있다.

흔히 말하는 제주4·3 정신의 본질은 이러한 혁명성과 밀접한 관련이 있다. 한나 아렌트가 『혁명론』에서 혁명을 새로운 시작이라고 말한 것처럼, 제주4·3은 식민지 이후 조선의 땅에서, 조선인의 손으로, 조선인의 새로운 시작을 만들고자 한, 새로운 시작의 선언이었다.

1947년 3월 1일 심방의 죽음이 예사롭지 않은 이유도 여기에 있다. 혁명이 새로운 정치적 시작이 될 때 그것은 필연적으로 "법으로부터 해방된 절대권력"을 거부할 수밖에 없다. 그

날 관덕정 광장으로 향했던 민중들의 행렬은 일장기와 성조기가 부여한 법의 이름을 거부했다. 그것은 해방된 땅에서 인민의 이름으로 새로운 법을 선포하고자 하는 역동이었다. 조천중학원에서, 하귀중학원에서, 중문과 대정에서 수많은 사람들이 3·1절을 기념하기 위해 모였던 이유도 이 때문이었다. 영문도 모른 채, 거짓 선동의 꼬임에 빠진 군중의 이합집산이 아니었다.

그날 사람들을 향해 발사된 총알은 인민 주권을 인정하지 않겠다는 선언이었다. 심방의 가슴을 뚫은 총알은 제주의 함성을 인정하지 않겠다는 하나의 상징이자, '관권의 불의'를 용납하지 않았던 제주의 역사를 겨냥한 것이었다. 오랜 제주4·3 진상규명운동의 역사는 빼앗긴 국민주권을 복원하기 위한 것이었다. 그것은 김석범이 예리하게 지적하고 있듯이 '서울정권'을 인정하지 않겠다는 몸부림이었다. 김석범은 『화산도』에서 이방근의 입을 빌어 서청의 증오가 "서울정권의 주변 지역에 대한 차별에 의해 이용당하고 증폭되는 있는 것"이라고 지적하고 있다.

'반공국가 건설'은 인민 주권을 거부하기 위한 변명이 되었다. 대한민국과 조선민주주의인민공화국의 탄생은 '남북 협상'과 '통일 독립 정부 수립'이라는 당대적 욕망을 짓밟은 결과였다. 남북 모두에 의해 거부된 '통일'이 미국과 소련, 그리고 남북의 권력을 잡은 이들에 의해 정치적으로 폄훼되었음은 해방기의 역사가 잘 보여주고 있다. 분단 체제의 쌍생아가 지속되고 있는 상황에서 '단선 단정 반대'를 외치며 인민의 힘으로 새로운 나라를 만들고자 했던 정치적 상상이 용인될 리 만무하다.

제주4·3은 '사건'이 아니었다. 그것은 법의 선포와 법의 정립을 둘러싼 대결이었다. 이러한 대결의 국면을 현기영은 「마지막 테우리」에서 "법을 거스르고 해변에 맞서 일어난", "초원"으로 묘사한다.

그랬다. 그들이 있으므로 초원은 아직도 세월 밖에 존재하고 해변의 법으로부터 비켜난 곳이었다. 노인은 불현듯 격정에 사로잡혀 턱수염을 잡아당겼다. 사십오 년 전, 초원은 법을 거스르고 해변에 맞서 일어난 곳이었다. 오름마다 봉화가 오르고 투쟁이 있었다. 한밤중에 모닥불을 가운데 두고 노인과 마주 앉아 이야기를 듣던 총각은 그 대목에서 격정에 치받힌 듯 몸을 부르르 떨었다. "이보게, 안 그런가 말이여. 나라를 세우려면 통일정부를 세워야지, 단독정부가 웬 말인가." 단독정부 수립을 반대하여 섬백성들이 투표날 초원으로 올라와버렸고, 그래서 초원은 여기저기 때 아닌 우마시장이 선 것처럼 마소와 사람들이 어울려 흥청거리지 않았던가. 그러나 법을 쥔 자들의 보복은 실로 무자비했다.

초원이 "해변의 법으로부터 비켜난 곳"이 되어버렸다고 말하는 것은 초원에 '해변의 법'을 새겨 넣는 것이 아니라 '해변의 법'으로 말할 수 없는 '초원의 법', '초원의 질서'를 복원하는 것이 해방기의 과제였음을 보여준다. 이는 제주4·3을 이해하는 데 중요한 실마리를 제공한다.

제주는 오랜 시절 초원의 질서를 유지해왔다. 무속은 이러한 제주의 공동체를 지탱해온 중요한 요소였다. 침묵을 강요받았던 시절, 제주의 굿은 증언의 재현과 해원의 가능성을 수행해왔다. 그것은 무속의 힘으로 국가의 폭력에 저항하는 힘의 분출이었다. 가장 제주적인 방식으로 침묵을 거부하는 제주의 울음이었다. 김성례는 이를 "단순한 사건의 사실적 기억마저 금지된 상황에서 그 시국의 음울함과 억울한 정서를 말로 표명하는 '영게울림'은 분명히 반국가적 행위"였다고 말한다. 관덕정 광장에서 쓰러졌던 심방의 죽음이 예사롭지 않은 이유도 여기에 있다. '법-제도' 안에서 자신의 존재를 승인받으려는 인정 욕망이 아니라 제주의 힘으로, 새로운 질서를 만들고자 했던 법의 발견, 그 시작을 살펴보아야 하는 이유도 바로 이 때문이다.

태극기, 그리고 다시 지는 벚꽃

5·18을 다룬 영화를 볼 때마다 눈길이 가는 장면이 있다. 체육관 바닥을 가득 메운 수많은 관과 그 관을 둘러싼 태극기, 그리고 망연자실한 표정으로 둘러선 사람들의 표정. 영화 〈택시운전사〉와 〈화려한 휴가〉 모두 비슷한 장면이 등장한다. 태극기로 감싼 죽음들은 광주의 비극성과 전두환을 수괴로 한 반란군의 불법성을 시각적으로 보여준다. 김상봉은 광주의 시

민들이 "집요하게 태극기와 애국가를 수호하려 했다"면서 이를 "대한민국이라는 국가의 주권을 정당하게 표현하고 실현"하려는 것이었다고 평가한다. 폭력의 의미를 되물으면서 그는 광주 시민군들이야말로 정상 국가의 예외 상태에서 발현된 '순수한 주권 폭력'이었다고 말한다.

김상봉이 지적하고 있듯이 태극기가 감싸고 있는 죽음들은 1980년 광주의 성격을 정확히 보여준다. 반란군에 맞서 대한민국의 주권자로 분연히 일어난 의로운 항쟁. 광주는 반란군의 폭력에 저항한 80년의 외로운 섬이자, 정의의 실현 지대였다. 죽을 것을 알면서도 도청 잔류를 결정한 시민군들의 선택은 죽음으로서 예외적 폭력에 맞서고자 한 의로운 항쟁이었다. 하지만 제주4·3으로 시선을 옮겨오면 사정은 간단치 않다.

광주의 5월이 대한민국의 예외 지대를 인정하지 않겠다는 정의의 선택이었다면 제주의 사월은 해방 후 텅 비어 있는 국가—정체政體를 스스로 규정하려는 불꽃이었다. 광주는 반란군에 맞서 대한민국의 정상성을 회복하고자 했다. 제주의 선택은 광주가 지키고자 했던 '대한민국'이 과연 무엇인지, 그리고 국가의 정체를 누가 정해야 하는 것인지를 묻는 근원적 질문이었다. 이렇게 말하면 '대한민국과 조선민주주의인민공화국 중에서 도대체 무엇을 선택했어야 하는가'라고 되물을지 모른다. 하지만 이 질문은 사후적 결과를 원인으로 오인하는 것이다. 1946년 미군정이 실시한 여론조사결과는 '나라 만들기'라는 민족적 과제 앞에서 당대의 민중들이 어떤 선택지를 염두에 두고 있었는지를 잘 보여준다. 1946년 7월에 실시된 여론 조사 결과 85%가 정치 체제로 대의제도를, 70%가 경제 체제로 사회주의를 선택했다.관련 내용은 『동아일보』(1946.7.16)에 자세히 보도되었다 지금의 시각에서 보자면 대의민주주의와 사회주의라는 조합을 선뜻 이해하기 힘들 것이다. 하지만 이러한 선택은 당대 민중이 현재의 좌우의 개념과 다른 의미로 '사회주의'를 받아들이고 있음을 보여준다. 그것이 좌파적 입장을 옹호하든, 우파적 입장을 대변하는 것이든, 이는 당대 민중들의 정치적 지향이 무엇이었는지를 상징적으로 보여준다. 해방기 민중들이 정치적으로는 우파적 대의민주주의와 경제적으로 사회민주주의에 대한 열망을 지향하고 있음을 의미한다.

해방기의 당대적 욕망은 수많은 정치 참여의 행위로 표출되었다. 해방기 좌우의 대립을 혼란이라고 뭉뚱그려 말할 수 없는 이유도 여기에 있다. 어떤 나라를 만들 것인가. 그리고 어떻게 만들어가야 할 것인가. 봉건 전제 군주 국가였던 조선의 패망 이후 단 한 번도 민주주의 정치 체제를 실현해 보지 못했음에도 민주주의와 사회주의적 경제 체제를 선택했던 민중들의 열망을 어떻게 봐야 할 것인가. 그것은 대한민국과 다른 '대한민국', 조선민주주의인민공화국과는 다른 '공화국'을 꿈꾸었던 정치적 열망의 표현이었다. 광주의 주검을 감쌌던 태극기를 제주4·3의 주검에 적용할 수 없는 이유도 바로 여기에 있다.

'나라 만들기'는 결국 국가 정체政體의 선택과 맞닿아있다. '어떤 나라를 만들 것인가'라는 질문에 제주는 과연 무슨 답을 내놓으려고 했던 것일까. 『제주도인민들의 4·3 투쟁사』를 썼던 김민주는 제주 MBC와 한 인터뷰에서 그것을 '인민의 나라'라는 말로 표현했다. 오해하지 말자. 그가 말하는 인민이라는 개념은 지금 우리가 생각하는 '인민'이 아니다. 'People'의 적확한 번역어이자, '시민', 혹은 '국민'국민이라는 용어에 대해서는 재론할 필요가 있지만 여기에서는 그대로 쓰기로 한다이라는 뜻이다. '민주주의Democracy'가 'Demos인민'의 'Cracy지배'를 의미한다고 할 때 그가 말하는 '인민의 나라'는 민주주의적 정치체제를 실현하고자 하는 정치적 상상의 표현이다.

대의민주주의가 민주주의의 전부인 것처럼 생각되는 요즘에 비춰본다면 그들의 선택은 민주주의라는 제도를 창안하기 위한 실천적 폭력이었다. 이때의 폭력은 벤야민식으로 말하자면 새로운 법을 정립하고자 하는 노력인 동시에 텅 빈 해방의 시공간을 민주의 함성으로 채우고자 했던 혁명의 시작이었다. 그것은 프롤레타리아 혁명도 아니고, 부르주아 혁명도 아닌, 모호하지만 무거운 의무로 다가왔던 새로운 나라, 나라다운 나라를 만들고자 하는 진정한 시민적 혁명의 출발이었다.

광주를 한국 민주주의 운동의 절대 순수였다고 평가하는 김상봉도 광주의 시민들이 공산주의자가 아니라는 사실을 확인하려 했다고 말한다. 그리고 광주에서 가장 비극적인 사건이 5·18 초기 항쟁을 이끌었던 전춘심을 간첩으로 오인해 계엄군에게 넘겨버린 일이었다고 지적하고 있다. 공산주의자라는 오인을 벗기 위해 공산주의자로 의심되는 이를 고발하지 않으면 안 되었던 시민들의 행동을 무조건 비난할 수 있을 것인가. 반란군의 폭력성에 맞섰던 시민들 스스로 시험에 빠지고 만 것이 광주의 비극성이라고 한다면 이것을 어찌 시민들의 탓으로만 돌릴 수 있을 것인가. 하지만 이 장면에서 우리가 주목해야 할 것은 광주의 정신이 대한민국의 비정상성을 정상으로 만들고자 했던 순수한 열정이었음에도 그것이 대한민국이라는 체제 안에서 작동하는 정상성의 발현이라는 점이다.

정상국가 대한민국을 만들기 위해 반란군의 폭력과 맞서 싸웠던 광주가 한국의 민주화 운동의 정점에 서 있을 수 있는 이유도 그것이 대한민국이라는 '법-체제' 내부에 있었기 때문이다. 그것은 왜곡된 법을 바로잡으려는 시민적 저항이었다. 하지만 광주와 달리 제주에서는 정상성으로 되돌려야 하는 '법-체제'가 존재하지 않았다. 대한민국 단독정부는 수립되기 이전이었고, '제국-일본'의 권력은 미군정이 승계하였다. 새로운 법이 만들어지기 전이었고, 새롭게 만들어진 법은 제주를 배반했다. 해방기를 규명하는 작업이 어려운 이유도 여기에 있다. '법' 이전의 법과 '법' 이후의 법 사이, 제주의 사월은 바로 그 사이에서 여전히 법의 외부로 존재할 수밖에 없는 운명인지도 모른다.

제주의 사월은 증언될 수 없는 목소리, 보이지 않는 존재들을 바라보는 것에서부터 출발하였다. 침묵의 외부에 존재하는 사실들을 들여다보았던 수많은 작업들은 그것이 대한민국이 기억하지 않는 기억들을 만나는 일이었다. 국가는 기억하지 않지만 제주 사람들은 선명하게 기억하는 수많은 일들. 오랜 시간이 지난 뒤에야 수많은 죽음들을 말할 수 있었던 것도 바로 이러한 노력 때문이었다. 제주4·3을 기억투쟁이라고 부르는 이유가 여기에 있다. 기억투쟁은 국가와 지역 사이에서 존재하는 기억의 차이를 인식하는 일이었고, 국가의 언어에 지역의 언어로 말하는 응전이었다.

그렇다면 이제 우리는 다시 물어야 한다. 법으로 말해질 수 없는 것, 법으로도 말할 수 없는 사실들이 과연 사라졌는가. 사월, 어김없이 꽃은 피고 진다. 꽃의 만개는 낙화의 시작이다. 특별법 개정에 던지는 환호와 박수 소리는 어떤 낙화의 시작인 것인가. 죄가 없는 것인가, 아니면 죄가 아닌 것인가. 그리고 누가 죄를 규정하는가. 우리는 묻고 또 물어야 한다. 법이 알고 있는 것은 법뿐이다. 정의는 법을 초월한다. 법을 정초하고 집행하는 힘이 무엇인지, 법의 이름이 누구의 입에서 말해지고 있는지를 묻지 않고 정의를 말하는 것은 법의 함정에 갇히는 결과를 초래한다. 법이 알지 못하는 기억들, 법이 알 수 없는 사람들은 또 얼마나 있는 것일까. 오늘의 만세에 쉽게 동의하지 못하는 이유다.

3
1991년 5월의 기억들

1991년 그해, 제주

스물의 시간이 있었다. 이른 저녁 방파제에 서서 바다를 노려보았던 시선이 있었다. 하루를 버텨낸 태양이 수평선 너머로 침몰하던 순간도 있었다. 떠나고 싶었으나 떠나지 못했던 후회들이 푸른 철삿줄처럼 목을 조여 왔던 날들이었다. 삼발이가 차곡차곡 쌓인 방파제에서 여전히 섬에 있는 이유를 물었던 걸음이었다. 장정일은 "열다섯 살 하면", "삼중당 문고"가 떠오른다고 했지만 스물의 그해를 생각하면 숨 막히도록 답답했던 바다, 그 단호한 표정만 떠오른다. 섬에서 나고 자란 아이들에게 스무 살은 합법적으로 섬을 떠날 수 있는 기회였다. 기회를 놓쳐버린, 기회를 박탈당한 아이들에게 바다는 넘지 못할 단단한 벽이었다.

그해를 떠올릴 때면 섬을 떠나고 싶었지만 떠나지 못했던, 꾸부정한 스물의 뒷모습이 먼저 등장한다. 추락하는 노을의 배경으로 길게 늘어진 그림자에서는 지독한 비린내가 묻어 났다. 걷다가 지치면 가끔 고개를 들어 바다를 보았다. 잠시 제 주를 찾은 누군가는 그 바다를 향해 환호를 질렀겠지만, 나에 게 바다는 곪아 터진 오래된 상처였다. 심술궂은 사람이었고, 정면을 허락하지 않는 매정한 인연이었다. 저 바다를 건널 수 있을까, 저 바다를 넘을 수 있을까. 나는 거의 매일같이 방파제 를 걸으면서 바다를 노려보았다. 그럴 때마다 바다는 관광객들 의 기분 좋은 흥성거림과 서부두 횟집 거리의 호객 소리를 배 경으로 단호하게 팔짱을 낀 채 버티고 있었다.

　하지만 되돌아보면 바다를 노려보며 분이 덜 풀린 아이처 럼 투정을 부렸던 그 순간, 그날의 배경으로 포클레인과 굴착 기, 그리고 간혹 들렸던 정체를 알 수 없었던 저잣거리의 악다 구니가 있었을 것이다. 그해 여름 아직 공사가 덜 끝난 탑동에 서 흘려보냈던 취중의 시간들……, 만나고 헤어지고, 싸우고, 화해하고, 웃고, 또 울던 시간들. 그 시간의 사이마다 포클레인 의 소음과 거리의 아우성이 부록처럼 끼어 있었을 터였다. 그 해는 현기영이 「목마른 신들」에서 이야기했듯이 "섬 하늘엔 십 분 간격으로 핵미사일같이 생긴 비행기들이 요란한 폭음을 터 뜨리며 날아들고" 있었다.

　엊그제까지 파도로 일렁였던 바다에서 사람들은 저녁마 다 취해 소리쳤다. 제 몸을 잃어가는 밤바다에서 우리들은 새 우깡 하나를 안주로 삼아 폭음의 난장을 벌이기도 했다. 취중 의 순간 누군가는 소리 높여 투쟁가를 부르기도 했다. 노랫소리가 커져갔던 그 밤, 우리들은 서로의 얼굴에서 까닭 모를 불안과 한숨을 읽어갔다. 누군가에게는 개발이었지만 누군가에는 토착에 대한 위협이었던 그해, 탑동 매립 반대 운동이 한 차례 휩쓸고 간 뒤였고, 제주개발특별법 반대 운동이 한창이었던 때였다. "토착의 뿌리가 무참히 뽑혀 나가고 있다"던 그해, 우리들은 얼마간 뿌리를 잃은 나무들처럼 말라가고 있었다.

2사 3방 95번

1991년 5월, 나는 감옥에 있었다. 제주교도소 2사 3방 95번. 스무 살의 봄, 나는 이름 대신 번호로 불렸다.

1991년 4월 29일 제주대 인문대학 복도에는 강경대 열사의 죽음을 규탄하는 언어들로 들끓었다. 대학 1학년이었다. 죽음의 언어들은 낯설었다. 스물은 죽음보다 취중의 순간에 내지르는 위악의 비명들이 어울리는 나이였다. 어설픈 치기들은 쉽게 용서가 되었겠지만 죽음은 읽을수록 이해할 수 없는 낯선 문장이었다. 알 수 없어 슬펐고, 겪지 않아도 되는 일이어서 분했다. 그날 제주대학교 민주광장에는 슬픔과 분노들이 모여 구호를 외쳤다. 함성으로 이어진 물결들이었다. 살아남은 자들은 죽은 자들을 대신해 거리로 나아갔다. 1991년 4월 29일 저녁 제주시 광양 거리에는 화염병과 최루탄이 모두의 머리 위로 날아들었다. 그해 5월 뜨겁게 달아오른 싸움의 첫 시작이었다.

경찰서 사무실 철제 책상 밑에서 워커발로 짓이겨졌던 그 날 밤. 나는 무서웠다. 자백을 강요하는 욕설과 협박, 표나지 않을 정도로 이어지는 기술적인 폭행을 견디기에 스물의 몸은 나약했다. 아픔의 기억보다는 떨리는 손으로 자술서를 써갔던 비겁함이 부끄러웠다. 소식을 듣고 찾아온 어머니의 눈물이 철창 사이로 흘러들었다. 몇 번의 면회 끝에 나는 열네 명의 '잡범'들이 있었던 2사 3방으로 보내졌고 수인번호 95번이 되었다.

2사 3방의 방장은 30대 초반의 교통사고특례법 위반 혐의로 들어온 사람이었다. 술을 마셨고, 사람을 치었고, 합의금을 내지 못했다. 입소 첫날 95번의 자리는 '뻥기통' 옆이었다. '뻥기통' 옆자리는 출감할 때까지 그대로였다. 밤이면 뻥기통 옆에 '찌그러져 있던' 95번의 옆으로 수컷들의 달뜬 욕망이 내지른 휴지가 쌓였다. 아침이면 욕망의 쓰레기를 치우고, 식구통으로 들어오는 밥과 국을 배식하고, 설거지를 하고, '뻥기통'을 청소했다. 방안으로 배달된 신문을 읽었지만 5월의 싸움들은 검은색 잉크로 덧칠되어 있었다. '공범'들의 싸움은 '반입 금지' 1순위였다. 5월은 좁은 창살에 잠시 비치는 햇살만큼 간신히 접하는 풍문이었다.

아침저녁 점호가 익숙해지고, 큰 소리로 외치는 갱생의 구호도 입에 붙어갔다. 익숙해지는 하루가 무서웠다. 매일 밤 내지르는 수컷들의 냄새도 무감해졌다. 익숙해져서 슬펐고, 무감해서 외로웠다. 그 시간들 사이에서 기형도를 읽었다. 김남주 시인이 우유갑에 못으로 시를 쓰듯, '빈집'과 '우울한 가계'

를 읽으며 짧은 위로를 행간에 새겨놓았다.

하나, 둘, 셋…, 열넷 번호 끝. 군대에서처럼 큰 소리로 갱생을 외치는 아침 점호가 끝나면 마가린과 고추장에 밥을 비벼 먹었다. 누군가의 면회가 끝나면 빵과 우유를 나눠 먹었고, 배급 수건의 올을 풀고 실을 엮어서 마스크를 만들고, 플라스틱 칫솔을 갈아서 만능 칼로 써먹기도 했다. 밤이면 근무 중 이상 무를 외치는 경교대의 구호를 들으며 잠이 들었다.

침구를 개고, 모포를 털다가 가끔 창살 사이로 하늘을 바라보았다. 한낮의 태양도, 흐린 날 흘러가던 구름도, 잔뜩 비를 머금어 부풀어진 하늘도, 창살 사이로 잘게 쪼개진 풍경이었다. 세단기에 잘려져 알아볼 수 없는 문서들이었다. 오랫동안 읽지 않았으나, 오래도록 보고 싶었던 책들이었다. 지극히 개인적이고, 지독히 제한적인, '나'라는 몸에 새겨진 문신들이었다. 그러나 생각해보면 91년 5월을 살았던 사람들의 몸에는 얼마간 남들에게 보일 수 없는 그런 문신들이 하나쯤 있을지도 모른다.

그리하여,

1991년을 말하기 위해, 1991년 5월을 그리기 위해, 그 스물의 낯선 불안과 두려움을 다시 생각한다. 오래 묵혀두었던 고백처럼, 다시 기형도를 꺼내 읽으며 알약처럼 쏟아졌던 오월의 청춘들을 부른다. 강경대, 박승희, 김영균, 천세용, 김귀정, 그리고 제주의 양용찬. 죽어서 열사가 되었던 그들과 살아서 비겁했던 우리와, 분분했던 청춘의 낙화와 그리고, 또 그리고……,

이제는 사라져버린 스물의 시간들……. 눈물과 울분과 취중을 핑계로 내질렀던 고함들과 비겁하고 비겁해져서 살아남은 모두의 나날들을……. 남아있는 사람들의 눈으로 달려와 가슴에 박혀버린 오월의 불꽃들을…….

91년을 이해하기 위해

제주의 91년을 이야기하기 위해서는 제주의 87년을 이야기해야 한다. 1987년 6월 항쟁은 전국적인 규모로 진행되었지만 제주의 사정은 조금 달랐다. 제주에서는 6월 항쟁을 통합적으로 이끌 사회운동이 조직되어 있지 않았기 때문이었다. 6월 10~12일 산발적인 투쟁 이후 소강상태였던 투쟁은 6월 21일부터 본격적으로 시작되었다. 다른 지역에 비해 항쟁이 늦게 시작되었다고 해서 제주의 열기가 다른 지역보다 뒤처졌던 것은 아니었다. 그 당시 조직되었던 대학생 조직, 시민사회 진영 등이 항쟁에 참여했고 서귀포 시내에서도 1천여 명이 넘는 시민이 참여한 평화행진도 있었다. 『제주민주화운동사』는 당시 항쟁의 의미를 "학생운동의 기반도 없고 정치활동이 매우 미미한 서귀포에서 6월 민주항쟁이 전개됐다는 것은 한국의 최남단까지 '전국민적으로 항쟁'했다는 상징성을 갖는 것"이었다고 평가하고 있다. 지역운동사에 대한 평가를 감안한다면 제주에서의 6월 항쟁은 시민운동의 구심 조직이 없었음에도 대학생, 시민진 여기에는 기독교 단체들의 역할이 컸다이 참여하면서 시민적 역량을 키워 갔다고 볼 수 있다. 이는 8월 31일 민주헌법쟁취 국민운동 제주 본부제주국본의 창립으로 이어졌다.

제주국본의 상임공동대표에는 임문철 천주교 제주교구 신부, 고창훈 제주대 교수, 석준복 감리교 목사가 추대되었다. 이후 제주국본은 9월 26일 성산포에 동제주지부, 10월 17일 서 귀포지부, 10월 24일 대정에 서제주지부를 결성하게 된다. 그 런데 제주국본의 활동 중에서 눈여겨볼 대목이 기관지『제주 의 소리』발간이었다.(지금 제주의 인터넷 언론 『제주의 소리』의 제호 는 여기에서 빌렸다)

1987년 10월 12일 창간된『제주의 소리』는 '제주민족민주 운동협의회', '민주주의 민족통일 제주연합' 등으로 발간 주체 가 변경되면서 34호까지 발간되었다. 『제주의 소리』 기사 중에 서 눈에 띄는 것은 국가–자본 주도의 지역 개발에 대한 비판 이었다. 이것은 제주국본이 1987년 대선을 앞두고 공정선거감 시운동 등 민주화에 대한 노력 못지않게 탑동 불법매립 반대, 모슬포 송악산 군사기지 설치 반대 투쟁 등의 지역 운동을 적 극적으로 전개한 것과 연관이 있다. 그것은 "정부 주도의 일방 적인 관광개발로 인한 폐해"에 대한 자각이기도 하였다.

『제주의 소리』 창간호부터 「탑동 횟집단지 업주들, 시장 실 점거 농성–관과 개발업체간 결탁의혹」 등의 기사가 실려 있는데, 이는 당시 국가–자본 주도 개발에 대한 대항 담론장 의 역할을 수행했음을 보여준다. 새한병원 부당해고 등의 지역

노동 문제도 예외는 아니었다. 그중에서도 가장 비중이 높았던 것은 탑동 불법매립을 반대하는 기사들이었다. 「탑동 해녀들 생존권을 쟁취하다」6호, 「탑동 불법매립 제주시장 사표 수리」8호 「불법공사 중단하고 불법면허 취소하라」10호 등의 기사들은 탑동매립 반대 운동이 제주국본의 주요 관심이었음을 보여준다.

당시 개발에 대한 반대는 개발 자체에 대한 반대가 아니었다. 국가—자본 주도의 개발에 맞서 주민 주체의 개발을 요구하는 일종의 개발 주체를 둘러싼 대결이었다. 특히 송악산 군사기지 반대 투쟁은 지역 개발을 요구하는 주민들과 제주 군사화를 반대하는 시민운동 진영의 연대와 결별의 과정을 잘 보여주는 사례다. 간략하게 정리하자면 주민들이 송악산 군사기지를 반대하고 나선 것은 군사기지 건설을 위해 송악산 관광지구 지정고시가 철회된다는 뉴스가 보도되었기 때문이었다. 1985년 정부가 특정지역 제주도 종합개발계획을 수립하면서 송악산 일대는 관광지구로 개발될 것이라는 기대감이 높았다. 그런데 갑자기 군사기지 추진 소식이 알려지자 대정지역 주민들의 당혹감은 커졌다. 우여곡절 끝에 정부가 군사기지 계획을 철회했지만 만약 정부가 그 계획을 철회하지 않았다면 송악산 군사기지 반대 투쟁으로 연대했던 주민과 시민운동 진영의 대결은 불가피했다.

하지만 이러한 개발 반대 운동이 근대화 이데올로기에 대한 근본적인 반성은 아니었다. 박정희식 경제개발이 개발의 주체를 발견하면서 국민을 만들어갔다는 지적을 감안할 때 지역

민주쟁취국민운동본부가 펴낸 『제주의소리』

에서 일었던 대항 담론은 개발의 방향은 인정하면서도 개발의 주체가 누가 되어야 하느냐는 주체에 대한 논쟁이었다. 이른바 주민 주체 개발에 대한 문제제기를 했다는 점에서는 의미가 있지만 그것은 국가-자본 주도의 개발이 내재한 근원적 폭력성을 성찰하지 못한 한계가 있다.

87년 제주 항쟁에 담긴 분명한 한계를 기억한다면 91년 11월 양용찬 열사의 죽음은 대단히 상징적이다. 양용찬 열사는 죽음으로써 개발 담론의 본질을 향한 질문을 던졌다. '동양의 하와이보다 삶의 터전'으로서의 제주를 말하고 있는 양용찬의 외침을 지금 다시 바라봐야 하는 이유도 여기에 있다. 양용찬이 있어 91년 5월은 패배한 서사로 기억되지 않을 수 있다. 정원식 국무총리 서리가 밀가루와 계란을 뒤집어쓴 사진이 5월의 함성을 '버릇없는 애새끼'들의 철없는 투정으로 각인시켰다면, 제주의 11월 양용찬의 외침은 30년 전 오늘을 향해 던졌던 불꽃이었다.

다시, 1991년

1991년 제주는 강경대와 양용찬으로 들끓었다. 그해 4월 26일 명지대학생 강경대가 백골단의 쇠파이프에 맞아 사망하자 제주에서도 폭력경찰 규탄과 정권 처단을 위한 투쟁이 일어났다. 4월 29일부터 시작된 시민적 저항은 전국적인 분신 정국과 맞물리면서 5월 말까지 이어졌다. 제주도 예외는 아니었다. 4월 29일 시위에서 경찰의 과격 진압으로 제주대 고규형이 추락사고를 당하자 제민협, 전교조 제주지부, 제총협 등 제주지역 시민사회단체들은 경찰의 과격 진압에 항의하고 진상규명을 요구했다. 신민당 허경만 부총재 등이 제주를 찾아 조사활동을 벌이기도 했다. 5월 9일 제주 시위 인원은 1천여 명으로 불어났다. 제주대학 교수들의 시국선언도 이어졌다.

5월 10일 노태우 정권과 민자당이 국가보안법과 경찰법 수정안을 날치기 통과시킨 이후 정부의 대응 기조가 강경해지면서 제주경찰도 강경 기조로 전환했다. 5월 14일 예정되었던 집회는 경찰의 원천봉쇄로 무산되었다. 대학생들은 동문로터리와 시민회관 등에서 산발적인 시위를 이어갔다. 제주대학 교수들의 시국선언도 이어졌다. 5월 18일 광주항쟁 계승과 노태우 정권 퇴진을 요구하는 시위에서는 재야단체 인사와 대학생 등 18명이 연행되었다. 연행자들은 제주경찰이 보호소에서 가혹행위를 했다며 단식농성을 벌이기도 했다. 성균관대 김귀정이 시위 도중 경찰의 토끼몰이식 진압에 의해 사망한 5월 25일은 전국에서 17만 명이 참여했다.

하지만 5월이 지나고 6월이 되면서 시국은 급변했다. 정원식 총리 서리 폭행은 결정적이었다. 6월 3일 마지막 강의를 위해 외국어대를 찾은 정원식 총리 서리가 외대 학생들로부터 밀가루와 계란 세례를 받은 사진 한 장의 이미지는 강렬했다. 주요 신문들은 '정 총리 외대생들이 폭행'이라면서 1면 또는 사회면 머리기사로 보도했다. 조선, 중앙, 동아일보는 "집단 폭행", "린치", "난동"이라는 표현을 쓰며 학생들의 폭행을 의도적이고 계획적인 것이라고 강조했다. 당시 신문은 이 사태를 "반인륜적 행위", "짓밟힌 인륜"이라고 표현하면서 학생들을 '패륜아'로 몰아세웠다. 대학생들은 패륜 집단으로 매도되었고 판세를 바꾸려는 공안 세력의 시도는 집요했다. 김기설 유서 대필 사건은 사악한 권력의 먹잇감이 되었다. 그리고 91년 6월 이후 거리를 메웠던 수많은 함성들은 사라졌다. 마치 거짓말처럼.

하지만 91년 5월의 분노는 60년대부터 시작된 제주 개발에 대한 조직적인 저항으로 이어졌다. 그 개발 반대의 정점에 양용찬 열사의 죽음이 있다.

1991년 양용찬 열사가 스스로 죽음을 선택한 이유는 그가 남긴 유서에서 확인할 수 있다. "나는 우리의 살과 뼈를 갉아먹으며 노리개로 만드는 세계적 관광지, 제2의 하와이보다는 우리의 삶의 터전으로서 생활의 보금자리로서의 제주도를 원하기에 특별법 저지, 2차 종합개발계획 폐기를 외치며 또한 이를 추진하는 민자당 타도를 외치며 이 길을 간다."

제주도개발특별법 제정 반대 투쟁은 제주 운동사에서 최초의 범도민 운동으로 평가받는다. 제주 개발의 방향성을 결정하고 도민적 이익을 극대화하기 위한 주민운동이었다는 것이다. 이러한 기억의 이유는 청년 양용찬의 죽음 때문이기도 했다.

개발 반대 운동이 범도민적 운동이었다면 2002년 제주국제자유도시특별법, 2006년 제주특별자치도 설립 및 국제자유

나는 우리의 살과 뼈를 깎아먹으며 노래개로 맞드는
세계적 관광지 제2의 하와이 보다는 우리의 삶의 터전
으로써, 생활의 보금자리로써의 제주도를 원하기게
특별법 제거, 개발항개발 계획 퇴기를 외치며 또한 이른
주권하는 인구당 타5를 외치며 이길을 간다.

어머니. 아버지 그동안 제호5한번 못해드리고 걱정만
끼쳐드리다 가장 큰 불호를 하게 됩니다.
죄송합니다.

진정으로 사랑하고 항상 함께 있고픈 고향 친구들.
자녀들은 언제나 나를 이해해 주었고 따스하게
맞아 주었다. 고마웠다.
술 너무 마시지 말고 열심히 살아라.

란이 누나.
신세만 지다 이번 결혼식 때에 이는 도움이 되고
싶었는데 ....

스러하는 모든
떠오르는 모든 이들에게 신사하고 싶지만 끝이
없을 것 같아 이만 줄입니다.

양용찬 열사 유서 ©양용찬열사추모사업위원회

도시조성을 위한 특별법 제정의 흐름들은 과연 무엇이었는가. 그것은 종착역을 알 수 없는 욕망의 폭주였다. 그 욕망의 폭주는 과연 어디에서 비롯되었는가. 1968년 9월 『경향신문』에는 '동양의 하와이 꿈 부풀어 – 제주 개발 위해 미 실업단 대거 내한'이라는 기사가 실린다. '동양의 하와이'라는 담론은 제주 개발의 욕망이 무엇을 겨냥하는지를 상징적으로 보여준다. 1963년 제주도를 자유화 지역으로 개발하자는 구상이 발표된 이후 추진된 제주도종합개발계획은 위로부터의 개발과 개발 담론을 지역이 내면화하는 지난한 과정의 시작이 되었다. 4·3항쟁과 개발 반대의 한 축에는 반공개발주의가 있었다. 박정희식 개발에 대한 환호를 상징적으로 보여주는 것은 '물의 혁명', '길의 혁명'이라는 수사였다. 5·16 도로 개설과 제주 어승생 수원지 건설은 '혁명'이라는 이름으로 추앙되었다. 칭송의 언어는 온전히 박정희의 몫이어야 했다. 오랫동안 제주도 건설 공무원을 지낸 김중근은 『제주건설사』 말미에 「제주도와 박정희 대통령 1961~1978년」을 정리하면서 박정희 대통령 재임 시 모두 25차례나 제주를 방문했다는 사실을 밝히고 있다. 그 방문의 계기를 그는 도로포장, 어승생 수원지 개발 등을 진두 진휘한 개발의 야전사령관으로서의 모습으로 기억한다. 박정희식 반공개발주의가 지금의 제주를 만들었다는 '신화'는 반박불가의 사실처럼 여겨지고 있다.『경향신문』, 1968.9.14

1962년 시작된 제주도종합개발계획은 단순한 개발계획이 아니었다. 그것은 "낙토 건설"을 위해 반드시 달성해야 할 지

양용찬 열사(1966~1991)

상명령이었다. 신념이었고 종교였다. 그것을 잘 보여주는 것이 한라산 국립공원화를 앞두고 논의되었던 케이블카 건설 계획이었다. 1962년 『제주신보』는 한라산 케이블카 설치 계획을 다음과 같은 어조로 전하고 있다. "한라산에 케이블카가 가설된다면 어느 절경지에도 손색이 없을 것이라는 것은 오랜 도민의 전설과 같은 이야기였던 것이 이제 그 꿈의 하나가 현실로서 차차 익어가고 있는 것이다."1962.9.5

'낙토'에 대한 희망과 '동양의 하와이'에 대한 기대감은 제주도개발특별법을 거쳐 국제자유도시 건설로 이어졌다. 90년대에도 '동양의 하와이'에 대한 기대감은 여전했다. 62년 자유화 구상은 1999년 제주 국제자유도시 추진으로 가시화되었다. 그리고 오늘, 우리는 그 자유와 국제화의 결과가 무엇인지를 바라보고 있다.

양용찬은 그 욕망의 폭주가 초래할 결과를 온몸으로 보여줬다. 그는 1991년 제주도개발특별법이 초래할 결과를 예견했다. 오늘 우리가 끝내 읽어야 하는 마지막 텍스트가 있다면 그것은 바로 양용찬이다.

4

사라진 장소들의 비명

상실의 비명

여기 하나의 풍경이 있다. 그곳에서는 해가 뜨면 바다가 먼저 일어났고 달이 뜨면 하루가 어둠으로 번져갔다. 용암처럼 뜨거웠던 바위가 파도를 만나 식어갔던 시간들도 있었다. 땅이 있어 엎드려 오늘의 양식을 구했다. 바다가 있어 자맥질하며 내일을 건져 올릴 수 있었다. 어제와 오늘의 시간들은 바람에 실려 파도가 되었다. 하루의 땀이 내일의 양식으로 익어갔다. 파도가 끝내 닿은 곳이 땅이었고 땅이 차마 가지 못한 곳이 바다였다. 노을을 배경으로 저물어가는 풍경은 시간으로 익어갔다. 그곳에서 우리들은 저마다의 사연으로 삶의 돌담을 쌓아갔다.

그러나 이제는 엎드려 땀 흘릴 땅도, 자맥질하며 건져 올릴 바다도 사라지고 있다. 파헤쳐진 땅에는 빌딩들이, 숨비 소리가 사라진 자리에는 독한 배설의 악취만 가득하다. 비행기는 꼬리를 물고 섬 땅을 점령하듯 들이닥치고, 관광객들은 매끈한 유리창 안에서 섬을 즐기고 있다.

먹고, 자고, 내지르는 환호성이 이 땅에 새겨진 시간을 생각할 리 만무하다. 생각이 사라진 자리마다 폐허다. 어제만 하더라도 단단하게 뿌리박고 있었던 기억들은 사라졌다.

당신이 저물녘 바라본 노을이 유난히 붉었다면…;

그것은 사라져버린 기억들이 비명을 지르며 침몰하기 때문이리라.

베릿내, 흘캐, 몰래물, 당동산, 구럼비. 입에서 맴돌고 기억으로 지켜가던 이름들은 지워졌다. 이름이 지워지자 장소가 사라졌고 기억도 사라졌다. 살아서 빛나던 것들이 사라진 자리마다, 상처다. 제주 땅 곳곳 상실의 비명이 처연하다.

제주는 식민지다

장소의 실종은 한 지역만의 문제가 아니다. 그것은 지역을 초월한 문제이며 세계가 오래전부터 직면해온 현상이기도 하다. 15세기 이후부터 시작된 유럽 제국주의 팽창은 문명이라는 이름으로 근대성을 식민지에 이식했다. 이른바 '신세계의 발견'으로 명명된 제국 지리의 확장은 타자화된 식민지를 '발명'해 가는 과정이기도 했다. 스페인과 포르투갈의 남아메리카 '정복'은 지구적 근대화의 출발이었다. 그것은 타자를 '발견'하는 것이 아니라 타자를 '발명'함으로써 타자를 '은폐'하는 폭력적 호명이었다.

폭력은 오래도록 계속되었다. 노골적인 폭력의 시대가 지나자 폭력은 폭력(성)을 스스로 은폐하고 때로는 심미적 가치로 위장했다. 정치적, 경제적인 억압의 자리를 세련된 수사가 대신했다. '제국의 종언'이 아니라 '제국의 변주'가 들려주는 교향악은 피하기 힘든 매혹이었다. 문명이라는 이름과 발전과 성장이라는 구호는, 자발적 복종을 기꺼이 감수하게 만드는 유혹이었다. 제국의 지식장 안에서 근대는 칭송의 대상이었다. 혼돈과 낯섦으로 충만했던 땅들은 매끈한 근대의 대지로 뒤덮여버렸다. 근대라는 '상상' 앞에서 지역의 시간들은 버려져야 하는 낡은 유습遺習이었다. 그것은 프란츠 파농이 말한 것처럼 스스로 자유롭다고 생각하면서 기꺼이 예속을 마다하지 않는 '정신적 예속'이었다.

어쩌면 신자유주의 세계화는 그 모든 시간이 끝내 도달한 궁극의 예속일 것이다. '궁극의 예속'을 벗어나기 위해서는 근대(성) 자체를 회의해야 한다. 악무한의 현재를 벗어나기 위해 대안적 세계화를 말하면서 근대 자본주의 이데올로기에 식민성이 내재되어 있음을 지적하는 이유도 바로 이 때문이다. 근대(성)에 대한 신념은 무한한 사회 발전을 전제로 하고 있으며 이러한 성장주의적 팽창은 필연적으로 주변의 식민화를 수반한다.

에드워드 사이드는 『문화와 제국주의』에서 19세기 유럽 문화에 은폐되어 있는 제국주의의 억압을 다양한 사례를 통해 밝히고 있다. 그는 제국의 본질을 지리적 영토에 대한 지배로 규정하면서 '제국주의의 종언' 이후에도 여전히 영향력을 발휘하고 있는 억압과 팽창의 이데올로기를 읽어내야 한다고 말한다. 제국의 편견과 피식민자들의 자발적 순종의 과정을 꼼꼼히 분석하고 있는 그의 주된 관심은 '문화적 양식'에 은폐된 정치의 민낯이었다. 신자유주의적 질서 역시 장소의 식민화, 달리 말하자면 장소성을 제국주의적 시선으로 전유한 과정이었다.

따라서 식민화를 시각적으로 보여주는 지리적 공간의 재편성은 역설적으로 탈식민적 사유의 출발이다. 신자유주의적 지식의 장에서 로컬은 이해할 수 없는 공간이 되어서는 안 되었다. 해석 가능하고, 재현 가능하며 매끈한, 자본의 공간이 되어야만 했다. 울퉁불퉁하고 거칠고, 낯선 장소들은 해체되었고 새롭게 재구성되었다. 그것은 자본주의적 공간의 세련된 이식이었고 위장된 지배 전략이었다. 프란츠 파농이 제국주의 통치 전략을 거론하면서 "식민지 민중에게 가장 구체적인 가치는 대지"라고 말한 이유도 이러한 식민화의 본질을 꿰뚫어 보았기 때문이다. 식민화는 국가와 국가, 민족과 타민족 사이에서만 작동되는 것이 아니었다. 성장주의를 우선한 국가-자본의 결탁은 그 자체로 중심의 질서를 폭력적으로 이식하는 과정이었다.

눈을 제주로 돌려보면 이해가 훨씬 쉽다. 1960년대 이후 시작된 제주 개발은 반공국가의 자본주의적 기획이었다. '낙토 건설'과 '복지제주'가 개발의 명분이었다. '하와이'와 '버뮤다섬'은 관광 제주의 롤 모델이었다. '제2의 하와이'라는 용어는 60

년대 이후부터 오랫동안 근대적 발전을 옹호하는 징후적 기표였다. 5·16쿠데타 직후 제주도지사로 임명된 김영관은 '관광제주 개발'의 필요성을 다음과 같이 밝힌 바 있다.

제주도와 많이 닮았다고 알려진 '하와이'는 오늘날 연간 30만 명 이상의 관광객을 유치하여 1억 불 이상의 관광 불弗을 얻고 있지만 현재의 7천 500여 개의 객실이 부족하여 앞으로 1만 개의 객실을 더 증축하고 1970년도에는 4억 불 이상의 관광 불을 목표로 하는 관광개발계획을 추진 중에 있다고 한다. 또 면적 54만 제곱미터에 인구 3만 6천밖에 되지 않는 '버뮤다'도는 상류 하천도 없고 지하수도 없는 조그만 산호도이지만 연간 14만여의 관광객이 쇄도하여 3천여 불의 관광 불을 얻고 있다고 한다.

5·16 이후 제주도는 급 기타及其他 장래를 촉망받는 섬으로 전 국민의 시청視聽에 압도되고 있다. 지난 13년 동안 구 정부로부터 서자의 버림을 받았다고 생각되는 도민들의 안전에서 지금 혁명정부의 과감한 손이 그동안 파묻혀 있던 숱한 비밀을 발굴해 가고 있다. 실로 지금 제주도민들은 일찍이 없던 열망의 눈초리를 혁명정부의 과업에 모으고 있으며 그들 자신이 오랜 꿈의 실현을 위하여 '낙토제주' 개발의 대명제 앞에 손발을 걸고 나서고 있는 것이다.

『제주도』 4호, 1962

개발 모델로 하와이와 버뮤다섬을 제시하고 있고, 이승만 정부 시절 "서자의 버림"을 받았다고 말하는 이 대목은 이후 제주 개발 담론의 성격을 규정하고 있다. 제주 개발은 1963년 제주도를 자유 지역으로 설정하자는 구상이 제기되고 이후 제주 종합개발계획이 수립되면서 본격적으로 추진되었다. '길의 혁명', '물의 혁명'은 5·16도로 개설과 어승생 수원지 건설의 성과를 말할 때 자주 등장하는 수사. 하지만 이러한 '혁명'이라는 단어가 '5·16혁명'에서 기원했음은 간과하기 쉽다. 쿠데타로 집권한 군부가 자신의 정당성을 경제개발에서 찾으려 했다는 점은 이제 정설이 되었다. 박정희식 개발독재는 로스토의 제3세계 근대화론을 군부가 적극적으로 수용하면서 추진되었다.

4·3과 한국전쟁을 거치면서 절멸에 가까운 대학살을 경험한 제주 도민들에게 '재건'은 생존의 과제이기도 했다. 근대화에 대한 내부적 열망과 국가 주도의 기획은 때로는 공명하고 때로는 불협화음으로 표출되기도 했다. 박정희식 개발의 성공적 사례로 인식되고 있는 5·16도로와 어승생 수원지는 '국토건설단'의 강제 노역이 있었기에 가능했다. 제주 개발 초창기부터 건설 관련 부서에 근무했던 김중근이 펴낸 『제주건설사―도로·교량·교통』에는 부록으로 「제주도와 박정희 대통령―1961~1978년」이 실려 있다. 재임 기간 박정희가 25차례나 제주를 방문했고 제주 개발과 관련한 지시를 정리한 이 부록이 말해주는 것처럼 박정희는 제주 개발의 '창안자'이자 '설계자'로 인식되곤 한다. 하지만 일주도로 개설 과정에서 주민들이 자발적으로 동원되었다는 사실을 여러 차례 거론하고 있다.

(김중근은 1970년 일주도로 개설 과정을 설명하면서 다음과 같이 말한다. "주민들은 우회도로 포장공사는 우리 도민들이 해야 할 일이라고 생각하고 여름철 무더위 속에서도 적극적으로 참여하여 골재를 수집하고 우마차와 리어카, 자동차 등을 총동원하여 공사현장까지 운반하는 일을 책임졌다. 당시 나이가 연로한 노인들은 물론이지만 등에 아기를 업고 골재 운반에 나온 부녀자들도 있을 정도로 주민들의 노력은 눈물겨울 정도였다. 더구나 도로포장 공법은 전근대적인 방법이어서 시공과정이 모두가 순전히 인력에 의해 이뤄졌다. 모래와 자갈 그리고 아스팔트를 직접 손으로 뿌려가면서 시행한 작업이었다." '자발적 동원'으로 포장되었지만 당시 국가의 강제성에 의문을 제기하는 목소리도 적지 않았다. 실제로 1968년 국토건설단이 제주에 도착했을 때 당시 신문은 "국토 건설하는 힘센 주먹"이라고 우호적으로 보도했다. 하지만 이들은 열악한 시설과 강압적 동원에 불만을 품고 수용시설을 탈주하기도 했다. 이들의 탈주는 정일권 국무총리가 특별지시를 할 정도로 정권 차원의 문제였다. 일주도로 개설 노동에 동원된 주민들의 노력이 과연 "눈물겨울 정도"의 헌신이었는지 따져봐야 할 문제다.)

"혁명정부의 과감한 손"으로 제주의 "숱한 비밀을 발굴"하는 과정이 개발이라면, 그것은 개발의 주체가 지역이 아니라, 국가의 기획이었음을 암시한다. 이러한 대상화가 통치를 위한 (무)의식적인 기술이라는 점은 에드워드 사이드를 비롯한 탈식민주의 연구자들이 지적한 바 있다. 근대 자체에 대한 반대보다는 개발 주체에 대한 논쟁이 초기부터 일었던 이유는 그것이 국가 통치 기획을 전면 부정하지 않음으로써 로컬의 가치를 제기할 수 있는 방법이었기 때문이었다. 도민 주체 개발 논쟁이 개발 자체에 대한 반성으로 확장되지 않았다는 점은 이를 잘 보여준다. 개발로 상징되는 근대화는 여전히 성취해야 할 과제로 인식되었다. 그야말로 '개발 붐'이 일었던 1960년대는 역설적으로 로컬에 대한 사유가 본격화되었던 시기이기도 했다. 1962년 제주도문화상이 제정되고, 1964년에는 제주도민속학회가 결성되었다.

하지만 제주의 가치에 주목하면서 환경과 민속의 중요성을 탐구했던 1960년대 제주 지식인들 역시 '개발만 하면 제2의 하와이가 될 수 있다'는 기대감을 숨기지 않았다. 한라산을 200여 차례나 올랐던 부종휴와 1세대 제주민속학자인 진성기조차도 적극적으로 근대적 개발에 호응했다. '재건'이 지상과제였던 시대였기에 로컬의 가치를 우위에 두었던 그들은 시대에 긴박된 존재로서의 한계를 드러냈다. 하지만 시대가 그랬기 때문이었다는 설명만으로는 부족하다. 지금 우리는 그들의 한계와 가능성을 동시에 응시해야만 한다. 그럴 때만이 그 너머를 상상할 수 있다.

이제, 다시, 회오리 속으로

경관이 질서이고 권력이다. 애월읍 한담의 사례는 경관을 지배하는 것이 어떤 결과를 초래하는지를 잘 보여준다. 공간을 재구성하고, 새롭게 이름을 부여함으로써 지역의 장소들은 해

애월읍 한담리 2021년. 한적한 시골 마을이었던 애월 한담리는 카페촌으로 바뀌었다. 토착의 기억은 사라지고 관광의 시선만이 이곳을 즐길 뿐이다. ⓒ김동현

체된다. 장소의 실종은 기억의 부재를 낳는다. 기억이 없는 땅은 더 이상 우리의 터전이 아니다. 우리와 그들을 나누고, 대상화하고, 신비화하고, 지배한다. 1961년 5월부터 1963년 12월까지 제주도지사를 지냈던 해군 장성 출신 김영관은 지금도 제주 개발의 선구자로 칭송된다. 2017년 제주대학교는 김영관 지사가 제주발전에 영향을 끼쳐 후학에게 리더의 표상이 되었다면서 명예 행정학 박사를 수여했다. 그의 나이 91세의 일이었다. 노구의 퇴역 장성이자, 관료가 근엄한 표정으로 박사 가운을 입은 모습은 현재도 여전한 '개발 담론'의 영향력을 상징적으로 보여준다.

2016년, 10년 가까운 싸움 끝에 준공된 강정해군기지에는 '김영관 복합문화센터'가 있다. 해군은 김영관복합문화센터가 '주민과 장병들의 복지증진'을 위한 시설로 해군 출신인 그의

제주 개발 업적을 기리기 위해 지어졌다고 설명한다. 구럼비가 사라진 자리, 싸움이 여전한 그곳에 세워진 김영관 복합문화센터는 장소의 상실과 그것의 폭력적 재구성이 어떤 모습인지 잘 보여준다.

그리하여,

이름을 명명하는 자가 권력이다. 단단하게 다져진 도로들은 장소를 지우고, 기억을 짓밟는다. 기억이 사라진 곳마다 탐욕의 빌딩이 높다. 날카로운 유리창 사이로 바람은 끝내 찢어져 운다. 크고 높은 비명처럼 운다.

울음으로 쓴다. 울음으로 산다. 울어서 끝내 살고, 울어서 끝내 살아간다. 잊지 않기 위해서, 사라지지 않기 위해서. 겨우 살고, 겨우 싸운다. 겨우의 힘으로, 그러나 끝내 지치지 않는 팽이처럼,

돈다, 돈다. 그 마땅한 회오리 속으로,

5

왜 제주에서 오키나와를 읽는가

평화운동가 송강호

2020년 3월 제주 강정에서 활동하고 있는 평화활동가 1명이 구속, 기소됐다. 그에게 적용된 혐의는 군 형법상 군용시설 손괴죄와 군용시설 침입이었다. 구속된 사람은 강정 해군기지 건설 반대 운동을 해왔던 송강호 박사였다. 그는 이미 2012년 강정 해군기지 건설 반대로 구속된 적이 있었다. 그가 군과 경찰의 발표대로 해군기지에 '무단 침입'한 이유는 무엇이었을까. 그와 또 한 명의 평화활동가가 해군기지의 철조망을 자른, 3월 7일은 2012년 해군기지 건설을 위해 해군이 일명 구럼비 바위를 발파한 날이었다.

(강정 해군기지 건설 계획은 1993년으로 거슬러 올라가지만 본격적으로 이 문제가 불거지기 시작한 것은 2007년부터다. 2010년 일부 찬성 주민들이 참석한 채 해군기지 유치 찬성안이 마을 회의에서 통과된다. 뒤늦게 대다수의 주민들이 참석해 해군기지 유치 백지화 안이 통과됐지만 제

주도와 해군은 해군기지 건설을 그대로 강행했다. 이 과정에서 해군과 제주도, 심지어 국정원까지 가세한 탈법과 불법 행위가 저질러졌다. 평화로웠던 강정 마을은 해군기지 찬성과 반대파로 나뉘었다. 국가는 갈등을 조장하고, 분열을 공작했다. 해군기지 건설 과정에서 강정 주민들은 심각한 인권침해를 겪어야 했다. 하지만 해군기지 건설은 강행됐고 2016년 기지는 완공됐다. 기지가 들어선 강정 마을은 되돌릴 수 없는 상처를 입어야 했다. 2019년이 되어서야 경찰청 인권침해 사건조사위원회는 해군기지 유치 결정은 일방적이었고, 경찰이 해군기지 건설을 반대하는 주민들을 과잉 진압했다는 결과보고서를 발표했다.)

구럼비 바위는 강정 해군기지 반대의 상징과도 같은 곳이다. 기지 건설이 강행되지 않았다면 아름다운 경관을 그대로 간직하고 있었을 전형적인 제주 해안이었다. 주민들과 활동가들은 정부의 해군기지 건설 강행을 막기 위해 온몸으로 저항했다. 그 저항의 목소리 중의 하나가 '구럼비를 살려내라'였다. 해군기지 저항 운동의 상징이 되었던 구럼비. 마을 주민들에게 구럼비는 차마 지키지 못한 친구였고 빼앗겨버린 성소聖所였다. 친구가 묻힌 그곳, 잊어버린 성소가 파괴된 그 자리. 거기에는 폭력의 콘크리트로 지어진 해군기지가 자리 잡고 있다.

송강호 일행은 3월 7일을 기억하고 싶었다. 지키지 못한 친구를, 사라져버린 성소를 보고 싶었다. 안부를 묻고 싶었다. '이 봄 잘 지냈느냐'고, '그리웠다'고 말하고 싶었다. 그들의 마음을 해군은 알 턱이 없었다. 구럼비를 보고 싶다는 민원을 해군 측에 수차례 전달했지만 돌아오는 답변은 '불가'였다. 원 소

강정 해군기지 투쟁 ⓒ김재훈

유자를 따지자면 구럼비의 주인은 강정의 주민들이었다. 모두의 친구를 빼앗은 것은 해군이었다. 그들은 구획을 정하고, 말뚝을 박고, 군사보호구역이라고 선언했다.

'불가', '불가', '불가'. 계속되는 그의 요청에도 해군은 요지부동이었다. 해군은 마치 구럼비를 전리품처럼 여기는 것 같았다. 고민 끝에 그는 철조망을 자르고 해군기지 안으로 들어갔다. 그들이 기지 안에서 한 일이란 친구의 안부를 물으며 1시간 정도 묵상한 것뿐이었다. 다음 날 그들의 행동은 떠들썩하게 언론에 보도되었다. '민간인 무단 침입 2시간 활보, 구멍 뚫린 해군기지'. 일부 언론은 자극적인 헤드라인으로 이 사실을 보도했고 얼마 지나지 않아 해군참모총장이 전격 경질되었다. (아이러니하게도 신임 해군참모총장은 제주 출신이었다. 문재인 대통령은 해군참모총장 임명식에서 철저한 군 경계태세 확립을 주문했다.)

그가 구속된 지 며칠 후 문재인 대통령이 제주를 찾았다. 4·3 추념일에 참석하기 위해서였다. 코로나바이러스가 전 세계를 집어삼키는 와중이었다. 2018년 70주년 추념식 참석에 이어 2번째였다. 대통령은 이날 추념사에서 "평화를 위해 동백꽃처럼 쓰러져간 제주가 평화를 완성하는 제주로 부활하기 희망"한다고 말했다. "희생자들이 남긴 인권과 화해 통합의 가치를 가슴 깊이 새긴다"고도 했다. 평화와 인권의 가치를 새긴다는 대통령의 발언이 4·3 추념식장에 울리는 순간, 오래된 친구의 안부를 묻고자 했던 한 남자는 차가운 감옥 안에 있을 수밖에 없었다.

2020년 봄에 벌어진 일련의 일들은 4·3을 추념하면서도 정작 4·3은 말하지 않는 제주의 현재를 상징적으로 보여준다. 강정 해군기지 건설 강행과 주민들의 저항, 그리고 이 과정에서 벌어진 공권력의 폭력을 겪으면서 제주 사람들은 강정을 '제2의 4·3'이라고 인식했다.(주민들이 강정 해군기지 건설 강행을 제2의 4·3이라고 규정한 이유는 여럿이지만, 가장 상징적인 것은 해군기지 건설 반대를 진압하기 위한 육지 경찰의 파견이었다. 제주4·3의 가혹한 탄압이 제주의 실정을 알지 못하는 육지부 경찰의 토벌작전 때문이었다는 시각이 있는 상황에서 육지 경찰의 제주 파견은 하나의 사건이었다. 경찰청은 진압 작전의 담당 부서였던 서귀포경찰서장을 제주 출신에서 육지 출신으로 경질하기도 하였다.) 하지만 이러한 저항의 목소리들은 '국가안보'라는 명분으로 손쉽게 덮여버렸다. 2016년 해군기지가 준공되면서 '화해와 상생'이 갈등 치유를 위한 해법으로 제시되기도 했다. 불법의 책임을 묻지 않고 망각의 해법을 강요하는 과정은 제주4·3 진상규명 과정이 밟아온 수순과도 묘하게 닮아 있었다.

2000년 4·3특별법이 제정된 이후 제주4·3 진상규명은 법적 제도의 테두리 안으로 수렴되었다. 이 과정에서 얻은 진상규명 성과도 적지 않다. 하지만 진상규명 '운동'이 제도화되면서 당시 희생자들을 아무것도 모르는, 아무 이유도 없이 죽어간 '무고한 희생자'로 호명하는 '희생담론'과 '화해와 상생'을 내세우며 1948년 당시 제주에서 있었던 주체적 저항의 목소리를 지워버리는 '망각의 해법'이 등장하기도 했다. 이처럼 4·3 진상규명운동은 4·3의 법제화를 가능케 했지만 이는 역설적으로 민간의 여러 담론들을 국가의 이름으로 획일화시키는 결과를 초래했다.

폭력은 반복되고 저항은 이어진다

제주4·3 진상규명운동이 법제화되면서 과거 가해자였던 '국가'는 위령과 추모의 대상을 규정하는 주체가 되어버렸다. 누구를 희생자로 정할 것인지는 국가의 결정에 달려 버렸다. 가해자가 위령과 추모의 주체가 되어버리면서 제주4·3 희생자 중에서 배제되는 존재들도 생겨나게 되었다. 그것은 또 다른 폭력의 반복이었다. 다만 차이가 있다면 70년 전의 폭력이 '가시적 폭력'이라면 70년 후의 폭력은 '은폐된 폭력'이었다. 물리적 폭력과 배제의 폭력. 두 개의 간극은 70년이라는 세월에도 불구하고 '국가폭력'의 구조가 반복되고 있음을 보여준다. 보이는 폭력과 보이지 않는 폭력의 반복. 사과해야 할 사람이 사과받아야 할 대상을 정해버리는 이 모순을 어떻게 설명해야 할 것인가. 언뜻 이해할 수 없는 이런 상황은 4·3에만 국한되는 문제는 아니었다.

그 모순을 상징적으로 보여주는 것이 2018년 강정에서 열린 국제관함식이었다. 당초 강정 마을 주민들은 관함식 개최를 반대했다. 마을 회의에서 공식적으로 관함식 개최 반대가 결정되었다. 주민들은 이 의견을 청와대에 전달했다. 하지만 청와대는 주민들의 결정을 번복하도록 강요했다. 관함식 개최를 찬성하는 주민들을 모아놓고 마을 회의를 다시 열었다. 이 과정에서 청와대 비서진들이 제주를 찾았다. 그들이 관함식 개최를 강행하려 한 이유는 단순했다. 대통령 참석이 예정되었기 때문

No Jeju Navy Base, No Fleet Review

한반도는
평화바람

제주는
군함깃발
군함사열식
노~노~

강정마을해군기지반대주민회 X 평화상단 X 피스...

2018년 강정에서 열린 국제관함식은 지역 주민들의 의사결정을 무시한 채 강행되었다. ©김동현이었다.

결국 우여곡절 끝에 문재인 대통령은 관함식에 참석해 '군 통수권자'의 자격으로 해군의 사열을 받았다. 대통령은 이후 강정 주민들과 대화의 시간을 마련했다. 하지만 이 대화의 자리에는 정부에 우호적인 주민들만 초대받았다. 해군기지 건설을 반대했거나 관함식 유치를 거부했던 주민들은 경찰 방패에 가로막힌 채 차가운 거리에서 쓰러졌다. 그때 심정을 나는 제주의 한 인터넷 신문에 다음과 같이 쓴 바 있다.

> 문재인 대통령이 강정을 찾았다. 헬기로 와서 헬기로 갔다. 그 수직의 이동에 강정의 목소리는 가닿지 못했다. 수직과 상승의 자리에서 문재인 대통령은 '당신'들만의 대통령이 되었다. 잘 짜인 각본이었다. 언론은 대화가 예정된 시간을 넘겼다고 의미를 부여했다. 국가안보라 해도 절차적 정당성과 민주적 정당성을 지키지 못해 유감이라는 대통령의 발언은 편집된 화면을 통해 몇 차례 반복되었다. 마을 회의에서 한 차례 부결된 국제관함식 개최를 번복하게 한 것은 청와대와 해군이었다. 절차적 정당성을 지키지 못해 유감이라는 대통령의 발언이 절차적 정당성을 무시한 자리에서 말해졌다.
>
> 『제주투데이』, 2018.10.11

잘 짜인 각본과도 같았던 국제관함식은 폭력의 문제가 여전한 현재이며, 강정을, 제주의 현재를 독해하기 위해서는 동

2018년 제주 강정에서 열린 관함식에는 육지부 경찰들도 동원됐다.
관함식 당시 강정 거리의 경찰버스. 뒷 유리창에 충북지방경찰청이라는 표시가 뚜렷하다. ©김동현

아시아의 구조적 모순을 정면으로 직시해야 한다는 사실을 다시금 일깨워주었다.

텅 빈 괄호를 읽기 위한 안간힘

한국과 오키나와의 연대를 말하기 시작한 지는 꽤 되었다. 이러한 지역의 연대를 가능하게 한 것은 역설적으로 미국의 동아시아 정책 때문이다. 패권 국가를 꿈꾸는 미국의 전략은 한국과 오키나와라는 두 개의 축을 필요로 했다. 한국과 일본은 동아시아 냉전 체제를 유지하기 위한 미국의 '전략적 파트너'였다. 말이 좋아서 '파트너'지 정확히 말하면 '종속적'인 '거래' 관계라고 할 수 있다. 한국과 일본 모두 주권국가로서 미국과 대등한 관계라고 말하지만 최근 한국과 미국의 방위비 협상 과정이나 일본정부의 행보를 보면 '우방'이니, '혈맹'이니 하는 말이 우스울 정도다.

'한국-오키나와'라는 대응이 일종의 민중적 저항운동의 연대를 염두에 둔 것이라는 점은 분명하다. 하지만 '한국-오키나와'라는 대응은 '일본-오키나와'라는 긴장관계, 즉 '야마토-오키나와'라는 관계를 제대로 포착할 수 없는 한계를 지니고 있다. 오키나와의 상황은 '미국-일본-오키나와'라는 관계망에서, 오키나와가 처한 이중의 차별에 주목할 때 보다 명확히 바라볼 수 있다. 그런데 종종 한국에서는 '오키나와'라는 대응의

한 축에 '한국'을 기입하려 한다. 이것도 한국 내에서의 벌어지고 있는 구조적 차별을 은폐하거나 혹은 외면하려는 (무)의식적 욕망이다.

일본과 달리 아주 강력한 중앙집권적 국가 체제가 오랫동안 작동해온 한국의 독특한 역사적 배경 때문이기도 하다. '서울 중심주의'라고 말할 수 있는 이러한 집단 무의식은 한국인의 심성 구조에 깊이 각인되어 있다. 서울이 아닌 곳은 모두 '지역' 혹은 '지방'으로 상상되는 획일화된 한국적 상황 속에서 '야마토-오키나와'의 긴장을 제대로 독해할 수 있는 방법은 무엇인가. 제주에서 오키나와를 읽는 현실적인 고민은 바로 여기에서 출발한다. '미국-일본-오키나와'라는 이중적 차별의 구조와 대응하려면 '미국-한국', 그리고 또 비어있는 혹은 보이지 않는 무언가가 있어야 하지 않은가. 비워진 괄호 안을 무엇으로 채워놓을 것인가.

제주는 어떻게 오키나와를 '발견'했을까

제주에서 오키나와를 읽는 이유는 어쩌면 텅 빈 괄호 안을 읽어내기 위한 안간힘인지 모른다. 국가라는 구심력을 벗어나기 위한 안간힘 말이다. 그 안간힘의 정체가 무엇인지 알기 위해서는 제주에서 오키나와라는 타자를 어떻게 '발견'했는가에 주목할 필요가 있다.

제주에서 오키나와라는 텍스트를 읽기 시작한 때는 1960년대 말이었다. 1972년 '일본 복귀'를 전후해서 한국에서는 오키나와에 있는 미군기지 철수 문제에 관심을 갖게 된다. 미군기지 철수는 곧 안보문제로 간주되었다. 당시만 해도 북한이 여전한 현실적 위협으로 간주되었던 시절이었다. 쿠데타로 권력을 잡은 박정희는 미군 전력의 존속 여부를 염두에 두면서 제주를 미군기지로 공여할 수 있다는 의사를 내비친다.「오키나와 반환 협상 실패하면 제주에 미군기지 용의」,『경향신문』, 1969.7.18 이즈음 1969년 제주에서 발행된 한 잡지에는 오키나와 특집기사가 실린다. 갑작스러운 특집의 배경에는 그 무렵 오키나와에서 미군이 철수할 경우 제주가 새로운 미군기지 후보로 거론되었던 사정이 숨어 있었다.

이러한 사실은 동아시아의 냉전 체제라는 구조적 모순이 오키나와를 '발견'하게 한 중요한 계기로 작용했음을 보여준다. 오키나와 반환을 앞두고 오키나와의 정치 상황은 급변하고 있었다. 오키나와 내부에서도 복귀와 반복귀를 둘러싸고 치열한 논쟁이 전개되고 있었다. 하지만 일본 복귀를 앞둔 오키나와 내부의 미묘하고 복잡한 기류에 대해서 제주 사회가 명확한 인식을 하고 있었다고는 보기 어렵다. 한국의 소설가 김정한의 「오키나와에서 온 편지」1977년 발표가 한국문학장에서 오키나와라는 타자를 환기시킨 작품이라는 점을 감안해보면 1969년 오키나와의 정치적 상황에 대한 인식은 그야말로 외신을 통해 전해지는 초보적인 수준이었다.

한국 언론에서 오키나와 문제가 그나마 언급되기 시작한

것은 1974년 무렵이었다. 당시 오키나와에 파견된 계절 근로자들의 부당대우 문제가 국내 언론에 언급되기 시작하였다. 하지만 이러한 관심은 얼마 가지 않았다. 한국과 일본의 외교 정상화가 이뤄졌다고는 했지만 일본은 여전히 적대적 타자였다. 일본은 식민지배의 주체이자 민족적 원한의 대상이었다. 동시에 일본은 이제 막 경제개발을 시작한 한국 정부가 경제적 지원을 기대할 수 있는 국가였다. 민족적 감수성과 경제적 이익이라는 이중적 상황 속에서 당시만 해도 미국 점령하에 있었던 오키나와는 한국의 시야에서 벗어나 있었다. 비유하자면 한국인에게 오키나와는 '비가시적 존재'였다고 할 수 있다.

이런 상황에서 제주에서 오키나와를 언급하고 있는 대목은 대단히 흥미롭다. 당시 매체의 논조를 종합해보면 오키나와가 반환이 되면 제주가 오키나와를 대신해 미국의 군사기지가될 수도 있다는 일종의 공포감이 느껴진다. 그래서인지 당시 제주지역의 여론은 미군기지는 오키나와에 반드시 주둔해야 한다고 강조하는 입장이었다. 다소 신경질적이기까지 한 이러한 반응은 역설적으로 제주가 냉전이라는 그물에 포획되기를 거부하는 동시에 냉전의 책임을 오키나와에 전가하는 일이었다. 당시만 하더라도 제주에서의 관광개발이 가시화되면서 근대에 대한 열망으로 가득 차 있었다. 따라서 제주에 미군기지가 주둔하는 것을 받아들이기는 어려웠을 것이다.

하지만 이러한 오키나와의 '발견'은 분명히 '한국-오키나와'가 아니라 '제주-오키나와'라는 구조적 모순의 동시적 경험을 가능하게 한 요인이었다고 할 수 있다. 그런 점에서 냉전은 제주가 오키나와를 '발견'하는 구조였고 냉전의 책임을 회피하는 핑계이기도 했다. 제주는 한동안 이러한 구조적 폭력을 외면해왔다. 그 지독한 유예는 오랜 시간을 돌아 해군기지 준공으로 현실화되었다. 오키나와가 제주의 미래일 수도 있다는 우려의 목소리가 가시적으로 구현된 오늘, 제주에서 오키나와를 바라보는 일은 피하고 싶지만 피할 수 없는 현재이다. 폭력의 구조를 외면하는 순간, 폭력이 현실을 지배한다는 뒤늦은 깨달음이다. 어쩌면 제주에서 오키나와를 연구하는 일은 동시대의 모순을 경험할 수밖에 없었던 우리의 윤리적 태도를 문제 삼는 일인지도 모른다.

혼히 일본 본토의 평화가 오키나와의 희생을 전제로 '상상'된 것이라고 한다. 한국의 평화 역시 마찬가지이다. 제주라는 희생의 시스템, 제주라는 내부식민지가 대한민국의 지금을 만들고 있다는 자각. 국가 내부의 모순을 보다 비판적으로 읽기 위한 시도는 오키나와라는 텍스트를 경유하지 않고서는 불가능하다.

오늘의 4·3이 역사의 퇴행이 되지 않기 위해

제주에서 오키나와를 바라볼 때 기존 제주4·3에 대한 해석 역시 달라질 수밖에 없다. 그동안 제주4·3 진상규명은 기억의 재현과 진실 드러내기에 주목해왔다. 하지만 제주4·3은 '우리가 우리가 아닐 수도 있다'는 국가-공동체의 분열을 경험한 '사건'이었다. 단 한 번도 국민임을 의심하지 않았는데 사실상 비국민 취급을 받았던 역사적 경험. 그것은 지독한 트라우마였다. 제주와 오키나와문학을 함께 읽는 일은 공동체의 분열과 비국민의 기억을 공유하는 일이기도 하다. 한국과 일본이라는 국가의 장에서 지역의 문학을 사유하는 것이 아니라, 제주와 오키나와를 경계적 존재로 인식하게 만드는 문제의식은 바로 여기에서 출발한다. 또한 일종의 보편사이자 세계문학으로서 제주4·3문학과 오키나와문학을 사유하기 위해서는 미군의 문제, 특히 동아시아에서 벌어졌던 냉전 체제의 전개 양상을 바라볼 수밖에 없다. 이런 점에서 제주4·3을 이해하기 위해서는 오키나와를, 오키나와를 독해하기 위해서는 제주4·3을 겹쳐 읽어야 한다.

4·3을 이해하기 위해서는 반공국가 대한민국의 특수성을 염두에 두되 그것이 패전 이후 동아시아의 패권을 유지하기 위한 미국의 전략적 선택이라는 점도 동시에 확인해야 한다. 해방 이후 신생 독립국가 대한민국은 반공을 전면에 내세우면서 수립되었다. 반공은 민족혼을 사수하기 위한 최후의 보루로 인식되었고 이 과정에서 '빨갱이'의 탄생은 필연적일 수밖에 없었다. '빨갱이'는 섬멸과 박멸의 대상이었다. 제주4·3 당시 벌어진 초토화 작전은 마치 바이러스 감염원을 차단하듯 전격적으로 시행되었다. 그것은 타자의 신체성을 인정하지 않

는 반공이라는 거대악의 탄생이었다. 반공은 한국전쟁을 거치면서 피아彼我를 구분하는 절대기준이 되었다. 제주4·3 발발 과정에서 발생한 폭력의 양상이 극단적인 학살로 이어질 수 있었던 것도 바로 이 때문이다.

대한민국 정부의 수립은 그 자체로 제헌적 권력의 탄생을 알리는 신호였다. 벤야민의 표현을 빌리자면 법은 그 기원에서부터 폭력에 의존할 수밖에 없다. 주권의 범위를 제정하는 순간 외부와 내부는 폭력적으로 단절되어 간다. 이러한 근본적 폭력의 양상은 과거 청산의 법제화 과정에서도 그대로 드러났다. 제주4·3특별법에는 제주4·3 당시 희생당한 모든 사람을 희생자로 정하고 있지만 희생자를 결정하는 정부 기구제주4·3중앙위원회는 여전히 대한민국의 헌정 질서를 파괴한 무장대들의 존재를 희생자로 인정하지 않고 있다. 항쟁의 소거는 4·3의 정당성에 대한 불인정으로 이어졌다. 김시종의 고백처럼 "봉기가 지나간 무참한 결과가 '인민봉기'라는 4·3사건의 정당성을 위협하는 그림자가" 되어버린 것이다.

제주에서 오키나와를 응시하는 일은 제주4·3을 이러한 대결과 긴장의 국면에서 이해하기 위한 시도이다. 제주4·3 진상규명운동의 한 축은 진상규명의 법제화 과정이었다. 진상규명 특별법 제정 운동이 제주4·3 운동 진영의 오래된 과제였고 법 제정 과정이 그 자체로 진상규명의 역사였음은 분명하다. 하지만 왜곡된 지역의 기억을 '바로잡는' 과정이 법 제도화로 수렴될 때 필연적으로 지역의 기억은 왜곡될 수밖에 없었다.

그 왜곡의 과정을 특징적으로 보여주는 게 '희생 담론'의 대두
였다. 이러한 왜곡은 '무고한 양민의 희생'이라는 또 다른 망각
의 해법을 강요하는 계기가 되었다. 지역의 목소리를 기억하기
위한 진상규명과 명예회복의 법제화가 지역의 기억History을 국
가의 기억 안으로 수렴하는 또 다른 왜곡으로 이어진 것이다.

　　이는 4·3이 단순히 국가폭력에 의한 희생이 아니라 미국
의 반공 만능주의와 그에 편승한 대한민국 정부에 대한 항전이
자 저항권의 행사였다는 점을 간과하는 일종의 '사유의 퇴행'이
다. 미국과 이승만, 두 세력과의 항쟁을 동시에 치러야 했던 제
주의 저항은 결론적으로 실패했다. '인민항쟁'이 성공할 것이라
고 판단했던 무장대 지도부의 결정은 결과적으로 오판이었다.
하지만 항쟁의 결정이 오판이었다고 해서 항쟁의 의미 자체를
희생의 원인으로 간주하는 것은 올바른 태도라고 보기 힘들다.

　　민주화 이후 역사 다시 쓰기 차원에서 진행되었던 4·3 진
상규명운동은 반공국가의 억압 속에서 말할 수 없었던 진실을
드러내기 위한 차원에서 진행되었다. 그 과정에서 피해자들은
봉인된 레드 컴플렉스에 감염된 무기력한 존재들로 묘사되어
갔다. 항쟁은 불온不穩시되었고 불온의 자리를 희생이라는 용어
가 메워나갔다. 4·3소설의 기념비적 작품인 「순이삼촌」도 항쟁
의 의미 대신 억압된 진실의 진혼이라는 측면에서 4·3을 그리
고 있다. 물론 4·3을 말하는 것조차 힘들었던 시대에 이 정도의
진실 드러내기 역시 상당한 용기가 필요한 일이었을 것이다. 이
러한 점을 감안하더라도 이 소설이 발표된 지 40년이 지난 지금

도 여전히 '화해와 상생', '무고한 희생'만이 추념의 대상이 되는 이유는 무엇일까.

다시, 강정으로

왜 우리는 이중의 식민 상황을 반복하고 있는가. 제주에 두 발을 디디고 있는 한 이것은 멈출 수 없는 질문이다. 두 손에 투창과 비수를 거머쥐고 동시에 던져야 하는 물음이다. 은폐된 폭력과 자본이라는 유혹으로 제주와 오키나와를 규정하려는 국가를 향해 던지는 투창이자, 우리 안에 내면화된 식민주의를 도려내기 위한 비수. 그것이 바로 제주에서 오키나와를 읽는 이유일 것이다. 때문에 폭력이 반복되는 한, 우리 안의 식민주의가 계속되는 한 제주에서 오키나와를 독해하는 일은 계속되어야 한다. 제주의 현재가 오키나와를 '발견'하는 강력한 동인이기 때문이다. 그것은 프란츠 파농의 표현을 빌리자면 식민의 내면화를 직시한 채 한국과 일본이라는 식민 본국, 더 나아가 미국이라는 '제국'의 문화와 대면하는 일이기도 하다. 또한 파농이 표현했듯 그것은 하나의 운동인 동시에 증여이며 윤리적 지향이다. 지역이 지역을 발견하고, 지역의 언어가 또 다른 지역의 언어와 마주하는 일은 식민의 구조를 함께 무너뜨리기 위한 '사랑의 운동'이자 '연대의 발견'이기 때문이다.

문학으로 눈을 돌려보면 제주4·3문학과 오키나와문학은

이러한 구조적 모순을 돌파하기 위한 하나의 모험이었다. 깨지고 피 흘리고, 실패할 수밖에 없고, 때로는 무력하기만 하더라도 단단한 모순의 벽을 넘기 위한 질문이었다. 침묵에 대한 저항이었다. 말할 수 없는 신체들에게 목소리를 내주는 일이었으며 몫이 사라져버린 자들의 목소리를 재현하는 일이었다. 그것은 이를테면 증언 불가능성에 도전하며 끊임없이, 침묵과 암흑 속의 목소리들을 현재의 대지에 귀환시키는 작업이었다. 제주 4·3문학이 있었기에 풍문으로만 떠돌아다녔던 숱한 죽음들은 생생한 육체로 되살아났다. 오키나와문학 역시 다르지 않다.

불법으로 지어진 해군기지를 침입했다는 이유로 구속된 송강호의 사례는 제주와 오키나와를 동아시아의 자장 안에서 사유해야 할 필요가 있음을 상징적으로 보여준다. 빼앗긴 자들에게 죄를 묻는 폭력의 구조를 따져 묻는 일은 쉽지 않다. 대한민국에 갇혀 제주를 '상상'해서는 오키나와를 '발견'하기 쉽지 않다. 설사 오키나와라는 타자를 인식한다 하더라도 민속지적 유사성 등 정치적 현실이 거세된 학적 호기심만이 작동하게 된다. 제주에서 오키나와를 읽는 일은 '국가란 무엇인가'를 묻는 일인 동시에 '국가'를 경유하지 않는 지역의 사유와 연대의 가능성을 타진하는 일이기도 하다. 무모하지만 필요한 상상. '지금—여기'의 구조를 넘어서기 위한 상상의 힘이 제주와 오키나와라는 두 명의 동지를 필요로 하는지도 모른다. 그것이 지금 무엇을 생산해낼지는 알 수 없다. 어쩌면 그 미지의 미래를 함께 모색하는 것만으로 제주와 오키나와의 어깨동무가 한

층 더 견고해지지 않을까. 그 가지 않은 미래를 향해 가는 모험을 멈추지 않는 일. 그것이 제주가 오키나와를, 오키나와가 제주를 독해하는 의미일 것이다.

6

기억이 되지 못한 '기억'들

묻는 자와 대답하는 자

제주에서 나고 자란 사람이라면 '유배'라는 단어가 낯설지 않다. 입도 몇 대손이니 하는 항렬이 자연스러운 것도 이 때문이다. 김해 김씨는 고려 말 제주에 유배를 왔던 김만희의 후손이고, 청주 한씨의 입도조는 한천이다. 어린 시절 고씨, 양씨, 부씨를 제외하면 대부분이 유배인의 후예라고 배웠다. 하지만 현기영의 『변방에 우짖는 새』를 읽으면서 제주 사람들이야말로 일상적 유배의 시간을 견뎌왔다는 생각이 들었다. 현기영은 "물 위에 뜬 뇌옥牢獄에 갇힌" 사람들이라고 했다.

어린 시절 다녔던 초등학교는 표준어 시범학교였다. 학교에서는 사투리를 쓰지 못하게 했다. '국민통합에 저해된다'는 게 이유였다. 행여 육지라도 가게 되면 '사투리 좀 해보라'는 호기심 어린 시선이 부담스러웠다. 말이 놀림거리가 될 수 있다는 사실 때문에 육지에 가면 본의 아니게 과묵해졌다. 용케 서울로 진학한 또래 친구들이 제일 먼저 익힌 것도 표준어였다. 우리는 그것을 '곤밥쌀밥 먹는 소리'라고 놀렸지만, 따지고 보면 표준어의 세계로 도망칠 수 있었던 그들에 대한 동경이기도 했다. 4·3을 알게 되면서 제주는 말을 빼앗긴 땅이라는 사실을 실감했다. 알아들을 수 없는 말은 존재하지 않는 말이었다. '빨갱이'라는 낙인은 이념적 폭력만이 아니었다. '말하는 입'을 인정하지 않겠다는 채찍이며, 말의 기억을 빼앗는 약탈이었다. 제주의 말은 고통을 기억하는 제주 사람들의 몸이었다. 어린 시절 외할머니의 치마폭에서 항상 듣던 말이 있다. '아이고, 이 설룬 애기야.'(이 말의 질감을 표준어로 옮길 자신이 없다.) 외할머니가 돌아가신 지도 20년이 넘었다. 외할머니는 이를테면 표준어의 '하연 가면'이 아니라 제주 말의 '검은 피부'를 일깨워준 셈이다.

섬사람이라는 자의식은 그런 것인지도 모른다. 말의 다름을 일상으로 느끼게 되는 것. 그래서일까. 섬에서 살면서 늘 섬을 떠나고 싶었다. 맑은 날에도, 흐린 날에도, 바람이 부는 날에도, 바람이 불지 않는 날에도, 석양이 붉을수록 커서도 섬에 남아있는 날들이 부끄러웠다. 뭍은 동경의 땅이었고, 섬에서는 들리지 않는 언어를 만날 수 있는 땅이었다.

그러나 이러한 동경이 약간의 모멸감으로 되돌아올 때가 있었다. 학창시절 수학여행 때였다. 집안 형편이 넉넉하지 않았던 시절, 수학여행은 공인된 뭍나들이 기회였다. 비행기를 타는 아이들도 많지 않았던 시절이었다. 그날 비행기는 육지나들이에 한껏 들뜬 아이들의 기대로 한결 더 가벼워진 몸으로 이륙하곤 했다.

버스를 타고 이동하면서 제일 먼저 눈에 들어오는 것은 땅과 바위의 색깔들이었다. 검회색의 현무암이 아니라 화강암의 단단한 질감이 우리들의 눈을 사로잡았다. 그럴 때면 비로소 섬을 떠나왔다는 걸 실감할 수 있었다. 하지만 이것도 잠시였다. 그물을 벗어난 물고기 떼처럼 돌아다니다 보면 난처한 경험을 할 때가 많았다. 그것은 사람들의 질문이었다. 어디에서 왔느냐는 질문에 제주에서 왔다는 대답을 하면 이어졌던 질문들.

"제주? 그럼 엄마가 해녀니?" "감귤은 원 없이 먹겠구나?" 이런 질문을 미소 정도로 받아내면 또 다른 질문이 뒤를 이었다.

"그래서 제주에는 백화점이 있니?" 백화점을 물어보는 것은 애교 수준이었다. "테레비는 나오니?(텔레비전이 아니다)"부터 제주도말을 한번 해보라거나, 심지어 80년대였는데 슈퍼는 있니, 영화관은 있니, 버스는 다닐 수 있니, 같은 질문을 받을 때도 있었다. 마치 신기한 나라의 신기한 주민을 바라보는 듯한 뭍사람들의 시선이 불편했다. 그렇게 질문을 받을 때면 왠지 섬에 사는 게 부끄러워졌다. 그때 알았다. 질문을 던지는 사람과 답을 하는 사람은 다른 사람이라는 사실을. 질문을 던지는 사람 앞에서 우리는 주눅 든 표정을 들키지 않아야 했다. 예상된 대답과 의외의 답변을 미리 준비해야 했고, 항상 '당당한 듯한' 표정으로 대꾸해야 했다. 어린 시절 겪었던 장면들은 서울이 지역을, 지역이 서울을 어떻게 만나는지를 보여주는 사례인지 모른다. 그것은 질문을 던지는 서울과 언제든 대답을 준비해야 하는 지역 사이의 승패가 정해진 싸움이었다.

추방당한 섬, 제주/오키나와

어쩌면 섬과 육지서울의 관계는 겹겹이 쌓인 힘의 층위를 종횡으로 누벼야 하는 '고단한 전장戰場'인지도 모른다. 지역을 사유할 때 우리는 '국가'라는 이름으로 수렴되는 균질적 사고를 반성적으로 바라볼 수 있게 된다. '우리'라는 단일한 상상이 아니라 무수한 차이들이 만들어내는 틈들 말이다.

내가 제주와 오키나와를 함께 읽게 된 이유도 여기에 있다. 공부라는 것을 하기 시작하면서부터 오키나와에 눈이 갔다. 책을 읽고, 자료를 뒤질 때면 제주와 오키나와는 한국과 일본이라는 국가에서 추방당한 존재라는 생각을 할 수밖에 없었다. 그것은 제주와 오키나와가 지닌 역사적 경험이 비슷하기 때문만은 아니었다. 제주와 오키나와는 냉전 체제가 시작된 동아시아 안에서 배제와 차별의 당사자로 마주하고 있었다. 오키나와전쟁과 제주4·3의 대규모 학살은 '비국민'에 대한 사살 명령이었다. 제주4·3 당시 제주에 파견되었던 응원 경찰과 군인들은 제주 사람들을 이민족으로 취급하였다. 그들에게 제주는 동족이 아닌 '대한민국의 건국'을 위해 반드시 응징되어야 할 존재였다. 오키나와 역시 마찬가지다. '비국민'으로서의 차별과 억압은 제주4·3과 오키나와전투에서만의 일은 아니었다. 제주와 오키나와는 냉전 질서에 편입된 대한민국과 일본 내에서 소위 국익이라는 이름의 희생을 강요받았다.

유일한 지상전이 벌어졌던 오키나와는 이후 미국의 지배를 받았고, 1972년 '일본 복귀' 이후에도 일본 내 미군기지의 80% 이상이 주둔하고 있다. 제주 역시 제주4·3항쟁과 이후 벌어진 대규모 학살, 그리고 기회가 있을 때마다 거론되었던 '미군기지 공여 논쟁' 등으로 몸살을 앓았다. 실제로 제주도를 미군기지로 이용할 수도 있다는 논의들은 1946년 무렵부터 나오기 시작했다.(당시 신문은 미군 시사평론가의 개인적인 견해라면서 제주도가 태평양의 '지브롤터'가 될 수 있다고 보도했다. 이러한 보도는 제주도의 군사 전략적 중요성을 미군이 염두에 두고 있었음을 보여준다.「제주도의 군사적 가치─태평양 지부랄타화」, 『자유신문』, 1946.10.22) 1969년에는 오키나와의 '일본 반환'을 앞두고 오키나와 주둔 미군기지의 제주도 이전 문제가 거론되기도 했다.

당시 오키나와 미군기지 이전 문제에 대해 한국 정부는 제주도를 미군기지로 제공할 수 있다는 입장이었다. 박정희 대통령은 제주도를 미군기지로 제공할 용의가 있다는 뜻을 밝혔고, 제주에 미 공군기지와 해군기지까지 건설할 수 있다는 한미간 합의가 이뤄졌다는 보도도 나왔다.「제주에 해공군기지·한미 국방회담서 의견 모은 듯」, 『경향신문』, 1969.6.6 국회에서도 오키나와 반환문제가 거론되면서 미군기지 유치 문제가 제기되기도 했다. 국방부 차관

1968년 오키나와 미군기지가 제주도로 이전된다는 소식을 실은 당시 신문보도.
『제주신문』, 1968.6.18.

을 지냈던 박병배 의원신민당은 국회 본회의에서 국가안보를 위해 오키나와 미군 기지를 제주도에 유치해야 한다고 주장하기도 했다. 이에 대해 당시 제주 출신 국회의원은 제주도민들이 환영대회를 열겠다는 반응을 보이기도 했다.

이러한 논의들은 국가안보를 위해 제주와 오키나와를 희생해도 된다는 발상의 배경에 냉전 체제라는 국제 정치적 역학이 작용하고 있음을 보여준다. 미군기지 반환문제가 대두되면서 제주가 언급되는 과정은 오키나와가 미군 점령 이후 분리 통치되었던 5년 동안 소위 사석捨石으로 여겨졌다가 1950년대 이후 요석要石으로 주목받기 시작한 이유와 유사하다고 할 수 있다.

1945년 8월 15일, 일본 제국주의의 패배 이후 동아시아는 새로운 질서로 재편되기 시작했다. 제국의 붕괴와 동시에 미국은 새로운 '제국'으로 등장했다. 이는 1945년 8월 15일 이후, 동아시아가 겪게 될 시공간이 한 나라에만 해당되지 않음을 알리는 신호였다. 이날 이후 동아시아라는 지리적 시공간은 승전국의 지위를 차지하고 있었던 소련과 미국, 그리고 패전국의 신세로 전락했지만 미국의 아시아 정책의 중요 거점으로 부각하기 시작한 일본 등 다양한 이해관계와 국제 역학 관계가 교차하는 세계사적 시공간이 되어갔다. 1945년 8월 15일 이후 '동아시아'에 새겨진 세계사의 시간은 과연 어떤 모습이었던가. 그것은 국가적 차원의 대응방식을 필요로 하는 일인 동시에 국가 내부의 무수한 차이들을 생성하는 탈경계의 시공간이기도 했다. 그렇다면 제주와 오키나와는 어떻게 서로를 '발견'했을까. 그리고 그러한 타자와의 대면이 가능하게 된 냉전의 '앎'은 어떠했던 것일까.

기지의 섬, 제주 / 오키나와

냉전의 '앎'이라는 것을 염두에 두면서 자료를 뒤지다가 오키나와 특집이 실린 잡지를 읽게 됐다. 1969년에 발행된 『제주도』지였다. 여기에는 오키나와 특집이 실려있었다. 1969년이라는 시점은 의미심장하다. 당시 제주에서도 오키나와의 미군기지 반환문제가 단순히 미일 간의 문제가 아니라는 인식이 대두되기 시작했다. 『제주도』지에 실린 특집도 '오키나와의 정치', '오키나와의 경제', '오키나와의 토양', '오키나와의 민속·문화', '오키나와의 교육·언어' 등으로 채워져 있지만 단순히 민속지적 관심에 머문 것도 아니었다. "때마침 미군기지가 주둔하고 있는 오키나와를 두고 미일 간에 반환문제가 논의되던 터라 특집의 의의를 살릴 수 있었다"는 편집 후기만 보더라도 단순한 지적 호기심 차원을 넘어서는 '특별한 관심'이었다.『제주도』제39호, 1969.7

오키나와 반환문제는 미국와 일본, 양국의 문제만이 아니었다. 어찌보면 제주는 직접적인 이해 당사자였다. 그것은 오키나와 미군기지가 제주로 이전될 수도 있다는 현실적 문제이기도 했다.

일본과 대만의 중간에 위치한 60여 개의 섬으로 구성된 '오키나와'가 우리의 주변에서 관심거리가 된 것은 작년 6월부터의 일이라 보여진다.

'오키나와'에 있는 미군기지의 중요시설을 한국의 제주도에 이동시키려는 구상이 한일 양국 간에 비공식적으로 검토되고 있다고 작년 6월 17일 동경에서 보도되었다. 즉 『요미우리』 신문 보도에 의하면 이와 같은 구상은 지난번 서울을 방문한 일본 자민당 의원단과 한국 국회의원 간의 회담에서 제기된 것.

『제주도』 제39호, 1969.7

"비공식적 검토"이자 "장래에 구체화할 가능성은 적다"라고 말하고 있지만 '오키나와 미군 기지 이전' 문제는 중요한 관심이었다. 그것은 기지 이전에 대한 '우려'이기도 했다. 오키나와에 미군기지가 주둔하게 된 역사적 배경을 자세하게 소개하면서 내린 결론은 '동아시아 정세를 감안할 때 오키나와 미군기지가 필요하다'였다. 심지어 '오키나와 경제'를 거론하는 글에서는 전후 오키나와 경제 성장이 미군 기지 주둔 '덕택'이었다면서 오키나와 일부의 반기지, 반미국 정서를 '우스꽝스러운일'이라고 평가한다.

이상과 같이 미민 정부의 적극적인 경제정책과 군사기지라는 특수한 환경하에서 현재 오키나와의 경제는 발달되었고, 오키나와인의 생활 수준은 동남아에서 최고라고 하여도 과언이 아닐 정도이다. 그럼에도 불구하고 과거 무자비하게 다른 민족을 착취하던 일본이 이제 자기네 경제가 좀 발전되었다고 오키나와 경제가 이러쿵저러쿵하며 헐뜯는 것은 참으로 우스꽝스러운 일이 아닐 수 없다. 일본 사람들이 무어라고 하든 오늘의 오키나와 경제는 그 어느 때보다도 훨씬 부유한 것이다.

『제주도』 39호, 1969.7

미군 기지가 제주로 이전 되어서는 안 된다고 하면서 오키나와의 경제부흥이 기지 경제 덕분이라는 점을 말하는 이 대목은 세심하게 독해할 필요가 있다. 1964년 제주도종합개발계획 수립 이후 제주에서는 "개발만 하면 제2의 하와이는 능히 만들 수 있다"_{부종휴, 「제주도 자유화 문제」, 『제주신문』, 1964.9.9}거나 한라산 케이블카 건설이 도민의 염원이라면서 정부의 개발 계획을 적극적으로 내면화하기 시작하였다.「실현 되려나 도민의 꿈, 한라산정까지 케이블카」, 『제주신보』, 1962.9.4 이러한 분위기를 잘 보여주는 것이 바로 '동양의 하와이' 담론이었다. 오키나와 특집이 실리기 직전 같은 잡지에 '하와이 특집'이 게재되었다. 여기에서는 하와이를 동양의 낙원으로 상정하고, 제주가 하와이 같은 섬이 되기 위해 하와이의 경제, 역사, 문화를 알아야 할 필요가 있음을 강조하고 있다. 편집 후기에는 "같은 도서 지구란 입장에서 선진 도서 지역을 먼저 알아봄도 매우 유익하고 뜻깊은 일이 될 것"이라고 밝히고 있는데 특집기사의 필자들은 하나같이 제주도가 하와이가 될 수 있다는 기대감을 피력하고 있다.

하와이와 오키나와, 대하는 제주의 상반된 입장은 무엇 때문인가. '동양의 하와이'라는 구호에는 하와이의 현재적 모습이 미국의 제국주의적 영토 확장의 결과이며 진주만에 미군 기지가 주둔하면서 역설적으로 관광 산업이 부각되기 시작했다는 역사적 사실들은 숨겨져 있다. 오키나와 특집에서는 독립 국가였던 류큐 왕국의 역사부터 미군정 점령 하의 경제부흥까지 거론하면서 하와이에 대해서는 관광개발과 경제부흥의 현실만 취사선택하고 있는 것이다. 이는 제주-지역의 타자 인식이 냉전이라는 질서 속에서 개발 담론의 내면화와 군사적 폭력을 외면하려는 이중적 태도로 나타나고 있음을 보여준다.

냉전의 희생지대, 제주 / 오키나와

냉전이 만들어낸 군사적 폭력의 자장 안에서 오키나와 미군기지 반환문제는 현실적 위협으로 다가올 수밖에 없었다. 제주지역 출신 국회의원이 호언했던 것처럼 미군기지 문제는 전 도민적인 환영의 대상이 되기는커녕 개발 프로젝트의 성공적 추진에 방해가 된다는 인식이 지배적이었다. 오키나와 미군 기지의 제주 이전은 미군 기지 주둔이 실제로 오키나와 경제부흥의 기반이 되었다는 사실에도 불구하고 지역에서는 받아들일 수 없는 것이었다. 군사기지와 개발이 양립할 수 없다는 이중적 태도는 식민지 지배 책임의 당사자인 일본에 대한 민족주의적 반감과 함께 오키나와의 '희생'을 당연하게 여기는 것으로 이어지고 있다. 기지 경제에 의존하고 있는 오키나와의 현실에 대한 이견들을 "무자비하게 다른 민족을 착취"했던 일본이 "헐뜯는 것"이라고 말하는 대목에서는 민족주의적 반일 의식까지 보인다. 오키나와 주민의 생활 수준이 동남아에서 세계 최고라고 치켜세우면서 동시에 오키나와 반환을 앞두고 미군기지 이전 문제에 대한 오키나와 내부의 반응을 신경질적인 태도로 꾸짖는 이유는 무엇일까. 그것은 식민지배의 피해자이면서 반일을 기반으로 한 민족적 우월감의 작용이라고 볼 수 있지만 역설적으로 말하자면 제주가 냉전의 희생 지대가 될 수 없다는 반응이기도 했다. 분단이라는 국내 현실과 베트남전이라는 국제적 정세, 그리고 미군기지 반환을 둘러싼 국제 외교의 흐름은 오키나와를 발견하는 주요한 동력이었다. 하지만 이러한 냉전 질서 속에서도 오키나와가 부담하고 있었던 미군기지 주둔이라는 현실적 조건은 받아들일 수 없었다.

근대를 목표로 삼고 개발지상주의를 내면화한 지역의 입장에서 경제개발의 성공은 하와이와 오키나와가 다르지 않다고 여길 만도 하였다. 하지만 하와이는 제주적 이상향의 현실로, 오키나와는 미군 주둔이라는 상황을 감수해야 할 지역으로 '상상'되었다. 오키나와 미군 주둔이 미국의 동아시아 정책의 일환이었고 1964년부터 시작된 베트남 파병으로 한국은 미국의 침략 전쟁에 직접적으로 개입하고 있는 상황이었다는 점을 감안한다면 이러한 지역의 태도는 냉전으로 인한 피해와 희생을 오키나와에 전가시키는 또 다른 폭력을 용인하는 결과를 초래할 수밖에 없었다.

그렇다면 오키나와 미군기지 반환문제는 제주에서만 문제가 되었는가. 오키나와 반환문제는 일본과 오키나와, 특히 미군 점령하의 오키나와와 일본 본토와의 문제이기도 했지만 기지 문제는 일본/오키나와가 냉전 질서 속에서 또 다른 타자를 발견하는 계기로 작용하기도 했다. 1969년 제주도지에 오키나와 특집이 실릴 무렵 아사히 저널에는 무라카미 카오루村上薫의 「다음의 전개-오키나와에서 제주도로次の展開-沖繩から濟州島へ」라는 내용의 글이 게재된다. 또 비슷한 시기에는 군사전문가인 쿠즈미 타다오久住忠男의 오키나와 기지의 제주 이전설과 관련한 글이 발표되기도 했다.

당시는 미군이 여전히 오키나와를 점령하고 있었고 시정권 반환도 아직 합의되지 않았다. 베트남 전쟁도 최고조에 달하고 있었다. 이때 오키나와 미군 기지 제주 이전 문제는 베트남 전쟁 이후 미군의 전략적 선택이 어떻게 될 것인가에 대한 관심이자 미군기지 제주 이전의 가능성을 타진하는 것이기도 했다. 그런데 이러한 기지 이전 문제는 일본 혹은 오키나와 내부의 자발적 선택이 아니었다. 그것은 미국의 전략적 변화에 따른 불가피한 논평의 일환이었다. 쿠즈미 타다오의 글에는 편집자주의 형식으로 미군 기지 이전 문제가 돌연하게 대두되었다면서 미 국방부의 공식적인 부인에도 불구하고 비공식적으로 기지 이전 문제가 언급되고 있다는 사실을 언급하고 있다.

오카나와 미군 기지의 제주 이전 문제가 갑자기 크로스 체크되고 있다. 미 국방성 당국은 그러한 사실이 없다고 부정하고 있지만 미국 측 관계자들 사이에서는 비공식적으로 문제가 거론되고 있다는 점은 사실이다. 여기에 미국 측의 진의, 기지 오키나와의 표정, 기지 이전설의 주변을 탐색하면서 이에 의거하여 군사평론가 쿠즈미 타다오의 이 문제에 관한 종합적 평가를 아래에 싣는다.

쿠즈미 타다오는 베트남전 이후의 미국 전략의 변화 가능성을 미국, 오키나와, 서울의 입장을 거론하면서 언급하고 있는데 미군 기지의 제주 이전 가능성은 현실적으로는 어렵다는 입장을 보이고 있다. 그는 한국에서 북한이 실질적 위협으로 작용하고 있다는 점을 이야기하면서도 실제 기지 이전은 제주의 지형적 조건상 어렵다고 결론을 맺고 있다. 이에 비해 무라카미 카오루는 다른 견해를 피력한다. 베트남전 이후의 미국의 아시아 전략의 변화 가능성을 염두에 두면서 1968년 김신조 사건과 푸에블로호 피납으로 고조된 남북 간의 긴장 관계, 그리고 한국 측의 적극적인 요청 등 정세를 감안할 경우, 장기적인 관점에서 제주도가 미군기지 대체지가 되는 것이 미국의 극동전략, 나아가 미일 관계에 긍정적 요인이 될 것이라고 분석하고 있다.

두 가지 견해 중 어느 쪽이 당시 정세를 보다 정확히 파악하고 있었는가, 라는 점은 잠시 논외로 해두자. 중요한 점은 냉전의 자장 안에서 제주와 오키나와가 나란히 언급되고 있다는 점이다. 그리고 이러한 언급이 제주와 오키나와의 의지와는 상관없이 발화되고 있다는 것도 의미심장하다. 제주-오키나와, 오키나와-제주의 관계망이 동일한 시기에 서로를 주목하고 있다는 것은 무엇을 의미하는 것일까. 그것은 제주와 오키나와가 냉전 아시아의 시공간을 동시적으로 경험하였으며, 그러한 시공간의 경험들이 지역의 현재를 구성하는 데 강력한 요인이 되었음을 보여준다. 즉 냉전이라는 군사적 폭력이 국가 체제의 경계를 뛰어넘는 탈국가적 기획인 동시에 냉전 구조의 재편 과정이 과거의 사건으로만 존재하는 것이 아니라는 점이다.

미군기지 문제를 사유하기 위해

미군 기지 문제는 제주와 오키나와가 서로를 발견하는 계기였다. 그렇다면 이러한 기지의 사유는 제주와 오키나와문학에서 어떤 방식으로 나타나고 있는가. 오키나와문학이 일찍부터 미군 혹은 미군 기지 문제를 포착하고 있는 것과 달리 제주문학에서는 미군미군기지에 관한 직접적인 언급은 많지 않다. 오키나와문학이 일찍부터 미군과 기지 문제를 문학적으로 형상화한 것은 일본 패전 이후 미군 주둔과 미국 점령이라는 역사와 무관하지 않다. 특히 오늘날까지도 일본에 주둔하고 있는 미군기지의 80% 이상이 오키나와에 있는 현실에서 미군기지 문제는 오키나와인들에게 현실적 위협이자 실존의 문제였다.

1995년 일어난 미군범죄소녀폭행사건는 그러한 현실을 극명하게 보여주는 사례이다.

　냉전에 대한 사유가 기지 문제에서 극명하게 드러나고 있다는 점에서 제주문학이 냉전에 대한 사유를 외면하고 있다고 할 수 있을까. 1969년 오키나와의 일본 복귀를 앞두고 지역에서 오키나와에 대한 관심이 일어나고 있는 것에 비한다면 제주문학에서의 오키나와 표상은 전면화되지 않았다. 이는 제주와 오키나와의 현실적 조건의 차이에 기인한 것이기도 하는데 오키나와문학이 미군과 기지 문제를 예각화하였다면, 제주문학, 특히 4·3문학은 반공 이데올로기에 대한 도전을 통해 역사적 진실을 찾으려 했다고 할 수 있다.

　반공 이데올로기가 냉전 체제의 산물이라는 점을 염두에 둔다면 제주4·3의 비극을 드러냄으로써 기억의 억압과 대결하려고 했던 문학적 사유의 과정은 냉전 체제라는 거시적 틀에서 바라볼 수 있을 것이다. 다만 미국이라는 새로운 제국을 예각화하지 않고 국가폭력의 관점에서 제주4·3을 바라보았다는 점은 오키나와문학의 모색과는 다른 지점이라고 할 수 있다.

　제주4·3에 대한 문학적 사유 중에서 주목할 것은 국가폭력의 문제를 제주 정체성의 훼손으로 바라보고 있는 일련의 흐름들이다. 「순이삼촌」을 통해 제주4·3의 비극을 증언하는 문학자의 역할을 고민했던 현기영은 『변방에 우짖는 새』와 『바람타는 섬』 등 일련의 장편을 통해 이재수난과 해녀항일항쟁 등 권력에 대항해왔던 제주적 전통에 주목한다. 이는 『지상

에 숟가락 하나』로 이어지는데 이 작품에서는 인민유격대장이
었던 이덕구의 죽음을 "관권의 불의에 저항해왔던 제주섬 공동
체의 신화"가 붕괴하는 순간으로 묘사한다. 「순이삼촌」에서 억
울한 죽음의 진혼을 이야기하던 현기영이 제주4·3의 신원伸寃
을 이야기했다면 『지상에 숟가락 하나』에서는 오랜 저항의 전
통을 지닌 제주 역사의 연장선에서 제주4·3을 바라보고 있는
것이다. 이는 제주4·3을 좌우 이데올로기적 시각이 아니라 제
주섬 공동체의 훼손이라는 측면에서 바라보고 있는 것이다.

　　이러한 시각은 제주4·3을 과거에 종결된 '사건'이 아니
라 현재적 시간이 개입하는 '과정'으로 바라보게 한다. 제주
4·3이 과거 제주섬 공동체의 존립을 위협하는 '사건'이었다면,
현재 제주섬 공동체를 위협하는 것에 대해서도 같은 시각을
견지할 수밖에 없다. 이러한 시각을 잘 보여주는 작품이 1984
년에 발표된 현기영의 「아스팔트」이다. 이 작품은 주인공 창주
가 죽음을 앞둔 강 씨를 만나러 가는 과정에서 제주4·3 당시
를 회상하면서 시작한다. 창주는 4·3 당시 중학생으로, 동굴에
두 달 동안 숨어 지내다 주정공장에서 모진 조사를 받기도 했
다. 이후 한국전쟁이 터지자 학도병에 지원했고 우여곡절 끝에
고향으로 되돌아왔다. 이런 이력 때문인지 창주는 마을 사람들
의 눈총에서 벗어나게 되고 왠지 모를 자신감마저 갖게 된다.
창주는 강 씨가 과거 토벌대 정보원을 했고 그 과정에서 여러
잘못을 한 사실을 떠올리면서 길을 재촉한다. 4·3을 다루고 있
는 이 작품에서 주목할 부분은 '아스팔트'로 상징되는 개발과

조천읍에 있는 이덕구 가족묘. 무장대 사령관 이덕구는 여전히 금기의 대상이다.

근대화에 대한 비판적 시각이다.

> 자정이 넘은 시간 어둠 속에 붐비는 이 눈송이들은 필경 사자
> 들의 혼령이리라. (…중략…) 그러나 눈송이들은 아스팔트를
> 뚫지도 못하고 덮어싸지도 못한다. 눈송이들은 다만 견고한 아
> 스팔트 위에 부딪혀서 허망하게 바스러지고 녹아버릴 뿐이다.
> 아스팔트는 물샐틈없이 치밀하다. 삼십육 년 전의 애달픈 과거
> 를 깔아 봉해버린 아스팔트. 관문인 공항에서 시작하여 비극의
> 심야를 종횡으로 질주하는 아스팔트의 관광도로…….
>
> 「아스팔트」

내리는 눈은 죽은 자들의 영혼이다. 하지만 눈송이들을
아스팔트를 뚫지 못한다. "물샐틈없이 치밀"한 아스팔트를 현
기영은 "삼십육 년 전의 애달픈 과거를 깔아 봉해"버렸다고 표
현한다. 제주4·3의 기억을 억압하는 현재적 힘으로서의 '아스
팔트'를 전면에 내세우고 있는 이 장면은 4·3의 기억을 봉인
하는 힘이 반공 이데올로기에서 개발과 근대화 기획으로 이어
지고 있음을 보여준다. "심야를 종횡으로 질주하는 아스팔트의
관광도로"라는 표현이 말해주듯 제주4·3에 대한 기억의 억압
과 제주적 정체성을 훼손하는 국가 주도의 개발기획을 동일한
선상에서 바라보고 있는 것이다.

개발과 근대화 담론이 과거를 억압하는 현재적 힘으로 작
용하고 있음을 보여주는 작품은 현기영의 경우에만 그치지 않

는다. 김석희의 「땅울림」에서도 현기영과 유사한 문학적 사유를 확인할 수 있다. 「땅울림」은 4·3 당시 입산했던 현용직 노인과 그의 이력을 좇는 김종민 기자의 취재기, 그리고 그것을 전달하는 '나'의 입장 등이 교차하면서 탐라독립론의 입장에서 제주4·3을 바라보고 있는 작품이다. 현용직 노인의 입산과 제주4·3의 진실을 추적하는 이 작품의 마지막은 나의 독백으로 끝이 나는데 현기영이 '아스팔트'를 기억을 억압하는 개발과 근대화의 상징으로 표현한다면 김석희는 이를 제주적 순결의 훼손으로 인식하고 있다.

> 그러나 나는 침을 삼키듯, 입안에 고여 있는 그 의문을 삼켜버렸다. 그 대답이 지금에 와서 무슨 소용이 있는가? 아니, 40년이 지난 오늘의 제주도는 그때와 무엇이 달라졌는가? 겉으로 드러나 있지만 않을 뿐 한은 한대로 깊숙이 박혀 있을 것이고, 땅이며 문화며 생활에 이르기까지, 외지인의 침식을 피해 제주도적인 순결로 남아있는 게 과연 무엇인가? 그런데도 지금 제주도는 자신의 순결을 지키고 가꾸기 위해 무엇을 하고 있는가?
>
> 「땅울림」

현용직 노인의 이야기를 통해 제주4·3의 진실과 마주했던 나는 스스로에게 제주가 지금 자신의 순결을 지키고 있는가를 되묻는다. "외지인의 침식"이라는 표현에서 볼 수 있듯이 외지 자본에 의한 개발은 제주적 순결성을 위협하는 존재로 인식된다. 이러한 문학적 사유는 기억의 억압이 단지 이데올로기적 문제가 아니며 국가폭력의 양상이 역사적 과거에만 국한되는 것이 아님을 드러내고 있다. 이러한 인식은 전근대적인 방식으로 치부되어왔던 지역 공동체의 문화적 유산에 대한 적극적인 소환으로도 이어진다.

제주4·3을 다루고 있는 소설들에서는 억압된 기억을 환기하는 제주적 전통을 종종 확인할 수 있다. 이는 제주어, 제주굿, 제주민요 등 다양한 방식으로 사용되는데 「순이삼촌」에서와 같이 신체에 각인된 제주적 전통^{제주어}을 드러내면서 억압된 기억을 소환하는 계기로 작동하기도 한다. 이 중에서도 제주의 무속 신앙을 기억의 억압을 무너뜨리는 서사적 장치로 사용하는 경우도 있다. 이를 잘 보여주는 작품이 현기영의 「목마른 신들」이다. 이 작품은 근대적 합리성의 세계로 포획되지 않은 제주 무속의 방식을 적극적으로 활용하면서 제주4·3의 가해 책임을 묻고 있다. 늙은 심방이 4·3 원혼굿을 하게 된 내력담을 소개하면서 시작되는 이 소설에는 제주4·3 당시 피해자였던 열일곱 살의 소년, 그리고 4·3 당시 서청단원으로 가해의 편에 섰던 노인과 그 노인의 손자가 등장한다.

이해를 위해 간략하게 줄거리를 설명하자면, 늙은 심방인 '나'는 어느 날 원혼굿을 해달라는 부탁을 받는다. 고2짜리 남학생이었는데 수개월 동안 신경치료를 해도 효험이 없어서 할머니가 굿을 청한 것이었다. 손을 강박적으로 씻고 손을 잘라버리고 싶다고 울부짖고 한밤중에 어딘지 모르는 곳을 돌아다니는 남학생의 사정을 들은 심방은 필시 누군가 알지 못한 집안 내력이 있을 것이라고 생각한다. 하지만 소년의 집안 내력은 평범했다. 다만 아이의 조부가 1·4후퇴 때 월남한 피난민일 뿐이었다. 이유를 알 수 없는 병증에 걸린 아이를 치료하기 위해 굿을 하는 과정에 아이에게 씌운 귀신의 정체가 밝혀진다. 4·3 때 열일곱의 나이로 세상을 떠난 영혼이 아이에게 들린 것이었다. 아이가 밤마다 찾아다녔던 들판이 바로 학살터였다.

그날로 나는 아이의 어머니와 할머니를 대동하고 봉산부락을 찾아가 수소문해보았는데, 과연 열일곱 살로 농업학교 다니던 외아들을 4·3 사태 때 잃고 일흔아홉 살까지 한평생 설움에 갇혀 살다가 지난 1월 달에 세상을 떠난 노파가 있었다는 것이었다.

시월 열여드레 마을이 불타던 날 주민 칠십여 명이 학살되었다고 했다. (…중략…) 죽은 사람들은 대개 남정네였지만, 잡힌 남편, 아들을 살려달라고 울며불며 따라갔다가 무참히도 함께 죽임을 당한 여자들도 여럿이었다. 그런데 그 여인만은 빗발치듯 퍼붓는 총탄 속에서 손끝 하나 다치지 않고 시체더미를 헤치고 살아난 것이다. 살아생전에 그 여인은 그때 아들과 함께 죽지 못한 걸 늘 한탄했다고 한다. (…중략…) 환자 아이가 발견한 그 풀밭이 바로 그 학살터였다.

「목마른 신들」

소년의 병을 치료하기 위한 굿은 4·3 원혼굿이 되어 버렸다. 열일곱 살에 억울하게 죽은 원혼이 같은 나이인 열일곱 살의 소년에게 의탁한 상황에서 유일한 해결책이 바로 굿이었다. 그런데 「목마른 신들」에서 채택하고 있는 제주 무속의 사용은 단순히 제주적 전통의 확인에 그치지 않는다. 김석희의 「땅울림」에서 표현하고 있듯이 '제주적 순결성'의 상징으로서 제주굿에 주목하면서 제주를 훼손당한 신체로 그려내고 있다.

이는 「목마른 신들」에서 제주4·3과 개발의 문제를 동일한 시각으로 바라보고 있는 데에서도 확인할 수 있다. 원혼굿 내력담을 이야기하기 전에 늙은 심방은 개발로 인해 지역성이 위협받는 상황을 "토착의 뿌리가 무참히 뽑혀나가고 있다"며 탄식한다. "개명된 시대"에 "마을 축제인 당굿"이 사라져버리는 현실을 바라보면서 심방은 "마을 공동체가 무너지고 있"다고 말한다. 지역 개발을 상징하는 비행기와 아스팔트를 "핵미사일 같이 생긴 비행기들", "아스팔트 길 위로 관광객을 실은 호사한 자동차 행렬"이라고 비판하기도 한다.

이는 개발과 근대화 담론에 대한 비판인 동시에 제주4·3 학살이 현재에도 이어지고 있다는 인식이기도 하다. "4·3의 수많은 원혼이 잠들지 못하고 엉겨 있는 이 섬 땅이 다시 한번 학살당하고 있다"는 표현은 이를 단적으로 보여준다. 4·3과 개발 모두 제주섬 공동체를 '학살'한 주체라는 인식은 4·3 학살과 개발의 문제를 제주 공동체를 훼손하는 동일한 폭력으로 인식하게 한다. 이는 4·3과 개발을 개별적인 사건으로 간주하는 것이 아니라 그 폭력의 구현 방식을 근원적 구조에서 동일하게 바라보게 한다. 즉 4·3 학살이라는 국가폭력의 문제와 개발 담론을 제주 정체성을 훼손하는 현재적 위협으로 동일시하고 있음을 확인할 수 있다.

이러한 지역 정체성에 대한 인식은 오키나와의 소설에서도 유사하게 확인할 수 있는데 오시로 다쓰히로의 「신의 섬」에서는 민속지적 흥미의 대상으로 오키나와인의 성지인 우타키의 배소를 관찰하고자 하는 야마토 학자를 오키나와전쟁 당시의 일본 군인과 같은 존재로 묘사하는 대목이 등장한다. 이는 오키나와전쟁과 이후 야마토^{일본 본토}의 '오키나와 붐'을 오키나와 정체성에 대한 위협으로 바라보는 인식을 반영한다.

이러한 인식은 제주문학에서도 볼 수 있듯이 오키나와전쟁을 과거의 사건으로만 기억하지 않고 지역의 정체성을 위협하는 현재적 억압으로 바라보게 한다. 이러한 인식을 극명하게 보여주는 작품이 메도루마 슌의 「평화거리라 이름 붙여진 거리를 걸으면서」^{이하 「평화거리」}이다. 메도루마 슌의 「평화거리」는 1983년 헌혈운동추진 전국대회에 참가한 황태자 부부의 오키나와 방문을 소재로 다루고 있다. 메도루마 슌은 오키나와전쟁 당시 장남 요시아키를 잃은 우타, 그의 아들 세이안, 그리고 초등학생인 손자 가주와의 관계를 통해 전후 오키나와 평화의 허구성을 예리하게 간파하고 있다. 이 작품에서 인상적인 부분은 치매에 걸린 노인 우타가 황태자 부부 일행의 차량에 똥을 묻히는 장면이다.

그것은 우타였다. 차 문을 들이받고 두 사람이 타고 있는 앞 유리창을 손바닥으로 큰 소리가 나게 두드리고 있는, 백색과 은색 머리카락이 마구 흐트러진 원숭이처럼 보이는 나이 든 여자는 바로 우타였다. (…중략…) 제지하는 경관을 뿌리치고 후미가 형사 등에게 몸을 세게 부딪쳤다. 후미의 힘찬 노호나 요란스러운 비명이 주위를 흔들어 놓아서, 흐린 하늘에 일직선으로 쏘아 올려진 불화살처럼 군중 속에서 손 휘파람 소리가 크게 났다. 동시에 가주의 뒤에서는 눈앞에 벌어지고 있는 혼란과는 어울리지 않는 문란한 웃음이 흘러나왔다. 그것은 낮은 중얼거림이라는 포자를 흩뿌려서 금세 주변을 감염시켜갔다.

「평화거리라 이름 붙여진 거리를 걸으면서」

천황제에 대한 통렬한 비판으로 읽을 수 있는 이 장면에 주목하여 "천황제에 대한 문학적 보복"고명철, "일본화라는 강력한 훈육과 치매를 앓고 있는 예외적인 몸이 일으킨 감시 체제의 와해"조정민라는 평가를 하기도 한다.

일견 타당한 지적이지만 황태자 부부를 향한 우타의 돌발 행동이 행해지고 있는 장소에 주목할 필요가 있다. '평화거리'는 일본 복귀 이후 전쟁 책임을 은폐하고 '오키나와 붐'이라는 소비적 시선으로 오키나와를 규정하는 본토의 폭력적 차별이 작동하고 있는 곳이다. 또한 이곳은 본토의 폭력적 시선을 내면화하면서 기억을 스스로 은폐하는 지역의 공모가 동시에 이뤄지는 곳이기도 하다.

황태자 부부의 오키나와 방문을 앞두고 우타의 아들인 세이안은 만약의 사태에 대비해달라는 경찰의 요청을 따르면서 우타를 감금한다. 경찰이 평화거리의 상인들에게 '위생'이라는 이름으로 위협하는 장면에서 확인할 수 있듯이 평화거리에는 근대적 규율이라는 지배와 종속의 위계가 작동하고 있다. 소비와 은폐, 그리고 모종의 공모가 함께 하는 이 장소에서 우타의 돌발 행동은 일본 본토의 위선과 오키나와 내부의 모순을 동시에 드러내고 각성하는 계기로 작동한다. 치매 노인 우타의 행동을 바라보면서 평화거리에 모인 사람들은 "문란한 웃음"을 나누고 "낮은 중얼거림"으로 서로를 "감염"시킨다. 우타의 행동을 만류하기보다는 비이성적인 응징을 묵인하고 나아가 동조하는 태도들은 그것이 단순히 개인적 일탈이 아닌 공동체적 보복이라는 점을 분명히 보여준다.

잘 알려졌다시피 황태자 부부의 첫 번째 오키나와 방문은 오키나와 부흥계획의 일환으로 기획된 오키나와 해양박람회 개최를 계기로 이뤄졌다. 오키나와 해양박람회는 오키나와 일본 복귀 직후인 1975년 개최되었다. 오키나와 해양박람회 개최의 명분은 두 가지였다. 일본 복귀를 계기로 한 오키나와의 경제 부흥, 그리고 영토 주권의 과시. 애초 '천황'의 오키나와 방문이 계획되었지만 오키나와 내부의 반발이 만만치 않았다. 오키나와에서도 전쟁 책임의 당사자가 오키나와를 방문할 수 없다는 반대 여론이 높았다. 우여곡절 끝에 황태자 부부의 방문으로 일단락되었지만 황태자 부부가 히메유리 탑을 방문할 때 오키나와 청년 2명이 그들을 향해 화염병을 투척하기도 했다.

이 작품은 우타의 돌발 행동을 통해 화염병 투척이라는 현실을 문학적 방식으로 변주하면서 오키나와가 처한 현실의 문제를 외면하고 오키나와를 관광의 시각에서 '소비'하려는 일본 본토의 이중성을 드러내고 있다. 이는 오키나와의 정체성을 위협하는 존재로서의 일본 본토의 굴절된 시각에 대한 보복인 동시에 훼손된 오키나와의 정체성을 바로잡고자 하는 시도이다.

메도루마 슌의 작품들에는 오키나와의 현재적 모순을 지역 정체성의 훼손이라는 관점에서 바라보는 경향을 확인할 수 있는데, 「희망」, 「무지개새」, 「기억의 숲」 등 일련의 작품들에서 미군에 대한 대항 폭력을 타진하고 있는 것도 이러한 인식이 반영되었기 때문이다.

폭력에 저항하는 폭력

이와 같은 인식은 메도루마 슌만이 아니라 오시로 사다토시의 작품에서도 확인할 수 있다. 오시로 사다토시는 「1945년 비통한 오키나와」라는 작품에서 오키나와전쟁에서 현재까지의 오키나와 현대사를 1945년부터 2015년까지의 시간 속에서 그려내고 있다. 오키나와전쟁 종전일인 6월 23일을 연도별로 반복해서 그려내고 있는 이 소설은 오키나와전쟁 당시의 참상과 미군 치하, 일본 복귀 등 현대사들이 소환되면서 오키나와의 현재적 모순의 연속성을 효과적으로 드러내고 있다. 이 작품에서 흥미로운 대목은 2015년 6월 23일의 시각에서 오키나와 독립을 선언하는 무장 테러리스트의 존재를 작중 인물이 환영 속에서 그려내는 장면이다. 세계 우치난추 대회가 열리는 날 소설 속에서 '나'는 무장 테러리스트의 존재를 목격하고 그들의 목소리를 듣는다. 그들이 무장을 한 이유는 오키나와를 영원한 군사기지의 섬으로 만들려는 일본 정부의 차별에 저항하기 위해서였다. 착취와 차별에 대한 저항을 전면에 내세우고 있는 이 작품은 오키나와 현대사의 문학적 버전이라고 할 만큼 류큐 처분에서부터 현재까지의 역사를 자세하게 서술하고 있다. 테러리스트의 존재를 목격한 '나'는 세계 우치난추 대회를 취재하는 젊은 기자들에게 오키나와의 미래를 위해 무장 테러가 필요하다는 점을 강조한다.

제군! 왜 우리들은 언어를 빼앗기고, 방언패方言札를 걸지 않으면 안 되는 겁니까. 왜 우리들은 토지만이 아니라 목숨까지 빼앗겨야 하는 겁니까.

제군! 우리들에게서 토지를 빼앗은 오만한 권력자는 이번에는 바다를 빼앗고, 신군사기지 건설을 꾀하고 있다. 우리에게 남겨진 해결책은 단 하나, 테러! 이 테러는 우리의 새로운 역사를 쓴다. 새로운 시대를 만드는 유일한 수단이자 하나의 광명이다.

「1945년 비통한 오키나와」

일본 본토의 착취와 차별 구조를 문제 삼으면서 오키나와의 대항폭력의 가능성을 타진하고 있다는 점에서 이 작품은 메도루마 슌의 작품들과 유사한 상상력을 보여주고 있다. 일본 본토와 오키나와의 차별적 구조, 그리고 이로 인한 현재적 모순에 주목하고 있는 오키나와 소설에서 확인할 수 있듯이 본토와 지역의 모순은 지역 정체성에 대한 자각을 추동하는 동력이 된다.

제주4·3과 오키나와전쟁이라는 국가폭력의 피해자로서 제주와 오키나와는 과거의 폭력을 기억하고, 현재적 삶의 모순을 드러내는 문학적 재현을 고민해 왔다. 이러한 고민의 방식들 속에서 제주는 개발 담론의 폭력적인 기입을 지역의 정체성을 훼손하는 현재적 위협으로 여겼다. 제주와 달리 오키나와는 기지 문제에 대해 민감하게 반응할 수밖에 없었다. 그래서일까. 오키나와에서 미군의 문제는 제주와 달리 언제나 현재적 문제였다. 하지만 2007년 제주 강정해군기지 건설이 본격화되면서 제주4·3과 기지 문제는 제주를 위협하는 사건이 되어 버린다. 해군기지 유치가 결정되면서 강정 주민들뿐만 아니라 제주도민 사회에서도 격렬한 반대 운동이 일어났다. 당시 해군기지가 건설될 경우 사실상 미군기지가 될 것이라는 의혹이 제기되고 했다. 기지 건설 예정지였던 강정 마을은 찬반으로 나뉘어 극심한 갈등을 빚기도 했다.(2007년부터 2011년까지 강정 해군기지 건설 과정에서 연행된 주민과 활동가들은 모두 697명으로 이 중 구속영장이 신청된 인원은 32명, 구속영장이 발부된 인원 18명이다)

고시홍의 「물음표의 사슬」은 강정 해군기지를 당대적 시각에서 다루고 있다. 강정 마을이 고향인 '나'와 해군기지 찬성과 반대로 갈린 어머니와 장모를 내세워 기지 건설 과정의 갈등을 전면에 내세우고 있는 이 작품에서 해군기지 건설 문제는 기지 문제로만 인식되지 않는다. 작품은 병원에 입원한 할머니를 화자로 내세워 그녀가 겪은 4·3의 참상을 그려내면서 시작된다. 이는 바로 해군기지 건설 과정과 그로 인한 찬반 갈등과 겹쳐지면서 기지 문제와 제주4·3의 문제를 동일한 관점에서 바라보게 한다. 육지 경찰의 파견을 4·3 당시의 사례와 견주거나 기지 찬반 갈등 상황을 4·3 당시보다 더하다는 표현 등에서 알 수 있듯이 소설 속에서 기지 문제는 4·3의 연속으로 이해된다. '나'는 모처럼 찾은 고향 강정 마을에서 해군기지 찬성파와 반대파들이 쏟아내는 구호와 선전에 현기증을 느끼고 이러한 갈등으로 고향이 소멸될지도 모른다는 위기의식에 사로잡힌다.

> 내 할머니 같은 고향마을의 임종을 지켜보는 것 같다. 강정 마을이 지상에서 사라질지 모른다는 불안감이 엄습했다. 아니, 제주섬 전체가 하나의 거대한 목마장이었듯이 어쩌면 제주섬 전체가 지구촌의 충혼묘지로 둔갑할는지 모른다.
>
> 「물음표의 사슬」

기지 건설과 그로 인한 지역사회의 갈등을 바라보면서 주인공 '나'는 고향 마을의 임종을 바라보는 슬픔과 안타까움에 사로잡힌다. 마을의 죽음은 제주섬의 죽음으로 확장되는데 이는 제주 공동체의 붕괴를 의미한다. 기지 건설이 가져올 공동체의 붕괴를 직감하는 이 대목은 4·3과 개발, 그리고 기지 건설이 모두 제주 공동체를 위협하고 있다는 점을 보여준다.

주목할 것은 이 작품에서 해군기지 반대파의 입을 빌려 기지 건설의 배후인 미국의 제국주의적 속성을 그대로 노출하고 있는 부분이다.

> 이 해군기지는 오로지 중국을 압박하고 포위하는 제7함대의 기지로 사용되기 위해 지어지고 있습니다. 미 제국주의 對중국 해군기지 강력 반대! 동북아에 전쟁 몰고 올 강정마을 해군기지 강력 반대!! 평화의 섬 제주도에 군사기지 웬 말이냐? 4·3영령들이 통곡한다! 60년 전에는 미군정의 양민학살. 앞날에는 미 제국주의의 전쟁기지!!……
>
> 「물음표의 사슬」, 68쪽

날것 그대로의 구호를 인용하고 있는 것은 기지 건설 과정의 찬반 갈등의 심각성을 드러내기 위한 장치이다. 반대파의 구호와 함께 찬성파의 그것들도 그대로 싣고 있다는 점에서 기지 문제와 관련한 서사적 선택은 유예된다. 하지만 이러한 유예의 전략에도 불구하고 선전과 선동의 생생한 목소리를 전달하고 있는 것은 그 자체로 기지 문제가 가져올지도 모르는 미래를 우려하는 시선을 보여주고 있다는 점에서 징후적이다.

다시, 국가를 넘어서

제주와 오키나와는 냉전 체제라는 세계사적 시공간을 동시에 경유해 간 지역의 경험을 공유했다. 이러한 지역의 경험은 단순히 일국적 차원에 머무는 것이 아니라 국가라는 경계를 넘어서는 탈경계의 상상력이기도 하였다. 또한 미국을 중심으로 하는 냉전 체제와 거기에 내재될 수밖에 없는 국가—지역의 위계가 동시에 작용하는 것이기도 하였다. 제주와 오키나와라는 지역이 관통해왔던 냉전 질서는 역설적으로 지역의 근대가 폭력적 방식으로 기억을 억압할 수도 있다는 근대에 대한 근원적 성찰을 가능케 했다. 또한 제주4·3과 오키나와전쟁을 과거의 '사건'으로만 규정하지 않고 현재적 모순을 규명하고 해석하기 위한 개입의 지렛대로 삼아왔다.

현기영과 김석희, 고시홍의 작품에서 볼 수 있듯이 억압된 기억인 제주4·3을 소환하는 일은 그 자체로 지역 공동체를 위협하는 폭력적 변주에 대한 저항이자 지역의 정체성을 지키고자 하는 문학적 모색이었다.

오키나와전쟁을 거치고 이후 기지 문제가 실존적 위협이었던 오키나와에서는 미군과 기지 문제가 빚어낸 현재적 모순에 저항하기 위한 문학적 대응을 타진해왔다. 오시로 다쓰히로의 「칵테일 파티」와 「신의 섬」, 그리고 메도루마 슌과 오시로 사다토시에 이르기까지 미군과 기지 문제는 오키나와적 질서를 위협하는 실재적 위기의 진원지였다. 그리고 이러한 위협을 조장하고 부추긴 일본 본토의 차별적 구조에 대해 예민하게 반응하면서 본토의 모순과 위선을 고발하기도 했다.

제주와 오키나와문학은 두 지역이 경험했던 역사적 경험이 일국적 차원에 국한되는 것이 아니라 세계사적 시각에서 바라보아야 하는 동시에 제국주의와 식민주의 연속에서 지역의 문제를 바라봐야 한다는 사실을 일깨워준다. 반공주의적 억압과 일본 본토에서 방사되는 내셔널리즘 억압은 지역 스스로 기억의 재현과 진실을 드러내게 하는 동인이 되기도 하였지만 역설적으로 국가와 지역의 여전한 위계를 드러내는 것이기도 하였다. 냉전 체제라는 시대적 맥락을 세심하게 독해하고 근대적 폭력의 반복을 거부하는 제주와 오키나와문학의 가능성을 함께 읽는 일은 국민국가의 경계를 넘어서는 지역의 연대를 타진하는 작은 시도가 될 수 있을 것이다. 그럴 때 일종의 보편사이자 세계문학으로서 제주4·3문학과 오키나와문학을 사유할 수 있을 것이기 때문이다.

7

'사이'를 읽다

'오키나와/제주', 경계를 읽는 이유

사람들이 묻는다. 왜 오키나와에 가느냐고. 누군가는 제주와 오키나와의 풍경이 너무 비슷하다고 말한다. 그래서인가. 오키나와와 제주의 문화에 대한 논의들도 많다. 제주와 오키나와가 얼마나 오래전부터 인연을 맺어왔는지 설명하기도 한다. 그렇다면 제주라는 지리적 위치에서 '오키나와'를 읽는다는 의미는 무엇일까. 이것은 제주라는 시공간에서 '오키나와'라는 타자를 어떻게 인식해왔고 어떻게 인식해야 하는가라는 물음이기도 하다.

어쩌면 그것은 제주와 오키나와가 국민국가의 타자인지, 아니면 국민국가로 수렴되는 대상인지 따지는 동시에 제주와 오키나와라는 '지역'을 넘어서는 상상력을 발휘하는 일인지 모른다. 도미야마 이치로는 오키나와전쟁을 '전장동원'으로 규정한다. 그가 전장戰場을 거론하는 것은 전장의 기억을 사유할 때

동원의 방식을 문제 삼을 수 있기 때문이다. 즉 일상이 전장이 되어 버린 오키나와전쟁에서 '일본인 되기'를 강요받았던 '전장 동원'은 내셔널리즘의 폭력적 억압이었다. 하지만 '일본인-되기'의 과정은 오키나와전투에 국한되지 않았다. 오키나와전쟁의 기억은 오키나와인의 일상적 신체를 지배했다. 도미야마 이치로가 '전장동원'이라는 용어를 사용하는 이유는 명확하다. 패전 이후 일본 '국민'이 될 것을 강요받았던 오키나와의 정체성을 바라보기 위해서는 일상적 신체 속에 은폐되어 있는, 국민국가의 타자로서 오키나와를 바라볼 필요가 있기 때문이다. 즉 '전장동원'의 방법으로 국민이라는 상상의 공동체에 편입되어갔던 오키나와인이·스스로 일본인 되기를 멈추고 내셔널리즘의 균질성으로부터 탈주할 때에야 비로소 배제되고 탈락된 '새로운 이야기'들의 귀환이 가능하다고 말하고 있는 것이다.

그렇다면 그가 말하는 '새로운 이야기'란 무엇인가. 그것은 존재하지 않았던 이야기가 아니다. 그것은 있지만 기억되지 않았던 이야기이다. 기억되지 않고 말하지 않는 이야기들이다. 역사라는 이름으로 덮인 수많은 파편들이다. 기억의 심연에 숨어 있는 과거의 조각들을 발굴하는 일은 그 자체로 지난한 과정이다. 추상의 언어가 아닌 수많은 구체성들을 만나기 위한 과정을 종종 기억투쟁이라고 말하는 것도 이 때문일 것이다. "말할 수 없는 것들은 사건으로 존재하지 않는다"오카 마리, 『기억 / 서사』라고 했다.

하지만 기억의 문제를 말할 때 우리는 그것이 국가의 공식 역사와 다른 지역의 기억를 염두에 두어야 한다. 즉 내부의 텅 빈 중심을 채워나가는 구심력의 방향성이 아닌 끊임없이 외부를 지향하면서 국가의 경계로 나아가는 기억의 운동에 대해 생각해보아야 한다.

이를 위해 말할 수 없었던 것들을 드러내는, 기억의 복원을 통한 진실에 다가가기 위한 방법으로서가 아닌, 역사의 외부에 존재하였던 것들의 구체(성)들과 정면으로 마주할 필요가 있다. 기억은 단지 특정한 과거의 사건을 '기억'하는 일이 아니다. 기억은 일상화된 신체에 지속적으로 영향을 미치는 현재적 욕망으로 작용한다. 누가 무엇을 기억할 것인가라는 기억의 주체와 대상에 대한 관심 못지않게 기억을 현재의 이름으로 환기하는 욕망의 현재성과 한계에 주목할 때 새로운 이야기들은 어떤 구속도 제약도 없이 우리 앞에 나타날 수 있다.

오키나와와 제주를 동시에 이야기할 수 있는 것도 이 때문이다. 오키나와전투와 제주4·3이라는 역사의 유사성에 대한 관심만이 아니라 그러한 역사성이 로컬리티에 기입되어가는 방식과 그것의 한계를 동시에 물을 때 오키나와와 제주의 목소리들이 비로소 공명할 수 있을 것이다.

사라지는 지역과 '향토'의 발명

제2차 세계대전 당시 오키나와는 일본 영토에서 유일하게 미군과의 지상전이 벌어진 지역이다. 오키나와전투 당시 본토 출신의 군인 6만 5,000여 명, 오키나와 징집병 3만 명, 민간인 9만 4,000명이 희생되었다. 조선인 군부와 위안부 1만여 명도 포함되어 있다. 1951년 샌프란시스코 평화조약이 체결되면서 1952년부터 1972년 일본 복귀에 이르기까지 오키나와는 미군 점령지였고 일본 복귀 이후에도 '반복귀론'이 대두되기도 하였다. 미군 점령 이후 계속된 미군기지 문제는 여전히 오키나와가 일상화된 전쟁의 기억에서 벗어나지 못하고 있음을 보여준다. 이뿐만이 아니다. 80년대 이후 '오키나와병'이라고 할 수 있는 일본 본토의 오키나와 붐에 대한 반발도 여전하다.

제주는 어떠한가. 1948년 남한만의 단독선거에 반대해 일어났던 제주4·3항쟁 당시 3만여 명의 제주인들이 목숨을 잃었다. 대부분이 1948년 11월 중순부터 1949년 3월까지의 이른바 '초토화 작전'에 의한 죽음이었다. 1949년 4월 10일 "절멸 수준"의 '진압작전'이 성공했다고 판단한 이승만은 제주를 방문한다. 신성모 국방장관, 이윤영 사회부 장관과 동행한 이승만의 방문 목적은 분명했다. '폭도 진압 격려'와 '도민 위로'. 이승만의 제주 시찰을 전하는 언론 보도들의 내용은 다소 차이가 있지만 주요 내용은 이 두 가지다. 그것은 '절멸'의 공간으로 전락한 제주의 '재건'과 '재생'이었다. 이른바 '토벌 작전의 성공' 이후 '잔비 소탕'과 함께 대두되었던 것이 '재건'과 '재생'이었다.

이때의 '재건'과 '재생'은 과거 지역 공동체의 복원이 아니었다. 반공국가의 치밀한 기획이 개입된 자발성을 가장한 '재건'이었다. 이를테면 반공국가의 타자로서 지역성이 거세된 '재건'이었고 '재생'이었다. 현기영이 예리하게 지적했듯이 "전 세대와의 폭력적 단절"을 통한 '재건'과 '재생'이었다. 제주4·3항쟁 이후 1950년 한국전쟁을 거치면서 제주는 빠르게 반공국가체제에 편입되어 갔다. 이러한 편입을 상징적으로 보여주는 것이 제주 청년들의 해병 3·4기 입대였다. 그것은 "단독정부 수립을 반대했다가 폭도, 역도의 이름으로 학살당한" "선배들과의 영원한 결별"이자 "모순을 수락할 수밖에 없"는 강요된 선택이었다.『지상에 숟가락 하나』 그렇게 제주인들은 '비국민'에서 '국민'이되어갔다. 도미야마 이치로의 표현을 빌리자면 "일상화된 신체로서 일본인 되기"의 한국적 버전이 이뤄진 셈이었다. '한국인국민'되기의 과정에서 지역성로컬리티은 억압될 수밖에 없었다.

이를 상징적으로 보여주는 것이 표준어 담론이었다. 표준어 문제는 오키나와 제주에서 모두 논쟁의 대상이 되었다. 오키나와 방언 논쟁이 오키나와인들 스스로 오키나와어를 일본이라는 균질성을 실현하기 위해 지양해야 하는 대상으로 여겼다면 제주에서 역시 제주 방언은 억압되어야 할 대상으로 간주되었다. 제주 방언을 사용하는 것은 국민으로서 부끄러운 일이었다. 표준어를 사용하는 일은 이방이 되지 않기 위해 수단이었다. 제주에서 발간된 『교육제주』라는 잡지에는 대단히 흥미로운 글이 하나 실려 있다.

제주도의 경우는 사투리가 특히 심한 편이어서 순수하게 사투리만을 사용한다면 제주도 이외의 다른 지방 사람들은 전혀 알아들을 수가 없는 경우가 있다. 마찬가지로 다른 지방 사람들이 그 지방 사투리를 사용한다면 이것 역시 이 지방 사람들이 알아듣기 어려울 것이다. 이것은 같은 나라의 국민으로서 대단히 부끄러운 일이고 국민감정의 통일을 가져오지 못하게 하는 커다란 요인이다. (…중략…)

그러나 이왕 사투리가 혀에 굳어 버렸고 사투리를 해야만 자연스럽게 자기의 생각과 느낌을 표현할 수 있는 어른들은 할 수 없다 치더라도 아직 자라나고 있는 학생들이 사투리가 혀에 굳어버린다면 문제는 꽤 심각해지는 것이다. 그것은 궁극적으로 국어교육의 실패요. 이러한 악순환이 되풀이될 때 제주도는 다른 지방과 다른 그야말로 '이국異國'처럼 인상印象 지워지기 때문이다. 더욱이 오늘날처럼 관광객을 비롯한 다른 지방 사람들과의 빈번한 접촉에 있어서는 그것이 커다란 문제로 나타나게 되고 국어교사의 책임도 무거워지는 것이다.^{강조는 인용자}

김영화, 「표준어에 의한 언어생활을」, 『교육제주』, 1967.9

위의 글은 교육 현장에서 제주 방언이 어떠한 존재로 인식되었는지를 보여준다. 제주 방언은 그 자체로 곤혹스러운 대상이었다. 제주 방언을 사용하는 일은 "부끄러운 일"이었다. 그 부끄러움의 이유는 제주 방언이 비국민의 징표였기 때문이었다. 제주 방언을 사용하는 언어생활은 "국민으로서 부끄러운 일"이고, "국민감정의 통일"을 저해하는 행동이었다. 따라서 "사투리가 혀에 굳어버린" 제주 방언의 신체성을 스스로 포기할 때 비로소 '국민'의 자격을 얻을 수 있다고 믿었다. 신체에 각인된 방언의 존재를 버리기 위해서라도 '표준어 교육'은 필요했다. 이는 오키나와 방언 논쟁에서 볼 수 있듯이 국민국가라는 상상의 공동체가 방언이라는 '미개어'를 버리고 문명의 언어인 표준어를 신체에 기입해가는 과정을 통해 구성되어 갔음을 보여준다.

그런데 이러한 편입의 상상력이 일방의 힘으로 작용했던 것만은 아니다. 제주 방언에 대한 연구의 필요성을 인식하면서 근대화의 물결에 의해 사라져가는 어휘들이 늘어감을 안타까워하는 정서도 발견할 수 있다. 제주 방언으로 상징되는 로컬리티적 특수성에 대한 옹호의 시선이 그것이다. 1960년대 이후 제주대학교와 고등학교에서는 제주 방언에 대한 조사가 실시되고 이를 토대로 다양한 논의들이 진행되기도 했다. 1962년 당시 표선상업고등학교 교사였던 김공칠은 학생들과 표선면, 남원면 일대의 방언 자료를 수집하고 그 결과를 발표한다. 교육 현장에서 표준어 습득과 제주 방언 조사가 공존하는 현상을 어떻게 설명할 수 있을까. 당시 지역에서의 방언 호명 방식에 주목해보자.

김공칠은 '향토사회의 언어자원-국어 교육의 견지에서'라는 글에서 제주 방언을 "언어 자원"으로 규정하면서 제주 방언의 중요성을 다음과 같이 밝히고 있다.

특히 우리나라 국어학계의 각광과 총애를 받고 있는 제주 방언이 살아 있는 최고最古의 언어로서 그 가치가 높이 평가된 바 오래되고 최근은 서구의 비교 언어학의 도입을 계기로 이 조 초기 이전의 언어 재건을 기획하는 데 그 중요 자원으로서 그 이용도가 문제시되고 있음을 자타의 공인하는 바이다.

『제주도』 제4호, 1962.10

위 글은 방언을 표준어의 기원을 밝힐 수 있는 대상으로 규정하고 있다. 문헌에 남아 있지 않은 조선 시대 이전의 언어 체계를 규명하기 위해 제주 방언의 중요성에 주목한 것이다. 즉 제주 방언에 관한 관심은 제주 방언의 특수성을 통해서 육지와 제주의 이질성을 규명하고 이를 바탕으로 표준어 체계를 확립해야 한다는 목적의식에서 출발하였다.

이러한 인식은 식민지 지배 당시 일본인 학자들의 조선어 연구의 배경과 유사하다. 오구라 신페이가 조선어에 관심을 두었던 이유는 일본어의 기원을 탐구할 필요성이 제기되었던 제국의 학적 풍토에서 시작되었다. 당시 일본어 학계에서는 식민지배의 효율성을 위해 언어, 민속적 관심이 커지면서 제주 방언, 아이누어, 오키나와어에 대한 연구 필요성이 적극적으로 전개되었다. 언어학적 관심이 일본 내부만이 아니라 오키나와, 아이누어, 심지어 제주에까지 미치고 있는 것은 방언 연구가 일본의 영토 확장이라는 식민지배전략을 배경으로 하고 있기 때문이다. 결국 오구라 신페이의 조선어 연구는 일본어國語의 편성을 위한 하위어로서의 관심이 계기가 되었다고

할 수 있다.安田敏郎, 『「言語」の構築-小倉進平と植民地支配』, 1999

　　물론 식민지기의 일본인 학자의 조선어 연구가 식민지인에 의한 학문적 수행이었다면 60년대 이후 제주 방언에 관한 관심은 제주의 내부에서 촉발되었다. 하지만 그 방식은 제주 방언의 특수성을 '국어-표준어' 체계의 임계점으로 밀고 가는 것이 아니라 '국어-표준어' 체계의 내부에 지역의 언어를 기입하려고 한 시도라는 점에서 유사하다고 할 수 있다.

　　표준어의 문제에서도 확인할 수 있듯이 오키나와와 제주는 국민국가로의 편입과 향토성의 발견이 착종된 역사를 가지고 있다. 이는 두 지역 모두 편입과 저항오키나와의 방식으로 접근하자면 동화와 이화이라는 역사의 진폭을 공유하고 있음을 보여준다. 제주에서 오키나와를 사유하는 방식, 오키나와에서 제주를 사유하는 방식은 국민국가의 중심이 지역을 사유하는 방식과 달라야 할 것이다. 중심의 정형성에서 탈피해 지역의 눈으로 제주와 오키나와, 이 두 지역을 바라봐야 하는 이유가 여기에 있다.

국가를 넘어, 경계를 넘어

　　오시로 다쓰히로의 「신의 섬」은 이러한 점에서 자세히 들여다봐야 할 텍스트다. 「신의 섬」은 섬 전몰자 위령제에 초대를 받아 23년 만에 고향을 방문한 다미나토 신코를 주인공으로 이야기가 전개된다. 이 소설은 오키나와전투 당시 소개疏開

했다가 고향을 찾은 귀향자 다미나토 신코, 오키나와 집단자결의 책임에서 자유롭지 못한 후텐마 젠슈, 야마토적 시선으로 집단자결의 문제를 바라보는 요나시로 아키오와 민속학적 측면에서 오키나와를 연구하는 오가키 기요히코 등을 통해 오키나와를 바라보는 다양한 시각을 보여주고 있다. 기억과 은폐, 그리고 일본이라는 국민국가의 내부로 오키나와를 상상하려는 본토인의 시각이 교직되면서 중층적 이야기가 드러나고 있다는 점에서 문제작이라고 할 수 있다.

소설의 화자인 다미나토 신코의 귀향 이유는 분명하다. 그는 가미시마 집단자결의 진실에 접근하려고 한다. 그의 이러한 욕망은 부채의식에서 비롯되었다. 그는 1944년 9월 가미시마에서 규슈로 학생 10명을 데리고 소개한 이후 야마토 여성과 결혼해 본토에 정착했다. "제자들을 다른 사람의 손에 맡겨 섬으로 돌려보냈다는 꺼림칙한 기분"을 20년 동안 지녀온 그에게 "섬사람들을 버리고" 갔다는 자의식은 씻을 수 없는 원죄처럼 다가온다.

> 가미시마의 전투는 오키나와전투 전체에서 보면 일부에 지나지 않으나 비참했던 오키나와전투를 예고하는 서막으로 유명하다. 그러나 기록으로 남아 있는 것은 많지 않다. 한 권의 전기본 서장에 간략하게 기록되어 있을 뿐이다. 섬사람들의 섬세한 심리 같은 건 읽을 수 없다. 그것을 알고 싶다고 다미나토는 생각했다. (…중략…) 언젠가 한번은 진상을 살펴보

고 싶다는 생각을 하게 되었다. 진상이라고 해도 역사를 뒤집
는다거나 하는 대단한 것이 아니라 단편적인 기록으로 끝나지
않는, 도민들의 심리 상태를 알고 싶었던 것이다. 그것을 파악
하지 못한 채 틀에 박힌 기록을 납득해 버리는 것은 무섭다는
생각이 들었다.

「신의 섬」

이 같은 진술은 그가 기록되지 않은 '기억'과 마주함으로
써 역사적 진실에 다가서고자 함을 의미한다. 비극의 현장에
서 비켜나 있었다는 부채의식 속에서 그는, 오키나와에서 전쟁
의 상흔을 찾으려 한다. 하지만 고향에 도착한 그의 눈에 오키
나와는 "전쟁의 그림자가 남아 있지 않은", "전쟁의 상흔"조차
"장밋빛 관광시설의 꿈"으로 이용되는, 기억을 외면하는 땅으
로 다가온다. 집단자결의 기억과 은폐라는 구도에서 다미나토
신코와 또 다른 소설속 인물 후텐마 젠슈는 대립한다. 이를 "기
억의 봉인과 해체"^{손지연}라고 볼 수 있는데 이러한 구도는 귀향
모티프를 통해 기억의 문제를 다루고 있다는 점에서 현기영의
「순이삼촌」과 유사하다. 「순이삼촌」에서도 귀향은 4·3의 기억
과 마주하는 결정적 계기로 작용한다. 제사라는 공동체의 제의
에 참여하기 위해 주인공인 '나^{상수}'가 귀향하면서 '순이삼촌'의
비극적인 죽음과 마주한다면 「신의 섬」역시 표면적으로는 섬
전몰자 위령제를 계기로 주인공의 '집단자결' 진실 찾기가 시
작된다.

하지만 「순이삼촌」이 귀향한 '나'를 순순히 지역 공동체의 일원으로 받아들이는 것과 달리 「신의 섬」에서는 귀향자를 대하는 오키나와 내부의 시각이 드러난다. 다미나토 신코가 오키나와 청년 단장과 대화를 나누는 다음 장면을 보자.

"너무 파고들지 않는 편이 좋을 듯합니다. 본토에서 오신 분들은 처음부터 자극이 너무 강해서 열심히 여러 일에 깊이 관여하려 하지만 결국은 아무런 도움이 안 되니까요. (…중략…) 솔직하게 말씀드리면 본토에서 오신 분들은 오키나와 사람의 마음을 조사해도 진실을 알아내기는 어렵다는 거죠."

"나 스스로는 오키나와 사람이라고 생각하는데요."

(…중략…)

"말하자면 반 오키나와 사람이겠죠……."60쪽

이 부분은 '집단자결'을 둘러싼 "진실의 봉인과 해체"가 단순한 구도로 진행되지 않고 있음을 보여준다. 23년 만에 '가미시마'로 돌아온 다미나토 신코를 청년단장은 "반 오키나와인"이라고 규정한다. 이러한 시선은 '기억의 봉인'이 오키나와 내부의 논리에 의해 유지되는 방식을 보여준다. 이것을 비극의 은폐에 공모하는 공동체의 자기 검열이라고 볼 수 있을까. 「신의 섬」이 오키나와 반환협상이 진행되면서 복귀론과 독립론, 반복귀론이라는 다양한 논의가 진행되던 시점에서 발표되었다는 점에 주목하여 보자. 오키나와 정체성을 둘러싼 치열한 논쟁의 와중에서 오키나와인정주자이 오키나와 출향인을 '반 오키나와인'이라고 말하는 것은 '집단자결'의 진실을 규명하려는 다미나토 신코를 오키나와 내부 사회가 구축해왔던 질서를 위협하는 존재로 인식하고 있음을 드러낸다. 즉 진실 규명의 문제는 일본이라는 가해자의 입장이 아니라 오키나와 내부의 질서에 의해 자생적으로 이뤄져야 한다는 입장이다. 하지만 「신의 섬」은 이러한 내부의 질서 역시 균질적이지 않다는 점을 드러낸다. 작품 속에서 공민관 환영 행사에 참석한 도바루가 "야마토 사람 중에는 좋은 사람도 있다"고 말하거나 "혼자만의 전후"를 살고 있는 하마가와 야에, 그리고 전후 오키나와의 평화를 "껍데기 속 평화"라고 말하는 본토 출신인 요나시로 야스오 등 다양한 인물들을 내세우고 있는 것도 오키나와 내부의 혼돈을 바라보고 있기 때문이다. 이러한 상황 속에서 다미나토 신코는 집단자결의 심리를 알고 싶어 하는 자신의 행동이 물정을 모르는 여행자가 하는 행동으로 비쳤을지도 모른다고 인식한다. 이는 오랜 출향의 결과로 잠재되어 있던 외부자적 시선에 대한 반성이다.

> 그러고 보니 표면적으로는 위령제에 참석하려는 목적으로 왔지만 자신의 옛 지인이나 제자와의 추억을 떠올리는 일을 먼저 했어야 했을지도 모른다. 이 두터운 의리를 소유한 이 섬 사람들에게는 자신이 보인 지금과 같은 성급한 태도는 물정을 모르는 여행자가 하는 행동으로도 비쳐졌을지 모른다.65쪽

인용문에서 고딕으로 강조되어 있는 "물정을 모르는 여행자"라는 부분은 의미심장하다. 이것은 국가의 기억에 결락된 존재가 아니라 내부적 시선으로 집단자결의 문제를 바라봐야 한다는 오시로 다쓰히로의 문제의식을 보여준다. 즉 국민국가의 내부에 기입되는 방식이 아니라 국민국가의 외부 혹은 경계로서 기억의 문제를 설명할 때 오키나와의 비극과 비로소 마주할 수 있다는 자각이다.

내부적 시선의 중요성에 주목하고 있는 「신의 섬」에서 두드러지는 부분은 본토 출신 요나시로 야스오와 민속학자 오가키 기요히코라는 인물이다. 요나시로 야스오는 오키나와인들이 집단자결의 기억을 은폐한 채 오키나와를 관광의 섬으로 만들려고 하고 있다며 비판한다.

"답변을 드리자면 촌장님, 사실을 말하면, 여러분은 전쟁 자체를 아예 없었던 것으로 치부하고 싶으신 거죠? 잊어선 안 된다는 것은 거짓말이죠."

"무슨 말인가? 최근엔 마을사무소에서 기록을 모은 일도 있다네."

"그런데 그 기록에는 사람들의 생생한 육성이나 외침은 나오지 않아요. 제가 들은 이야기만 하더라도 여러 가지 비참한 체험이 있었어요. 엄마가 아들 머리를 돌로 내리쳐서 깼다거나……."

"그런 잔혹한 이야기는 분명 기록으로서 어느 정도 의의를 가질지 모르겠네만, 평화에 도움이 될지 어떨지는 의문이네."

"여러분은 그런 잔혹한 이야기가 이 섬의 기지체제에 방해가 된다고 생각하는 거겠죠? 평화를 주장하면 미군에게 미움을 살 것이라고 생각하는 건가요?"

(…중략…)

"아무튼 잔혹한 것이 평화에 도움이 된다는 것은 우리는 믿지 않네. 이 섬은 어디까지나 평화로운 관광의 섬으로 만들어 갈 것이니, 그런 전쟁 당시의 잔혹한 기억은 서로에게 증오만 불러일으킬 뿐 그래선 안 된다고 보네."

"그건 마을 사람들 사이를 말씀하시는 겁니까?"

"누구라도 그러하네. 과장을 좀 하자면, 전 세계인 사이에서도 말이네."

(…중략…)

"제 생각에는 그 잔혹한 기억과 정면에서 대결할 때 비로소 진정한 평화를 구축할 에너지가 생겨난다고 생각해요."75~76쪽

요나시로는 오키나와인들이 기억을 은폐하려 한다며 비판한다. 그가 보기에 "전쟁 자체를 아예 없었던 것으로 치부"하는 오키나와인의 태도는 위장된 평화일 뿐이다. 요나시로가 위장을 벗어던지고 기억과 마주할 때 진실이 드러날 수 있고 그를 통해 오키나와의 진정한 평화가 올 수 있다고 말하는 것도 이 때문이다. 요나시로의 이러한 지적은 비극을 외면하는 공동체의 자기 기만을 폭로하려는 것이다. 때문에 요나시로는 오키나와인들이 외지인들을 "소외시키면서 그것을 숨기려고 아름

다운 얼굴을 만"들고 있다고 비판한다. 그런데 여기서 주의해야 할 것은 이러한 요나시로의 시각을 일종의 고정관념이라고 비판하고 있다는 점이다. 다미나토와 요나시로는 기억의 은폐를 공모하는 오키나와 내부의 모순과 맞서는 인물이라는 점에서 서로 비슷하다고 할 수 있다. 하지만 다미나토는 요나시로의 이러한 지적에 대해 그의 어조가 "가르치는 듯" 했다고 느끼면서 그의 생각에 "편견"이 있는 것 아니냐고 의심한다. 이러한 인식은 요나시로가 본토 출신으로서 "고정관념"을 지니고 있다는 진술로 이어진다. 이때의 편견은 다미나토 신코와는 다른 종류의 편견이다. 그렇다면 이 편견의 정체는 무엇인가.

"예컨대?"

"자신들이 학대받고 고통받은 말만 해요."

"그런데 그것조차 온전히 전해지지 않고 있으니 그것만으로도 기록으로서의 의미가 있다고 생각하지 않나." (…중략…)

"이곳의 위령제는 전사한 사람들을 모두 함께 모시고 있어요. 적이나 우방이나."

"그게 어떻다는 건가?"

"그러려면 학대받은 말을 하지 않아야죠."[85쪽]

절벽 밑 자연호에서 이어지는 다미나토와 요나시로의 대화에서 요나시로는 오키나와인들이 "학대받은 말"만 한다면서 그러한 태도는 위령제의 의미와 모순된다고 이야기한다. 다미나토는 요나시로의 이야기를 한편으로는 이해하면서도 그러한 단정적 시선을 문제 삼는다. 요나시로의 이러한 지적을 오키나와인을 피해자로 기억하는 오키나와 내부의 기억에 균열을 내면서 '집단자결'의 가해자라는 내부의 기억이 은폐되고 있음을 지적하는 것이라고 할 수 있다. 가해자 / 피해자라는 이분법을 탈피해 오키나와 집단자결의 복잡성에 주목하여야 한다는 의미로 읽힐 수도 있지만 요나시로가 본토인의 시각을 시종일관 지니고 있다는 점에 주목해보자. 이러한 요나시로의 야마토적 시각은 오히려 그의 의도와는 달리 오히려 오키나와 전투의 진실을 은폐하는 암묵적 공모로 귀결된다.

요나시로는 왜 본토와 오키나와에 집착하느냐는 요시에의 질문에 "오키나와도 일본이니까"라고 답변한다. '오키나와＝일본'이라는 요나시로의 시각은 결국 오키나와 집단자결의 문제를 '피해자＝일본'의 문제로 획일화하는 시선의 폭력성을 보여준다. 그는 미군기지 철폐 운동에 나서지 않는 오키나와 지식인들을 비판하면서 전쟁에 희생당한 오키나와가 미군 전략기지를 용인하는 것을 이해할 수 없다고 말한다. 즉 '미국↔일본'의 대립구도 속에서 '평화'를 위한 적대 세력으로서 '미국'을 비판하지만 정작 그 비판 속에는 오키나와전투의 가해자인 일본의 책임은 사라지고 만다. 요나시로가 "위령제의 영령을 섬사람들만으로 독립시켜야 한다"고 이야기하는 것은 오키나와 집단자결의 진실을 바라보는 본토인의 시각을 잘 보여준다. 요나시로가 지니고 있는 '미군기지 철폐'라는 입장은 일본과 오키나와를 동일시하는 일본 본토의 시야가 그 배면背面에 깔려 있다. 즉 요나시로의 태도는 오키나와를 국가의 내부에 기입하는 방식의 한계를 상징적으로 보여준다. 요나시로의 진보적 성향도 전후 오키나와와 일본을 동일선상에서 상상하면서 정작 전쟁 책임을 외면하는 근본적 모순에서 기인하고 있다. 이는 '요나시로'로 상징되는 본토의 평화주의자들이 말하는 평화가 그 자체로 공동空同에서 발화되는 '울림 없는 울림'이라는 사실을 보여준다.

이러한 시각의 폭력성을 극적으로 보여주는 인물은 대학 교수이자 민속학자인 오가키 기요히코이다. 오가키는 15년 동안 남편의 유골을 찾고 있는 하마가와 야에를 이렇게 평가한다.

> 아름다운 민속이라고 할까요. 가련하면서 아름다운. 아버지는 마가타마를 가지고 나가셨으니, 그 뼈 옆에 반드시 마가타마가 떨어져 있을 거라고 하는 것도 아름다운 섬 심정의 발로라고 할 수 있어요. 본래 일본인의 아름다움의 원형은 이처럼 오키나와섬에서 찾을 수 있을 거예요.92쪽

하마가와는 일본 군인에 의해 희생당한 남편의 시신을 15년이나 찾아다녔다. 하마가와가 오키나와 '노로'로 그려지고 있는 것은 그것이 오키나와 지역성의 상징이기 때문이다. 하지만 기억의 은폐에 저항하는 하마가와의 지난한 역사는 "아름다운 민속"으로 호명된다. 심지어 일본적 미의 원형을 오키나와섬에

서 발견할 수 있다고까지 이야기한다. 오가키는 오키나와인에게 성지나 다름없는 '배소'를 보고 싶다면서 후텐마 젠슈를 찾아가 부탁한다. 이에 대해 후텐마 젠슈는 그의 태도가 오키나와에 대한 몰이해라고 비판한다. 이러한 비판은 본토의 오키나와에 대한 관심인 '오키나와병'에 대한 비판적 시각으로까지 이어진다.

"배소는 특히 그 남자가 보고 싶다는 우타키의 배소는, 자네는 알고 있는지 모르겠지만 노로 이외의 사람은 절대 들어가선 안 되는 곳이오." (…중략…)

"다만 유감스럽게도 전쟁 때 하마가와 일가가 그 호로 피난했지. 그것만으로도 동생은 내심 괴로워했을 텐데 나중에 군인까지 들어온 거요. 동생은 지금도 죄 받을 일이라고 생각하고 있소. 그런 기분을 이해하지 못하고 오키나와 연구가 가능하다고 생각하나?" (…중략…)

"나는 본토 일은 모르지만, '오키나와병'이라는 말이 있어요. 들어본 적 있는지 모르겠소만, 오키나와에 대해 갑자기 알게 되어 오키나와에 깊은 관심을 갖는 열병에 비유한 것이지. 그런데 어쨌든 병은 병이오. 우리는 건전한 관심을 원해요."97쪽

노로 이외에는 출입이 금지된 배소를 견학하고 싶다는 오가키의 관심은 학문이라는 허울을 뒤집어쓴 폭력의 다른 이름이다. 오가키는 하마가와 야에의 사정에도 불구하고 배소 견학

을 집요하게 요청한다. 그녀가 전쟁 때 군인을 들어오게 한 일 때문에 "신에게 해방되지 못했"다고 사정해도 막무가내다. 오가키는 자신은 "군인과 완전히 다른 존재"라며 배소 견학의 청을 거두지 않는다. 오키나와전투 당시 목숨을 부지하기 위해 어쩔 수 없이 배소에 숨어들었고 이 일 때문에 군인들까지도 들어온 사실 때문에 죄책감을 느끼는 하마가와 야에의 죄의식은 오가키에게는 상관없는 일이다. 그에게는 오직 학문적 관심밖에 없다. 이러한 그의 태도는 오키나와전투 당시의 군인들과 다르지 않다. 폭력의 발현 방식만 달라진 것이다.

오가키에게는 아이러니하지만, 야에의 입장에서 보면 이것으로 오히려 오가키가 군인과 다르지 않은 사람이 되어 버린 것이다. (…중략…) 그 동굴의 어둠은 원래 야에가 신을 모시는 사람으로, 고독하게 신과 대화하기 위한 공간이었다. 그 규율을 잊은 것이 아니라, 규율을 깨고 전쟁의 탄환과 강제 자결을 피하기 위해 가족을 데리고 들어갔다. 그 후 마을사람들이 들어왔고 군인이 들어왔다. 가족이나 마을사람이나 그녀가 들어가지 않았다면 금기를 지켜 들어가지 않았을지 모른다. 들어갔을 수도 있지만 근래 마을사람들이 금기를 충실히 지키는 것을 알고 있는 그녀는, 마을사람들이 아마도 들어가지 않았으리라는 생각이 강하게 든다. 금기에 그 누구보다 충실해야 할 야에가 왜 가장 먼저 들어간 걸까? 아마도 그 어둠에 익숙했기 때문이리라. 아니면 신에 친숙했기 때문일지 모른다. 신

과 짐승이 간음한 것처럼 부끄러운 일이다.134쪽

소설의 초입부에서 오가키는 오키나와 고대 신사와 생활을 연결시킨 연구를 5년 동안이나 하면서 매번 여름마다 '가미시마'를 방문할 정도로 열성적인 연구자로 서술된다. 표면적으로 보자면 성실한 연구자의 모습이다. 오키나와를 이해하는 것처럼 보이지만 그의 민속지적 관심의 정체는 '야마토'의 폭력성을 학적 관심으로 포장한 것이다. 이러한 폭력성은 야마토적 시각에 의한 오키나와의 학적 발견이 지닐 수밖에 없는 한계인 동시에 국가의 내부에 오키나와의 지역성을 강제로 편입시키려는 욕망을 드러내는 것이다. 이러한 오가키의 태도는 민속지적 수단으로 국민국가의 경계를 확장하여 왔던 제국 민속학의 시각이다. 제국주의 확장과 일본 민속학의 관계를 '군속 민속학'이라고 규정하는 것을 염두에 둔다면 이는 국민국가의 욕망이 반영된 민속학적 욕망으로 설명할 수 있다. 때문에 신과 만나는 성소에 침입한 오가키는 오키나와전투 당시 일본 "군인과 다르지 않은" 물리적 폭력의 가해자일 뿐이다. 하마가와 야에의 입장에서 보자면 이것은 두 번의 전쟁 체험이다. 이는 '오키나와병'이라고 하는 일본 내부의 관심이 또 다른 폭력을 내재하고 있다는 예리한 시선이다.

'반 오키나와인'이라는 비판에 직면한 다미나토 신코는 일상화된 비극이 각인된 오키나와를 이해하면서 '가해와 희생'이라는 이분법을 넘어서려 한다. 그리고 여기에 본토 출신의 요나시로와 오가키라는 인물을 통해 패전 이후에도 지속되는 폭력의 문제가 또 다른 겹으로 그려지고 있다. 이는 집단자결이라는 비극의 역사를 기억하는 방식이 오키나와 내부의 성찰과 함께 여전히 기억의 주체를 점유하려는 본토적 시각의 허위에 대한 저항을 통해 가능하다는 점을 보여준다. 이와 관련하여 다미나토 신코의 진술을 살펴보자. 다미나토 신코는 하마가와 야에의 유골찾기를 돕기 위해 나섰다가 도모코가 비극적으로 사망한 이후에 다음과 같이 말한다.

"어리광 부리지 마. 자네들이 과거를 잊고 현실을 살아가려는 것, 그래 그건 좋다고 치자. 그러나 그것은 피 흘리며 살아온 과거를 무시하는 것이어선 안 돼. 섬사람들에게 과거는 이미 사라지고 없어. 그것을 사라져 없어진 것으로 치부해선 안 된다는 거야. 야마토 사람들에게도 그건 확실하게 인식시키는 것이 좋아. 그렇지 않으면 일본 복귀 후에도 다시 잊어버리게 될 걸. 그때는 또 그때의 현실이 기다릴 테니까."

다미나토는 섬에 온 이래 처음으로 참아왔던 말들을 꺼냈다는 생각을 했다.156쪽

"하마가와 야에 씨를 비난한다면 비난하셔도 좋습니다. 그건 오해일지 모르지만 당신들의 진실의 표명일 테니 어쩔 수 없는 일입니다. 그것으로 섬사람과 싸움이 된다면 그것도 어쩔 수 없지 않겠습니까? 인간은 싸움을 해야 말이 통할 때도 있는 법이니."156쪽

오키나와 내부의 성찰과 야마토적 시각의 문제를 함께 언급하면서 다미나토 신코는 오키나와와 본토가 "각각 다른 연대 책임"을 지녀야 한다고 말한다. 이것은 '집단자결'의 명령자로서 일본의 책임을 묻는 동시에 그것의 성실한 수행자—강요에 의해서든 강요를 내면화한 것이든—로 자처하며 '일본인 되기'를 꿈꾸었던 오키나와 내부의 책임에 대한 통렬한 비판이다. 즉 끊임없이 국민을 호명하면서 지역을 국가의 내부에 기입하려는 국가의 폭력성과 정면으로 대결하면서 국가에 의해 억압된 타자가 되어버린 지역성을 국가의 경계에서 찾아야 한다는 지적이다. 이는 내셔널리즘을 넘어서는 경계적 상상력으로서의 로컬리티의 가능성을 타진하는 것인 동시에 이를 통해서만 기억의 문제에 직면할 수 있고 전쟁 체험의 책임과 정면으로 마주할 수 있음을 보여준다.

침묵의 공모와 진실의 은폐

「신의 섬」이 보여주는 이러한 경계적 상상력은 제주4·3 소설을 이해하는 데에도 많은 시사점을 준다. 현기영, 현길언, 오성찬 등 제주4·3을 다룬 작가들은 기억의 문제를 중요하게 다뤄왔다. 이는 억압된 기억을 드러내면서 진실에 다가서려고 하는 태도였다. 진실 드러내기를 위한 기억의 문제에서는 종종 내부적 시선의 확보가 중요한 과제로 대두된다. 내부적 시선을 확보할 때에만 진실에 다가갈 수 있다는 인식은 오성찬의 4·3 연작에서도 확인할 수 있다. '다시 쓰는 사기史記'라는 부제가 달린 연작소설 『어느 공산주의자에 관한 보고서』에서는 지역의 역사를 기록하는 내부적 시선이 소설 곳곳에 드러난다. 이 작품은 실존 인물인 조몽구를 모티프로 하고 있다. 조몽구는 누구인가. 그는 1930년대 일본 오사카에서 사회주의 운동을 했던 인물로 해방 이후에는 제주도 건국준비위원회 집행위원을 지내기도 했다. 남로당 제주도당 핵심 간부 중 한 명으로 1947년 2월 열린 제주도 민전민주주의 민족전선 결성에 주도적인 역할을 하기도 했다. 1952년 펴낸 『대한경찰전사』 등에서 군사총책인 김달삼, 9연대장 박진경 암살을 주도했던 문상길 중위 등과 함께 '4·3폭동'의 주범으로 지목되었던 인물이다. 이러한 관변자료가 사실 왜곡이라는 점은 이미 밝혀진 바 있는데 남로당 제주도당의 지도부였던 조몽구는 4·3 무장봉기가 일어나자 제주도를 탈출했다가 1951년 부산에서 체포되어 징역 8년 형을 선고받는다. 출옥 후에는 고향인 성읍 마을로 돌아와 1973년 세상을 떠날 때까지 그곳에서 살았다.

오성찬은 작품 속에서 실존 인물 조몽구를 '주명구'라는 인물로 묘사하고 있다. 소설 속에서 실체적 진실에 다가서고 있는 인물로 향토사학자인 '양충식'이 등장한다. 제주도청 문화재전문위원 자격으로 관내 고비古碑를 조사하던 '양충식'은 충직한 개를 위해 세운 '개비석'의 사연을 듣고 개비석이 있는 주 씨 일가의 집을 찾아간다. 그 집에서 '양충식'은 한 노인과 만나게 되는데 노인은 비석을 조사하던 '양충식' 일행을 두고 '개만도 못헌 것덜'이라고 중얼거린다. 그 혼잣말을 유심히 듣고 있던 양충식은 노인에게 그렇게 말한 연유를 묻게 되고 그 과정에서 노인이 주명구의 조카라는 사실을 알게 된다. 향토사학자라는 설정에서 알 수 있듯이 소설은 지역사를 문제 삼으면서 '주명구'라는 인물의 사연에 주목한다. 그렇다면 소설 속 인물 '양충식'에게 지역의 역사는 무엇인가.

충식 씨가 현대사 쪽으로 관심의 물꼬를 돌리게 된 것은 고비 조사 과정에 그 주명구의 조카를 만난 무렵부터였다. '개 같은 것덜', 그 심술궂은 표정과 싸잡아 욕하던 욕설에서 그는 한동안 헤어나지 못하고 버르적거렸다. 그의 의식 속에는 역사란 거미줄과 같은 것이었다. 거미가 짜놓은 거미줄에 걸리기만 하면 운명적인 상황은 벗어날 수 없었다. 그것은 벗어나려고 발버둥 치면 칠수록 더 휘감긴다는 기억이었다. 그리고 지내놓고 뒤돌아보면 사실 그런 역사 속의 인물은 한둘이 아니었다. 역사란 먼 데 있는 것이 아니라 따지고 보면 그 한 오리한 오리가 모두 자기 몸에 걸쳐진 것이었다. 그것을 그는 짙게 느끼기 시작했다. 그는 이미 그 자신이 짜여진 거미줄 안으로 발을 들여놓았다는 사실을 깨닫고 있었다. 고비나 문화재나 이미 화석화된 역사적 물증들은 한 걸음 관심 밖으로 밀려나가 있었다. 그렇다. 아직 기억의 새벽안개들이 사라지기 전에 그것들을 지면에 옮겨 정리하는 일이 중요하다. 세워진 비석의 마모된 글자들을 읽는 작업보다 급한 것은 새로운 역사의 비석을 세우는 일이다. 아직 그 사건의 주인공들이 입에 흙이 들어가 영원히 입을 다물어버리기 전에 눈으로 보고 귀로 들은 이야기들을 뱉아 놓게 해야 한다. 그리고 그것을 각인해야 된다. 이제까지 나는 어디에서 무엇을 하고 있었던가. 개 같은 것덜. 욕설이 뒷덜미를 쳤다.

「어느 공산주의자에 관한 보고서」

'양충식'은 "고비나 문화재" 같은 실증적 사료들을 "화석화된 역사적 물증"들이라고 여긴다. 이는 실증적 사료에 포함되지 않은 기억을 기록해야 하는 사명감으로 이어진다. "세워진 비석의 마모된 글자"보다 "새로운 역사의 비석을 세우는 일"이 시급하다고 느끼는 이유도 바로 이 때문이다. 지역의 기억은 실증이 아닌 증언으로 존재한다. 향토사학자인 '양충식'은 노인의 혼잣말과 같은 욕설을 실증으로 확증되지 않은 기억들을 기록하지 않는 자신에 대한 비난으로 인식한다. 때문에 '양충식'은 "눈으로 보고 귀로 들은 이야기를 뱉아 놓게 해야 한다"고 다짐한다. 실증과 증언 사이에서 '양충식'은 증언을 선택한다. 여기서 눈여겨볼 것은 '양충식'이 증언을 선택하는 이유이다. '양충식'은 지역의 역사를 기록해야 한다는 사명을 느끼고 난 뒤 관官의 기록을 찾아본다. 그때까지 공식적인 기록은 제주4·3을 공비들의 폭동이라고 기록하고 있었다. "관官이 기록한 현대사의 묻혀 있는 구렁"을 뒤지던 그는 관의 기록을

"분칠된 역사"라고 규정한다.

'양충식'은 실증이 기억하지 않는 사실을 증언의 영역에서 찾고자 한다. 실증에서 증언으로 향해가는 그의 변화는 실증이라는 '공식 / 공인'된 기억에서 배제된, 지역의 기억을 기입하고자 하는 욕망이다. 실증을 확인하는 자가 아니라 증언을 기록하는 '기록자'의 역할을 스스로 자임하는 이 부분은 소설의 전개 과정에도 결정적이다. 이 작품은 '양충식'이 제주4·3을 경험했던 생존자들을 찾아 증언을 듣는 방식을 취하고 있다. '다시 쓰는 사기'라는 부제가 보여주듯 이러한 증언의 채록은 실증으로 기록되지 않은 지역의 기억을 기록하려는 시도이다.

「순이삼촌」이 귀향의 방식을 거쳐서 내부의 기억과 마주한다면 오성찬은 일상화된 비극으로 기억과 대면한다. 오성찬과 현기영이 '무고한 희생'을 강조하면서 지역의 기억을 '문학–언어'의 방식으로 기록하고 있다는 점은 유사하다. 하지만 현기영이 '희생'의 측면에서 국가폭력까지 문제 삼는다면 오성찬은 좌익의 폭력성까지 언급하면서 도민의 희생을 거론한다. 이는 제주4·3의 문학적 재현이 어떠한 방식으로 구현되어갔는가를 보여준다. 이제까지 제주4·3문학은 국가폭력의 문제뿐만 아니라 좌우익 대립이라는 이데올로기의 문제까지 결부되면서 다양한 기억의 양상을 그려왔다. 이는 망각에 대한 저항, 억압된 기억의 복원이라는 문학적 재현의 시도였다.

4·3소설의 1세대 격인 오성찬과 현기영의 경우와 다른 방식으로 4·3을 문학적으로 재현해낸 작품도 있는데 대표적

인 것인 고시홍의 『물음표의 사슬』이다.

고시홍의 『물음표의 사슬』에서도 망각에 저항함으로써 억압된 기억에 다가서려 하는 작가적 태도를 확인할 수 있다. 여기에는 4·3을 피해 일본으로 떠났던 '김종선'이라는 인물이 사후에 남긴 비망록을 소재로 한 「비망록—죽어서 말하다」라는 작품이 실려 있다. 주인공 '김종선'은 31살 때인 1948년 8월 일본으로 밀항했다. 제주에 부인과 자식을 두고 혼자 떠난 일본행이었다. 일본 여인과 결혼하고 자식을 낳고 "온갖 고생을 하며 자수성가"한 그는 오랫동안 절연絕緣했던 고향에 54년 만에 돌아온다. "제주의 조강지처와 일본 부인이 세상을 떠난" 뒤에서야 이뤄진 귀국이었다. '김종선'은 죽기 전에 마을에서 벌어졌던 '문규택 사건'의 진실을 알리기 위해 비망록을 작성한다. 소설은 그가 남긴 비망록을 중심으로 4·3의 진실에 접근한다. 도망치듯 떠난 '김종선'의 일본행은 친구였던 '문규택'의 죽음에 대한 죄책감 때문이었다. '문규택'은 평소에는 "동네 경조사가 생기면 만사를 젖혀 놓고 발 벗고 나서"지만 술만 마시면 주사가 심해 다른 사람들에게 시비를 거는 인물이다. 이런 성정 때문에 "마을에서는 똥 묻은 개 취급을" 받게 된다.

어느 날 마을에 남로당 간부가 찾아오고 청년 대원을 차출해서 산으로 보내라는 요구를 한다. 마을에서는 의논 끝에 '문규택'을 마을로 올려보내게 되는데 나중에 이 일 때문에 '문규택'은 비극적인 운명을 맞게 된다. 토벌대가 마을 방어를 위해 자치 조직인 향보단 조직을 만들라고 강요하자 마을 주민들은 '산사람'인 '문규택'의 존재가 행여 발각될까 노심초사한다.

> 재채기를 하고 난 민보단장이 말을 이었다.
> 그리고 엊그젠 호열자가 맨 처음 발생했던 이웃 마을 청년
> 들 열네 사람이 자운당에서 총살당한 사건도 있었고요.
> 민보단 특공대 대장이 입을 열었다.
> 규택이도 언제, 어떻게 될지 모를 일이라서 허는 얘긴데, 만
> 에 하나 그가 토벌대에게 체포돼 취조를 받는 과정에서 그동
> 안 여차저차했다고 실토허는 날엔 마을이 풍비박산이 될 터인
> 즉, 급히 손을 써얍니다.
> 문규택은 화약고火藥庫나 다름없는 위험 인물이 됐다고 했다.
>
> 「비망록 – 죽어서 말하다」

마을 사람들은 무장대의 요구를 들어줬다는 사실이 발각
될 것을 걱정한다. 노인회장과 청년단장은 '김종선'에게 '문규
택'을 도피시켜야 한다고 핑계를 대고 그와의 은밀한 만남을
친구인 '김종선'에게 부탁한다. 자기 대신 산으로 올라간 친구
에게 죄책감을 느끼고 있던 '김종선'은 마을 사람들의 제안을
받아들인다. 하지만 이 제안은 마을 청년들이 '문규택'을 살해
하기 위한 계략이었다. 이렇게 소설의 마지막 '김종선'의 일본
행이 자신 때문에 친구가 죽었다는 죄책감 때문이었음이 드러
난다.

마을을 지키기 위해 '문규택'을 폭도로 몰아 직접 처형했

던 마을 사람들은 "청년단과 민보단 특공대 대원, 수많은 회의에 동석했던 마을 청년단원들"이었다. 이 소설은 가해와 피해라는 구도를 뒤흔든다. '김종선'의 등장으로 가해와 피해의 이분법 안에서 지역(민)을 피해자라는 단일한 범주로 상정해왔던 피해의 공모는 균열이 나고 만다. 54년 만에 귀국한 '김종선'은 마을 사람들의 입장에서는 침묵의 공모를 위협하는 존재이다. 비망록의 내용이 알려지자 마을 사람들은 사실 자체를 철저히 부인한다.

손자는 김 노인이 병원에 입원해 있는 동안 당시의 '청년회 명단'을 가지고 생존자를 추적하여 4·3사건 이야기를 채록하기로 했다. 조부님의 기억에서 누락됐거나, 상충되는 부분이 있는지 모르기 때문이었다. 그러나 채록 작업은 포기할 수밖에 없었다. 대부분 세상을 떠났거나, 생존자들도 기력이 쇠락하고 치매로 대화가 불가능한 사람이 많았다. 특히, 조부님이 죄책감에 시달리는 '문규택 사건'에 대해서는, '그런 얘긴 금시초문이다. 빨갱이들이 꾸며낸 이야기'라는 것이 전부였다. 106쪽

'김종선'이 귀국하면서 들고 온 당시 "청년회 명단"은 과거의 진실을 드러내줄 단서이다. 하지만 '김종선'의 기억을 확인하고 사실을 확인해줄 사람들은 이미 사망했거나 증언 자체가 불가능한 상황이다. 목격자 없는 사실, 증언 불가능한 사실 앞에서 마을 사람들은 쉽게 기억의 봉인에 공모한다. 마을을

지키기 위한 불가피한 선택이었다는 변명조차 소설 속에서는 드러나지 않는다. 진실을 증언하는 실증적 자료 앞에서도 진실은 봉인되어야만 했다. "빨갱이들이 꾸며낸 이야기"라고 부인되어야만 했다. 그래야 지역의 공동체가 유지될 수 있다. 진실이 드러내는 순간, 가해의 책임에서 자유로울 수 없기 때문이다. '김종선'의 육성과 원고는 그가 사망한 이후에 CD에 담겨지는데 그날은 공교롭게도 "2005년 10월 '평화의 댐이 18년 만에 완공됐다'는 소식이 전해질 무렵"이다. 이러한 묘사는 결국 지역의 '평화'가 허약한 윤리적 기반 위에 서 있다는 것을 상징적으로 보여준다.

한궤리 마을지 편찬 작업을 통해 제주4·3의 증언을 채록하는 '나'의 이야기를 다루고 있는 「작은 모스크바」 역시 기억의 문제를 전면에 내세우고 있다. 기억은 국가의 직접적 폭력에 의해 억압되기도 하지만 국가폭력을 내면화한 내부에 의해서도 은폐된다. 한궤 마을지 편찬작업은 시작부터 마을 사람들로부터 비판의 대상이 된다. "왜 기억을 까발리느냐"는 비난이었다. 마을 사람들에 의해 진실은 결국 은폐된다. 「작은 모스크바」는 기억의 억압과 은폐가 현재 진행형이라는 사실을 보여준다.

이는 제주4·3의 기억이 침묵의 강요와 침묵의 공모라는 긴장 관계 안에서 형성되었다는 사실을 보여준다. 강요된 침묵이 '실증'의 영역에서 지역의 기억을 지워갔다면 침묵의 공모는 '증언'의 거부 혹은 '증언'의 부인을 통해 기억을 망각해갔다. 「작은 모스코바」는 피해와 가해의 이분법으로 설명할 수 없는 지역의 기억을 문제 삼고 있다. 피해와 가해의 이분법적 대립은 역설적으로 지역의 침묵을 용인하는 기제로 작용했다. 고시홍이 그리고 있듯이 피해자가 되기 위해서는 가해의 기억은 은폐되어야 했다. 「신의 섬」에서 오키나와 집단자결을 둘러싼 수많은 '기억-주체'들이 대결한 것처럼 제주4·3의 기억 역시 '기억-주체'들의 집단적 욕망을 세심하게 읽어내야 할 필요가 있음을 이 작품은 말하고 있다.

4·3과 오키나와를 읽기 위해

제주4·3은 반공국가에 의해 '빨갱이의 폭동'으로 치부되었다. 현기영이 「순이삼촌」에서 진실 드러내기의 의미를 "억울한 죽음들을 진혼하자는 것"이라고 했던 이유도 바로 여기에 있다. '빨갱이'로 몰릴 것이 두려워서 감췄던 진실은 진혼을 위한 전제가 되었다. 그렇기에 제주4·3을 강요된 침묵의 역사라고 말할 수 있었다. 하지만 침묵의 강요는 역설적으로 침묵의 공모에 가담하지 않으면 안 된다는 생존의 문제로 결부되었다.

반공국가의 국민이 되기 위해 스스로 '반공 전사'가 되지 않으면 안 되었고 이는 반공국가 이데올로기의 내면화로 이어졌다. 죽음은 여전한 위협이었고 '비국민'으로 받았던 '섬멸'의 기억은 생생한 과거였다. 2000년대 이후 제주4·3 진상규명 특별법이 제정된 이후 진상규명 작업의 성과와 더불어 제도적 한계 역시 분명하게 드러났다. 이러한 한계를 극명하게 보여주는 것이 바로 '희생담론'이었다. 가해의 진실을 드러내고 피해의 억울함을 증명하기 위해서는 '무고한 희생'의 수사학이 필요했다. 이러한 수사 속에서 화해와 상생은 시대적 과제로 등장하였고 제주4·3은 과거사 해결의 모범 사례로 호명되었다.

하지만 이러한 호명은 가해와 피해라는 이분법적 구도를 고착화하는 계기가 되었다. 제주사람들을 단일한 피해자로 상정할 때 지역의 윤리, 지역의 책임은 소거된다. 침묵의 공모는 윤리의 부재로 쉽게 치환되었다.

「신의 섬」이 오키나와 집단자결을 둘러싼 가해와 피해의 이항대립이 결국 지역의 책임을 외면하고 이러한 윤리의 부재가 '제국' 일본의 가해 책임의 소거로 나아간다는 점은 제주4·3소설 독해에서도 시사하는 바가 크다.

제주4·3이 오랫동안 국가로부터 기억을 억압당했다는 사실을 염두에 둘 때 기억투쟁을 통한 진실 복원은 제주4·3소설을 이해할 때 중요한 테마 중 하나였다. 하지만 기억투쟁이 국가로부터 공인받지 못한 기억을 국가 내부에 기입하는, 승인 혹은 인정의 방식으로 발현될 때의 한계도 존재한다. 이것이 경계적 상상력으로서의 제주4·3을 접근하는 이유이다. 이를 바탕으로 제주4·3소설을 다시 독해할 때 오키나와와 제주라는 두 경계의 만남이 가능해질 것이다.

8
'폭력' 이후를 상상하기 위해서

끝나지 않은 4·3

4·3은 끝났는가. 비유적인 질문이 아니다. 4·3의 고통이 아직 끝나지 않았다는 의미도 아니다. 제주4·3의 비극적 죽음을 여전히 기억해야 한다는 의미는 더더욱 아니다. 말 그대로 '제주4·3은 끝이 났는가'라는 뜻이다. 무슨 말도 안 되는 질문이냐고 할지 모른다. 학살은 오래전 끝이 났고, 4·3특별법이 제정되고, 공식적인 진상조사보고서도 나왔고, 생존 희생자와 후유 장애인에 대한 보상도 실시되고 있는데 뜬금없다고 할 만도 하다.

"1947년 3월 1일을 기점으로 1948년 4월 3일 발생한 소요 사태 및 1954년 9월 21일까지 제주도에서 발생한 무력 충돌과 그 진압 과정에서 주민들이 희생당한 사건" 제주4·3특별법은 '제주4·3사건'을 이처럼 정의하고 있다. 시기적으로만 따진다면 4·3은 지나간 역사이다. 하지만 다시 생각해보자. 과연 4·3

은 끝났는가.

　이 질문에 대해 답하기 위해서는 좀 먼 길을 돌아야 한다. 그것은 조선이 '근대'와 '자본주의 시장 체제'에 편입되어갔던 과정이 무엇이었는지를 따져봐야 하는 문제이기 때문이다. 잘 알다시피 독립국 조선이 일본 제국에 강제로 편입되는 과정은 '국권의 상실'인 동시에 '제국 자본주의 체제'의 강제적 이식이 기도 했다. 일본 제국주의는 스스로를 '문명의 전달자'로 여겼고 이는 봉건국가 조선을 식민지 자본주의 체제로 탈바꿈하기 위한 시도로 이어졌다. 철도 부설과 근대적 공장의 설립, 그리고 위생 담론에 이르기까지 제국 일본의 지배는 꼼꼼하고 치밀한 '식민지 자본주의' 이식 과정이었다. 그것은 결국 '일그러진 근대'이자, '개발 없는 개발'이었고, 국민과 비국민을 나누는 동원과 배제의 정치였다. 일본 제국의 식민지 지배의 핵심은 여기에 있다. 식민주의와 자본주의는 동전의 양면이자, 억압의 두 축이었다. 이것을 일종의 식민지적 수탈의 관점에서 바라보아서는 곤란하다. 오히려 식민과 해방, 그리고 이어진 또 다른 점령에 이르기까지, '근대'와 '자본주의 시장'의 이식 과정에 수반될 수밖에 없는 폭력의 문제를 바라보기 위해서는 근대 그 자체를 근원에서부터 바라보아야 한다. 제주의 근대 역시 마찬가지다. 식민과 탈식민, 냉전과 탈냉전의 통시적 시간 속에서 제주가 직면했던 근대란 무엇이었는가를 살펴보아야 한다. 제주4·3에 대한 사유의 출발도 여기에 있다. 과거는 기억하는 것만이 능사가 아니다. 과거는 과거의 시간 속에만 갇혀 있지 않다. 그것은 언제나 현재적 시간 속에서 여전히 영향력을 행사하고 있는 영원한 오늘이다. 그 오늘을 읽어가지 않는다면 제주4·3은 그냥 지나간 역사이자, 기억해야만 하는 슬픈 과거일 뿐이다.

　4·3대학살의 폭력은 끝난 역사가 아니다. 근대 반공국가 대한민국의 수립은 '제주'라는 이데올로기적 희생양을 필요로 했다. 통일이 아닌 분단, 완전한 자주독립이 아니라 또 다른 점령으로 이어진 역사 속에서 조선 땅 어느 곳이라도 희생양이 될 수밖에 없었다. 그런 점에서 제주4·3은 '우연한 학살'이 아니라 냉전과 분단의 역사가 시작되는 순간 발생할 수밖에 없었던 '필연적 학살'이다. 이러한 피의 대가로 세워진 것이 1948년 대한민국 정부 수립이었다. 생각해보면 1919년 3·1운동 이후 성균관 유생 조소앙이 주축이 되어서 만들어진 대한민국 임시헌장의 전통은 반공이데올로기를 내세운 반쪽짜리 대한민국에 의해 거부되었다. 이 땅의 민중은 반쪽의 대한민국을 거부했다. 4·19혁명 이후 통일의 함성이 터져나왔던 것도 이러한 맥락에서 바라보아야 한다. 이승만, 박정희, 전두환, 노태우로 이어지는 반공 군사정권을 민중의 힘으로 거부해온 역사가 바로 지금 우리의 민주주의다. 때문에 미소 대결의 과정에서 '제주'가 선택한 항쟁은 미국과 이승만의 입장에서는 용납될 수 없는 '사건'일 수밖에 없었다. 제주는 권력에 맞선 땅이었고, 분단을 거부한 섬이었다. 제주4·3항쟁의 근원도 여기에서부터 시작된다. 그렇기 때문에 이승만과 미군정은 제주사람들

을 철저히 '비국민'으로 간주할 수밖에 없었다. 그리고 이러한 폭력은 미증유의 대학살 이후 벌어진 '반공국가'의 재건과 개발 담론으로 이어졌다.

해방 후 미국의 일본 부흥 프로젝트가 미소 대결에서 전략적 파트너로 일본을 선택하면서 시작되었다는 점을 생각해보자. '비국민'에 대한 철저한 섬멸과 민족상잔의 전쟁을 벌인 이후 제주는 '빨갱이'라는 낙인에서 자유로울 수 없었다. 한국전쟁 당시 '반공의 최후 보루'로 여겨졌지만 국가는 의심의 시선을 거두지 않았다. 그리고 이러한 의심의 시선은 5·16군사쿠데타 이후에도 여전히 작동되었다. 제주4·3의 진실이 오랫동안 강요된 침묵이었다고 생각하는 이유도 이러한 현대사의 맥락 때문이다. 하지만 이후 벌어진 '혁명정부의 제주개발계획'은 강요된 침묵이 아니라 자발적 침묵의 이유가 되어갔다.

제주4·3을 끝난 역사가 아니라 현재 진행형으로 바라보기 위해서는 제주4·3과 이후의 개발 문제를 동시에 사유해야 한다. 그리고 거기에 은폐된 폭력의 구조를 근원에서 다시 보아야 한다. 그렇게 해야만 제주4·3항쟁의 의미와 이후 벌어진 대학살의 폭력, 그리고 침묵의 강요와 그것을 스스로 내면화한 과정을 동시적으로 사유할 수 있다. 그것은 제주4·3을 사유하는 일이 근대성과 식민성을 동시에 바라보아야 하는 문제이기 때문이다.

제주라는 식민지, 근대라는 폭력

근대는 식민의 시공간이 조선이라는 봉건적 신체에 새긴 문신 같은 기억들이었다. 그 깊은 기억의 화인火印을 확인하는 일이 식민지 근대성에 대한 탐구들이었다. 식민지 근대를 둘러싼 오래된 논쟁을 되풀이할 생각은 없다. 다만 '근대성 담론이 따지고 보면 경성의 근대를 확인하고 강화하는 것이 아니었던가' 하는 반성적 움직임이 로컬리티 담론을 추동하는 힘이었다는 사실은 기억해두자. 여기에는 강고한 식민지 권력의 자장을 통과해온 지역의 대응방식이 같으면서도 달랐다는 전제가 깔려있다. 경성, 부산, 목포, 군산, 인천, 제주를 단일한 시공간으로 설명하려는 욕망은 필연적으로 배제와 차별을 생산해낼 수밖에 없다. 식민지 근대를 보다 정확하게 보기 위해서는 작은 차이의 '봉합'이 아니라 작은 차이의 '다름'을 받아들이는 자세가 필요하다.

식민 이후의 문제 또한 마찬가지이다. 반공국가 '대한민국'이 수립되는 과정은 그 자체가 근대의 형성과 구축의 연속선에 놓여있다. 이 말은 '지금−여기', 우리의 근대적 신체가 식민지 근대와 분단 체제에 의해 만들어졌음을 의미한다. 따라서 식민지 시기 경성의 근대와 지역의 근대가 같으면서 다름을 확인하는 것과 마찬가지로 분단 체제가 만들어낸 '대한민국'의 근대와 지역의 근대 역시 동일성과 비동일성을 동시에 포함할 수밖에 없다. 분단 체제의 근대성은 어떤 면에서 식민지 근대성보다 더 복잡한 양상을 지닌다. 그것은 식민지와 분단 체제라는 이중의 모순을 지니고 있기 때문일 터이다.

식민지 근대성을 문제 삼을 때 지역의 사유는 식민지 지배 체제의 모순과 함께 경성과 제주라는 지역의 차이를 동시에 물을 수밖에 없다. 식민지 지배 체제는 역설적으로 제주인들에게 상시적인 이동을 가능하게 했다. 1920년대 이후 제주와 오사카를 이었던 기미가요마루의 등장은 경성의 근대가 아닌 제국의 근대와 직접적이고 상시적인 교섭을 촉발시켰다. 이는 제주 경제가 오사카 방적공장과 고무공장을 중심으로 한 제국 노동시장에 편입되기 시작했음을 의미한다. 이를 제주지역의 자급자족 경제의 붕괴, 혹은 식민지적 수탈의 관점에서 바라볼 수만 있을까. 1930년 '우리는 우리 배로'를 내세우며 동아통항조합이 결성되었다. 자주운항 운동의 일차적 동력은 제국 자본주의의 착취 구조에 대한 반발이었다. 하지만 이러한 반발의 이면에는 자발적 이동에 대한 욕구 또한 있었음이 사실이다. 스기하라 토루가 이야기했듯이 기미가요마루는 '움직이는 제주도'였다. '고무신'과 '메리야쓰'로 상징되는 근대에 대한 열망을 품은 자발적 '월경越境의 욕망' 역시 존재했다. 물론 그 자발성을 촉발하게 된 역사적 상황이 식민이라는 점은 부인할 수 없다. 하지만 그렇다고 해서 제국과 식민지의 경계를 횡단하는 이러한 욕망을 단순히 수탈과 저항으로 해석할 수 있을까. 민족 공동체에 대한 자각과 민족적 경계를 횡단하는 상시적 이동에는 어떤 욕망들이 내재되어 있는 것인가. 지역의 식민지 근대성에 관한 탐구를 민족지적 관점에서만 해석할 수 없는 이유도 여기에 있다.

　분단 체제 역시 마찬가지다. '해방'은 신생 독립국가 조선의 국가 정체政體를 무엇으로 할 것인가를 두고 치열한 대결이 벌어진 시공간이었다. 이때 국가 정체政體가 근대 국민국가임은 자명한 사실이다. '대한민국'과 '조선민주주의인민공화국'은 해방 이후 한반도에 세워진 2개의 국민국가였다. 또한 반공국가 '대한민국'의 수립 과정에서 벌어진 제주4·3 등 국가폭력의 작동 방식은 근대 국민국가가 필연적으로 배태할 수밖에 없는 배제와 차별의 방식이었다. 국민이 국가를 선택할 것인가, 아니면 국가가 국민을 선택할 것인가. 선택의 주체는 과연 누구였는가.

　제주4·3의 진실을 규명하는 작업이 단순히 비극을 드러내는 차원이 아니라 국민국가의 형성과 구축 그 자체를 근원에서부터 사유해야 하는 이유도 여기에 있다. 그동안 제주4·3문학에 대한 연구 성과들은 역사적 사실과 문학적 진실 사이의 간극을 해명하는 일이었다고 할 수 있다. 흔히 제주4·3 진상규명사가 기억투쟁의 장이었다고 말하는 이유도 여기에 있다. 역사를 선점한 국가의 기억과 그 기억에서 배제된 지역 주체의 기억의 차이를 드러냄으로써 사실 너머의 진실을 규명하기 위한 노력, 그것이 바로 제주4·3문학의 길이었다. 현기영에서 시작해서 뒤늦게 한국문학에 도착한 김석범에 이르기까지 제주4·3문학이 추구했던 문학적 진실은 식민지와 분단 체제의 근대가 지역의 신체에 기입한 근대적 폭력의 양상을 재현하는 것이었다.

제주4·3을 지역이 감내해야 했던 근대적 경험이라고 할 때 제주4·3을 일시적인 폭력이 아닌 현재적이며 연속적인 폭력의 지속으로 바라볼 수 있을 것이다. 물론 여기에는 오랫동안 침묵을 강요받은 지역의 기억도 한몫을 했다. 하지만 단순히 강요된 침묵만 존재했던 것인가. 김석범이 말한 것처럼 '기억의 말살'이 외부적 힘이었다면 '기억의 자살'은 내재적 순응의 방식이었다. 억압은 저항의 배경이기도 했지만 자발적 순응의 토대이기도 했다. '반공국가'라는 실체적 억압을 현기영은 해병 3·4기 출정식 장면을 통해 그 의미를 "선배들과의 영원한 결별"이라고 이야기한 바 있다. 반공국가의 '국민'이 될 것을 강요받았던 지역의 기억들을 문제 삼을 때 우리는 4·3만이 아닌 지역에 기입되어 갔던 근대의 본질적 폭력을 말할 수 있을 것이다.

제주4·3은 단순히 역사적 사건으로 '기억'되어서는 안 된다. 제주4·3은 지역의 근대가 형성되고 구축되어갔던 시작점이자 과정이었다. '기억의 말살'과 '기억의 자살'을 동시에 가능하게 했던 근원적 폭력의 양상과 이에 대한 지역의 대응을 동시에 바라볼 때 제주4·3의 현재성, 제주4·3문학이 추구하고자 했던 문학적 진실에 한 걸음 더 다가갈 수 있다.

제주4·3을 "1947년 3월 1일을 기점으로 1948년 4월 3일 발생한 소요사태 및 1954년 9월 21일까지 제주도에서 발생한 무력충돌과 그 진압 과정에서 주민들이 희생당한 사건"으로만 기억하지 않으려고 할 때 우리가 던져야 하는 질문은 무엇인가. 그것은 근대 국민국가의 배제와 차별이 제주4·3에만 국한되는 것인가라는 근대성 자체에 대한 질문일 것이다. 다시 말하자면 국가 수립 과정에서 필연적으로 발생한 배제와 차별이 '지금-여기'의 자리에서 어떤 방식으로 지속되고 있는가라는 물음일 것이다. 에드워드 사이드가 '제국주의는 끝나지 않았다'고 선언한 것처럼 제주4·3은 끝나지 않았다고 한다면 끝나지 않은 제주4·3의 기억들은 과연 무엇인가.

반공국가 대한민국을 거부한 저항

『제주4·3진상조사보고서』는 진상조사 배경을 설명하면서 "남로당에 의해 주도된 공산반란", "남로당 중앙당의 지령에 의해 제주도를 비롯해 한반도 전체를 적화시키기 위해서 공산도배들이 일으킨 폭동"이라는 반공국가의 규정에 대한 지역의 저항을 기억투쟁의 관점에서 서술하고 있다. 또 1960년 4·19혁명 이후 지역에서의 4·3 진상규명 촉구 노력이 5·16 쿠데타로 좌절된 사정과 이후 4·3에 대한 논의가 금기시된 연유를 자세하게 설명하고 있다. 이런 관점은 제주4·3 진상규명운동을 "잘못 알려진 역사를 바로잡는 것"이라는 입장에서 해석하고 있다.

여기에서 짚고 넘어갈 것은 "잘못 알려진 역사를 바로잡는 것"이라는 말의 의미이다. 이는 '(　)의 역사는 잘못 알려졌다', 따라서 '그것을 바로잡아야 한다'는 의지의 표현이다. 여기에서 괄호 안의 주체를 '제주'라고 할 때 이는 반공국가가 규정한 폭동을 거부하는 지역의 인식을 반영한다. 따라서 '공산도배들의 폭동'이라는 규정은 왜곡이며 마땅히 배척되어야 하는 오류이다. 이렇게 규정할 때 국가는 왜곡과 오류의 생산과 확대의 주체가 된다. 국가 책임의 문제는 여기에서 발생한다. 하지만 여기에서 '바로 잡는다'라는 과정으로 넘어가면 문제는 간단하지 않다. '바로 잡음'의 대상이 지역의 역사인지 아니면 지역의 역사를 왜곡해온 국가의 역사인지 하는 문제가 발생한다. 지역의 기억과 국가의 기억이 대결할 수밖에 없다.

제주4·3은 이러한 대결과 긴장의 국면에서 이해되어야 한다. 제주4·3 진상규명운동의 한 축이 진상규명의 법제화 과정이었다는 점을 기억하자. 진상규명 특별법 제정 운동이 제주4·3 운동 진영의 오래된 과제였고 법 제정 과정이 그 자체로 진상규명사였음은 분명하다. 하지만 왜곡된 지역의 기억을 '바로잡는' 과정이 법제도화로 수렴될 때 필연적으로 지역의 기억은 왜곡된다. 그 왜곡의 과정을 특징적으로 보여주는 게 '희생담론'의 대두였다. 희생의 무고성을 강조하는 일련의 흐름은 역설적으로 특별법 제정 이후 부각되었다. 진상규명과 명예회복의 법제화가 지역의 기억이 국가의 기억에 포섭되는 과정으로 이어져 왔던 것이다. 이러한 과정의 정점에 있는 것이 4·3 70주년을 맞아 대대적인 캠페인으로 벌였던 '제주4·3은 대한민국의 역사입니다'라는 슬로건이었다.

이 슬로건은 반공국가 '대한민국'을 거부했던 제주4·3항쟁의 기억이 어떻게 대한민국의 역사로 기입될 수 있을까라는 질문을 의도적으로 거세하고 있다. 대한민국의 수립 과정이 '빨갱이 섬 제주'에 대한 차별과 배제를 통해 가능했다는 점을 염두에 둔다면 과연 지역의 기억을 대한민국의 역사에 기입하려는 시도는 적절한 것인가. 제주4·3을 해방 이후 지역의 신체에 새겨진 폭력이었다고 할 때 그 폭력의 결과로 만들어진 체제를 거부하는 게 당연하지 않을까. 결론적으로 말하자면 '제주4·3은 대한민국의 역사입니다'라는 슬로건은 제주4·3을 대한민국이라는 역사에 기입하고자하는 욕망인 동시에 대한민국의 역사로부터 지역의 역사를 승인받고자 하는 인정 욕망이다. 여기에는 여전히 국가의 승인이라는 권력의 문제가 해결되지 않고 있음을 보여준다. 단독정부 수립과 한국전쟁을 거치면서 제주4·3은 반공주의 자장 속에서 이해되었고 그것의 극단이 '폭동'이라는 낙인이었다. 그렇다면 낙인의 주체와 승인의 주체는 누구인가. 권력을 획득하고 행사한 정치 세력은 (표면적으로는) 바뀌었다. 하지만 그렇다고 해서 국가라는 본질은 변화했는가. 낙인의 주체와 승인의 주체는 과연 다른 존재인가.

민주주의는 공화정이고 그것의 기반은 헌법적 가치이다. 지금의 헌법 체계는 1987년 6월 항쟁 이후 개정된 87년 체제 안에 있다. 말하자면 '지금-여기'는 여전히 '6공화국'이다. '대한민국'의 정체성을 1919년 임시정부에서 찾아야 한다고 이야기한다. 일견 타당하다. 하지만 반공국가 '대한민국'의 수립 과정에서 벌어졌던 국가폭력을 전면 부정할 수 있는가. 국가폭력을 '필연'으로 했던 이승만-박정희-전두환-노태우로 이어지는 '대한민국' 권력 체계를 여백으로 둘 수 있을까. 87년 민주항쟁이 불완전한 민주주의의 지속인 동시에 민주주의의 계속적 혁명을 의미한다면 1948년 4월 3일 제주에서 타올랐던 봉홧불은 과연 무슨 의미였을까.

제주4·3은 반공국가 '대한민국'을 거부한 항쟁이었다. 단선·단정 반대는 반쪽짜리 '대한민국'을 거부한 저항의 목소리였다. 그렇다고 해서 그것이 곧바로 '조선민주주의인민공화국' 지지를 의미하는 것은 아니다. 4·3은 반쪽짜리 '대한민국도', '조선민주주의인민공화국'도 거부한 통일운동이었다.

이러한 점을 염두에 둔다면 "잘못 알려진 역사"라는 상태에 대해서도 생각할 필요가 있다. 이 말은 왜곡과 오류의 지속을 의미한다. 즉 제주4·3은 오랫동안 "공산 폭동"으로 "잘못 알려"져왔고 그 왜곡과 오류는 강제되었다는 인식이다. '강요된 침묵'은 반공국가의 일상적이며 지속적인 억압을 상징하는 말이다. 침묵의 형식을 가능하게 한 것은 반공주의라는 제도적 장치가 있었기 때문에 가능했다. 가라타니 고진의 비유를 빌어 말하자면 반공주의가 침묵이라는 제도를 만들어낸 것이라고 할 수 있지 않을까. 즉 '강요된 침묵'이 제도로서의 '침묵의 지속'을 의미한다면 지역이 마주한 침묵의 내면은 과연 무엇이었는가. 그리고 이러한 침묵의 내면은 과연 순수하고 무구한 지대로 존재할 수 있었던 것인가.

제주4·3문학은 이미 다양한 침묵의 내면을 보여준 바 있다. 현기영의 「순이삼촌」에서 기억을 둘러싸고 벌어지는 길수와 고모부와의 대결 장면, 현길언의 「우리들의 조부님」의 자발적 기억의 은폐, 오성찬의 「어느 공산주의자에 관한 보고서」와 「단추와 허리띠」가 좋은 예이다. 기억하지 않으면 풍문으로 남을 것이라면서 제도화된 침묵에 저항하기도 하고현기영, "누구도 아버지의 죽음을 말하지 않"는 침묵의 "약속"을 공모하기도 한다.현길언 침묵은 반공주의라는 국가 장치가 고안해낸 제도이다. 조르조 아감벤은 제도의 탄생은 주체를 생산해낼 수밖에 없다고 했다. 이런 점을 염두에 둔다면 반공주의는 새로운 주체의 탄생을 야기할 수밖에 없다. 항쟁을 기억하는 주체에서 반공 국가의 '국민'이라는 주체의 변화는 침묵의 내면이 반공주의를 관통하면서 굴절되고 변질되는 양상을 보여준다.

반공주의가 문제인 이유가 여기에 있다. 반공을 국시로 한 '혁명공약'이 미시적 일상을 지배하는 상황에서 침묵은 저항과 공모의 사이에서 방황할 수밖에 없었다. 그 방황의 방향을 확인하는 일은 제주4·3을 국가의 승인이나 인정의 대상에서 '해방'시킬 수 있는 실천적 사유의 가능성을 타진할 수 있는 작업이다. 그것은 지식으로서의 4·3이 아닌 실천으로서의 4·3을 인식하는 시작점이다. 자명하다고 인식되어 온 식민과 분단 체제가 만들어낸 지역의 근대성을 의심하는 근본적 회의의 출발점이다. 이럴 때 4·3은 일회적 사건이 아니라 근대적 폭력의 연속 과정에서 사유될 수 있을 것이다.

반공주의의 또 다른 얼굴, 개발

반공주의와 개발은 어떤 관련이 있는 것인가. 이러한 질문을 염두에 두면서 제주에서 발행되었던 미디어들을 읽다 보면 흥미로운 지점들을 확인할 수 있다. 1968년 창간된 『월간 제주』라는 잡지는 그런 점에서 주목할 필요가 있다. 『월간 제주』는 박정희 정권이 일상적 검열 권력으로 작동하고 있는 상황에서 민간에서 발행한 종합지적 성격의 월간지였다. 해방 직후 창간된 『제주신보』가 실질적으로 지역 언론을 대표하고 있던 상황에서 4·19혁명 이후 지역에서 매체 발간이 봇물처럼 쏟아진다. 『제주매일신문』과 주간지인 『의회보』 등 군소지들이 난립하면서 창간과 폐간이 반복되었다. 이런 상황에서 『교육제주』와 『제주도』 등 기관지들이 창간되는데 제주도청이 펴낸 『제주도』지는 단순히 기관지의 성격뿐만 아니라 다양한 유형의 글들이 실리는 거의 유일의 종합지 역할을 하게 된다. 제주 언론사 연구자인 이문교에 의하면 1968년 창간된 『월간 제주』는 많은 잡지들이 경영난으로 폐간과 복간을 반복하는 과정에서 1980년 언론 통폐합 조치로 강제 폐간되기 전까지 통권 126호를 발행했다. 『월간 제주』의 창간은 기관지가 주도하던 매체 시장의 변화를 의미하는 것이었다. 그런데 더 흥미로운 점은 80년 언론 통폐합으로 강제 폐간되었던 『월간 제주』가 1989년 복간된다는 점이다. 80년 언론 통폐합이 된 이후 종합지의 복간은 『월간 제주』가 유일하다. 복간호에 밝히고 있는 복간의 변을 보자.

민주는,

자유는

마땅히 우리의 것이라고 믿어왔다.

그러나

1980년, 7백여 명의 언론인 해직과 언론기관 통폐합 강제 조치가 있던 날,

'월간 제주'는

'민주'가

'자유'가

흔히 우리의 몫으로 남아 있지 않았음을 보았으며, 이 땅에 엄청난 한을 질펀하게 갈아 놓은 것을 보았다.

정녕,

고통 속에서만 민주, 자유는 소생하는 것일까?

자유언론의 역사가 그러했듯이,

그렇다면, 민주 전취에 얼마나 많은 희생이 뒤따라야 하는 것일까.

역사 앞에 외상은 없는 것일까.

이제 민주화가 되었다고도 한다.

'월간 제주'도 복간의 필요성을 인식한 뜻 있는 많은 분들의 도움으로 침묵의 세월 8년 만에 복간을 맞게 되었다.

이 마당에,

'월간 제주'는 80년 이후 허약한 언론을 뒤돌아보면서 변명하기보다는 민주사회의 주역으로 중대한 시대적 책임을 역사

앞에 분담해야 할 입장에 처해 있음을 새롭게 인식하며 출발할 것을 다짐했다.

또한 '월간 제주'는 '사회의 공기'라고 내세울 수 있는 최대의 힘인 '공중의 신뢰'를 바탕으로 도민의 알 권리에 부응해 나가고자 한다.

복간의 변은 80년 언론 통폐합의 기억을 상기하면서 민주화가 복간의 강력한 동력이었음을 드러내고 있다. 또한 복간의 필요성에 대한 지역 사회의 공감도 언급하고 있다. '민주사회의 주역'과 '도민의 알 권리 부응'이라는 포부를 밝히는 것으로 끝내고 있는 복간사에는 복간 결정이 단순히 제호만의 승계가 아니라는 점을 드러내고 있다. 복간에 관한 사회적 공감을 언급하는 대목에서는 강제 폐간됐던 미디어에 대한 긍정적 기억의 공유가 복간의 동력 중 하나라는 점을 확인할 수 있다. 그렇다면 복간의 필요성을 인식한 지역 공동체의 자의식은 무엇이었을까. 복간호에서 눈에 띄는 부분은 개발 문제에 대한 비판적 언급이다. 탑동매립을 비판하고 있는 '누구를 위한 개발인가?'와 '땅의 주인은 누구인가'라는 기사는 개발에 대한 반성과 함께 지역의 땅을 지키기 위한 지역 주체들의 조직과 연대의 필요성을 언급하고 있다. 또한 송악산 군사기지 반대 투쟁의 현장도 화보로 싣고 있다. 1988년 제주대학생들의 초청으로 이뤄진 존 메릴의 강연 소식을 담은 「존 메릴의 제주대 강연에 부쳐−4·3은 반미항쟁이다」라는 기사도 눈에 띈다. 국가 주도

『월간 제주』 복간호

〈송악산군사기지반대〉, 『월간 제주』 복간호

누구를 위한 개발인가?

'얻은것보다 잃는것이 더 많은' 탑동매립사업

김학준

〈제주지역주민주체개발결정권 쟁취공동대책위원회〉라는, 얼핏그 의미가 쉽게 와닿지만은 않는 매우 긴 이름을 가진 단체가 결성된 것 은 몇개월 전의 일이다. 그와같은 "괴상한" 이름은 그러나 조금만 생각을 해보면, 지역사회의 현실과 그에 대한 제주민들의 절박한 인식과 절 실한 염원을 제대로 함축하고 있음을 알 수있다. 간단히 말해서, 여태까지의 지역개발에 있어서는 지역주민들이 소외 되어 왔으나, 앞으로의 개발에 있어서는 우리 스스로가 그 주인공이 되어야 한 다는 주체선언인 것이다. 그와같은 모임이 결성되게 된 것은 어느날 하루 아침의 일이 아니라 이곳 제 주도에 개발의 바람이 불기 시작한 이래 누적되어 온 피해의식의 원천 에 대한 각성의 결과로 보인다.

최근들어 이 지역의 개발사업들 은 두드러지게 지역주민들을 소외 시키는 경향으로 나아가고 있는듯 하다. 소외(疎外)란 간단히 말해 서, 주객(主客)이 뒤바뀌는 현상 을 가리킨다. 최근의 개발은 과거 에 비해 더욱 더, 주민을 위해서가 아니라 외지 자본가들의 이익을 주 요한 목표로 해서 진행되고 있다. 현재는 잠정적으로 보류된 것으 로 알려진 조천 대성원인가 개발 사업이라든가, 진행중에 있는 탑동 매립사업은 이 좋은 예에 속한다. 제주시 탑동 앞바다 매립계획을 입 안한 관계자는 "제주시에 바닷가 를 낀 공공시설과 시민 휴식공간이 부족하기 때문에 이 사업을 추진하

게 되었다"고 밝히고 있으며 그것 이 본래의 순수한 의도였을지도 모 른다. 그러나 관련 주민과 일반시 민 그리고 학생과 전문가들이 한결 같이 "얻는 것보다 잃는 것이 더 많은" 사업임을 적시하면서 그렇 게 격렬하게 항의하고 반대함에도 불구하고 온갖 불법과 탈법 행위가 자행되는 가운데 매립이 강행되고 있다는 사실은 무엇을 의미하는가? 그것은 곧 지역주민의 이익은 탑동 매립사업의 경우 이미 개발의 근거 가 되지 못하고 있다는 것을 단적 으로 말해주는 것이다.

탑동 앞바다를 매립함으로써 지 역주민들에게 돌아올 것으로 예상 되는 이익은 공사가 본래 계획대로 철저하게 이행되는 경우에도, "바 닷가를 낀 공공시설과 시민 휴식공 간 또는 상업공간의 확장"이다. 그것에 비해서 지역주민들이 치뤄 야하는 댓가는 실로 엄청나다. 거 기에는 우선 어장의 황폐화에 따른 어민들의 생업상의 피해와 같이 가 해자와 피해자 그리고 피해 상황이 구체적으로 추정 가능하여 적절한 보상이나 대책 강구를 요구할수있 는 종류의 것이 있다. 또한 가해자 와 피해상황을 판단하는데 사업적 판단이 필요하며, 게다가 피해자가 공중이거나 익명적이어서 문제의 해 결을 추궁하는 것이 쉽지만은 않은 그런 종류의 피해가 있다. 이를테면 오폐처리시설 미비로 인한 환경오 염, 인위적인 매립공사에 따른 자 연생태계 파괴와 그로 인한 예측불 능의 사태, 고가의 토지매입에 따

른 고도의 소비·향락·퇴폐문화의 가능성과 그로 인한 전래의 미풍양 속의 파괴와 청소년 교육에 대한 영향 등이 그것이다. 이런 피해 는 범위나 대상이 대체로 광범위하 고 영향이 누적적이며 도대체 누가 보호나 권익을 주장하는 주체가 될 수 있는가, 또는 되려고 할 것인 하는데 문제가 있으며, 따라서 사 전예방이나 사후대책을 마련하기가 곤란하다. 업자측에서는 이런 문 들을 도외시 하려들기 마련이다. 게다가 아직은 개연성으로만 존재 하나 부실공사로 발생하는 걷잡을 이고 누적적인 피해도 있을 수 있 다. 그 경우 물론 일정한 기간동안 공사의 잘못을 책임지는 하자(瑕) 보수기간이 있기도 하나, 그 이후의 문제에 대해서는 지역주민 들이 세금을 더 내서 해결해야 한 다. 업자들이 하자보수기간 정도의 내구성에 맞추어 최소한의 경비를 들이고 최대한의 이익을 거두려한 다는 것은 이미 잘 알려진만큼이다.

이른바, "바닷가를 낀 공공시설과 시민 휴식공간"은 있으면 없는것 보다는 좋으나 없으면 없는 대로 그만일 수도 있다. 그래서 지역주 민들의 갖은 비난과 반대를 무릅쓰 면서라도 어쩔수 없이 강행해야만 하는, 이를테면 간선도로 확장과 같 은 그런 사업은 결코 아니다. 군사 기지 조차도 지역주민들의 이해관 계에 따라 조정이 가능해지는 것이 오늘날의 세계적인 추세가 아닌가. 더구나 바로 앞에서 본 바와같이 댓가가 너무 엄청나지 아니한가?

그래서 우리는, 탑동매립사업의 표면적인 명분이 무엇이 든지간에, 그 실제적인 목표는 사업자측이 얻을 수 있는 막대한 토지매각 이익에 있지 않은가하는 의구심을 금할 수가 없다. 뿐만 아니라 매립면허를 인가하는 과정의 위법성과 기만성, 그리고 사업을 집행하는 과정의 탈법성을 목도하고 있는 터에 그러한 의구심은 더욱 강해질 수 밖에 없다. 사법당국에서는 〈제주대학교탑동불법매립공동대책위원회〉에서고 발한, 탑동매립사업의 위법성에 대해서 지난 11월 무렵의 처리한바 있다. 그런데 우리는 그러한 '사법적 진실'이 이른바 '실체적 진실'

야 하는 현실에 직면하고 있으며, 매립사업을 강행하는 업자측은막대한 이익의 독점을 눈앞에 두고 있다. 그 이익은 막대해서 항간에는 최고 5백억까지로 추정하는 사람들도 있는 형편이다. 수치는 매립토지의 매각싯가, 보상비용, 공사 부대비용 등에 따라 달라질 수 있으나, 5만평의 매립지 중 그 1/2을 분양할 권리를 가진 업자에게 엄청난 이익이 돌아갈 것은 분명하다. 일대의 지가(地價)는 시세로 평당 1백~2백만원 정도로 알려지고 있는데 최근의 인플레이션 추세를 반영하면 시가는 그 이상 육 가한다고도 한다. 업자가 독점하게

이익"의 1/10을 갖도록 되어있다. 그 차이는 실로 엄청나다. 1주일 차이로 업자의 이익은 몇십 억원에서 몇 백억원으로 돌변하고 만 것이다. 장병구씨는, 당시 웹일인지 모르나 건설부에서 면허인가를 몹시 서둘렀다고 증언하고 있다. 현재 거기에 어떤 흑막이 있었다고 단정할 만한 입증자료를 제시할 수는 없다. 그러나 그와같은 사태가 벌어지게 된 것이, 작금에 적나라하게 드러나고 있는 바와같이 극에 달했던 5공화국 정권의 부도덕성에 기인하는 것이든, 아니면 오랫동안 누적되어온 독재정권하의 관료주의의 병폐의 하나인 무사안일주의에서 연유하든, 결과적으로 지역주민들은 이래 저래 개발이익으로부터 철저하게 소외당하고 있는 것이다.

요컨대 탑동매립사업은 표면적으로는 그럴듯한 명분을 내세우고있으나, 실제로는 외지 자본가의 독점이익을 구현해가는 허울좋은 지역개발의 대표적인 사례이다. 이와 같은 사태는 서두에서 언급했던 바와같이 최근들어 매우 두드러지는 경향을 보이고 있다. 즉, 외세와 관(官)과의 결탁에 의한 인허가 과정의 불법성 또는 일방성,개발이익의 독점, 주민소외, 자원낭비 등등이 그 특징적 성격을 이루고 있다. 그런 의미에서 탑동매립사업 사건을 인근 어민들이나 상인들의 이해관계만으로 결부시켜서 보상의 차원으로 문제를 격하시키고자 하는 것은, 문제의 본질을 호도하는 것이다. 업자나 관료들의 경우에는 그렇게 나오는 것도 당연하다고 하겠으나, 이를 반대하는 단체들은 전략, 전술의 차원을 떠나서 심각한 반성을 필요로 한다. 매립사업은하나의 사례로서 대해야 하며, 지역개발에 따르는 본질적인 문제들을 개선하거나 해결하기 위한 하나의 시금석으로 받아들여야 한다.

김학준/대기고등학교 교사

가 거리가 여전히 있는 것으로 믿고 있 다. 사법적 진실은 체제의 기존 메 카니즘을 반영하며 수호하고자 한 다. 사법적 진실이 실체적 진실과 거리가 클수록 우리가 실제로 겪게 되는 고통과 희생은 커지며 따라서 기존체제로부터 거리가 멀어지게 마련이다. 그러나 지역주민들이 진 정하는 것은 정당한 권익을 정 당한 절차를 통해서 향유할 수 있 게 되는 것이다. 사법적 진실을 논 하는 법리(法理)가 어떠하든 실체적 진실에 의해서 영향을 받지 않을 수 없는 지역주민이 앞서 살펴본 바와같은 엄청난 댓가를 치뤄

되는 이익이 훨씬 작아지고 그대신 지역주민들에게 돌아올 이익이 몇 곱절 더 커질 수 있는 기회가 있 었다. 시사주간지인 〈주간조선〉 ('88.11.27)과의 인터뷰에서,매립면허가 인가될 당시 제주도지사였던 장병구씨가 증언한 바에 의하면, 신법(新法)이 시행되기 1주일 진인 1986년 12월 24일에 탑동매립면허가 인가되었다고 한다. 그 때 적용된 구법(舊法)에서는 매립토지의 1/2을 임의처분할 수 있는 권한을 업자가 갖도록 되어있었으므로, 1987년 1월 1일부터 시행되는 신법에서는 "공사비 + 매각

땅의 주인은 누구인가?

김관후 /서귀포 YMCA 총무

개발 혹은 발전의 개념은 광범위하고 다양하여 정의하기가 매우 어렵다. 그러나 그 개념을 집약한다면 사회의 발전을 가져오기 위한 계획적인 노력이라 할 수 있겠다. 오늘날 논의되고 있는 개발운동의 내용은 민중의 삶의 질을 향상시키고 사회의 균형적인 발전을 촉진하는 노력으로 이해된다. 물론 사회의 양극화 현상을 시정하여 인간다운 삶을 추구하며 새로운 공동체를 형성하고 사회의 발전을 촉진하는 것이 중심 과제이기도 하다.

1970년대 이후 개발의 개념은 인간다운 삶을 영위하지 못하는 극빈자, 실업자, 퇴직배자 또는 무력자들에 대한 인간다운 삶을 보장해 주기 위한 운동으로 확대되었다. E.F 슈마허 (Schumacher)는 『개발은 재화로부터 출발되지 않고 인간 즉, 그들의 교육조직, 훈련으로 시작된다.』고 하였다.

제주인의 현재의 삶은 침묵의 문화에 침몰되어 제주인들에 대한 압박자의 침혜는 삶의 터전을 상실할 위기에 직면하게 하였다. 땅을 잃은 사람들의 몸부림은 여러가지 상황에서 모순들을 인식하였으며, 그것이 대응방식으로 여러 모습의 사회운동을 형성하였다. 이제 인간은 자기 운명의 주인이다. 지역 사회운명은 지역사회주민이 책임져야 한다.

땅의 역사성

개발운동을 땅을 중심으로 살펴보면 거기에는 땅을 상실한 민중들이 땅을 차지하기 위해 투쟁하는 기록들이 있다 땅에 뿌리를 내리고 살던 민중들이 압제자에 의해 뿌리가 뽑혀 추방되는 기록들이다. 인간의 역사에서 땅은 결코 단순한 흙이 아니라 땅은 민중들에게 삶의 뿌리를 내리도록 허락하는 역사의 현장이다. 다시말해 역사적 사회적 신학적 의미를 지닌 상징적인 현장인 것이다. 땅은 가진 자와 짓밟힘을 당하는 자 사이의 온갖 사건이 응어리진 장소이다.

성서 기자는 이런 땅의 역사적 상황을 이렇게 기록하고 있다.

『아해여/ 우리가 이런 형편을 당했는데도/ 기억해 주지 않으시겠읍니까?/ 우리가 이렇게 욕을 보는데도 굽어 살피지 않으시겠읍니까?/ 우리의 땅은 남의 손에 넘어갔읍니다/ 우리는 아배없는 고아가 되었읍니다. 우리의 어미는 과부가 되었읍니다./자기의 물을 돈 내고 얻어 마시며, 자기의 나무도 값을 내고 들이게 되었읍니다 / ……굶주림 끝에 우리의 살갗은 불길에 그을린 듯 까맣게 되었읍니

다./시온에서/여인들이 집탈을 당했읍니다./유다성읍들에서 처녀들이 짓밟혔읍니다. (구약 애가 5장에서)』

한국 역사에도 강대국에 의해 땅을 빼앗긴 역사가 있다. 왕과권력이 땅을 짓밟는 눈물의 역사가 있다. 그러나 민중은 땅을 떠나고, 땅을 얻고, 땅을 잃은 과정속에서 그들의 생명력을 이어오고 있는 것이다. 그들은 땅을 통하여 생명에서 죽음으로, 죽음에서 생명으로 이어지는 순간을 영위한다. 우리들은 땅에서 나그네요, 유랑자요, 토로들이다. 우리들은 땅 없는 백성의 이미지를 간직한 상태에서 압제자의 굴종속에 놓여있다.

땅의 주인은 누구인가? 한국의 주인은 누구이며 제주땅의 주인은 누구일가? 시인 문병란은 땅을 이렇게 노래한다.

『철철 갈기는 오줌소리 밑에서도 온갖 쓰레기 가래침 밑에서도 나는 다시 깨끗한 땅이다. 오늘 누가 이 땅에 빛깔을 칠하는가 오늘 누가 이 땅에 멋대로 선을 긋는가?
아무리 밟아도 소리하지 않는 갈라지고 매몰은 발바닥 밑에서 한줄기 아픔을 키우는 땅 어진 백성의 똥을 받아 먹고

제주땅을 지키기 위해서는 지역주민의 힘과 조직이 필요하다. 개발이 안정된 사회적 기반에서 추진되기 위하
는 갈등이나 대립을 조직화 하는데서 출발해야 한다. 갈등은 은폐하거나 강제로 억압하는 것으로서 문제가 해
될 수는 없다.

뚝뚝 떨어지는 진한 피를 받아
먹고
미욱 기름진 역사의 발바닥 밑에서
많은 뜨겁게 뜨겁게 울고 있다. 땅
은 하나님이 인간에게 주신 최
초의 선물이다. 가난한 민중들이 땅
을 차지하려고 애쓰는 것은 하나님
의 약속을 지키기 위한 행동이다.
그러나 땅은 늘 압제자들에 의하여
피흘림 대상이 되었다. 땅은 인간 모
두의 몸이다. 그러기에 강한자가 결
코 땅의 소유자가 될 수가 없다.
이제 강한자들이 곳곳에서 거대한
사유지를 차지하게 되었으며 대지
주로 탈바꿈하게 되었다. 토지가
누구 것인데, 땅이 누구 것인데도
대체 자기 마음대로 땅을 차지해
버린단 말인가? 모든 사람에게
기쁨과 자유를 창조하라고 주어진
땅이 이제 그 인간을 비인간화 하
고 인간을 착취하고, 인간을 억압
하는 원망의 대상이 되고야 만 것
이다.
그러나 땅의 상실이 역사의 결
말은 결코 아니다. 고향의 상실은
새로운 땅으로 가는 믿음의 확신이
다. 땅은 상실되었지만 그곳에서
새로운 민중의 역사가 시작되는 것
이다.
지금 제주땅─탑동, 모슬포, 서
귀포, 성산포, 신제주 등에서 민중
의 함성이 터져나온다. 땅의 주인
이 평화로운 삶을 영위하기 위한
외침이 터져나오고 있는 것이다.

개발주의에서 해방운동으로

땅에 사는 모든 사람들이 그들의
공동선을 추구하기 위한 노력이 개
발운동이다. 그러므로 개발은 경제
성장이란 용어와 동의어 일 수는결
코 없다. 과거에는 개발의 정도를

국민총생산 (GNP)이나 국민소득
(NI)으로 측정을 하였으나.
이제 개발이라는 용어에 맹렬한
비판이 가해지기 시작한 것이다.
지금까지 개발정책이 빈곤한 국
가들을 해방시키는데 결함이 많았
을 뿐 아니라 경제성장 및 근대화
의 측면에서 개발의 주체가 누구
였느냐는 것이다. 빈곤의 원인은
선진국들이 개발에서 벗어진 부산
물이며, 개발을 성취하기 위해서는
부강국들의 지배에서 벗어나야 한
다는 인식이다.
1955년 반둥회의 (Bandung Co-
nference)는 개발의 의미를 발전
시키면서 자본주의 세계와 사회주
의 세계라는 두 세계를 견주어 보
고, 제3세계의 성원들이라는 연대
의식을 자각하였다.
1968년 W.C.C (세계교회협
의회)의 개발에 관한 표현은 그예
서지를 통하여 집약되었다.
『우리는 평화를 열망하는 사람
들의 외침을 들었고, 땅과 정의
를 요구하는 굶주리고 착취당한
사람들의 외침을 들었으며, 인종
차별의 희생물이 되어 인간의 존
엄성을 주장하는 사람들의 외침
을 들었다. ……군비지출로 조장
된, 계속적으로 벌어지고 있는
빈부의 차는 오늘날 해결되어야
할 중요한 문제이다.』
이런 관점에서 개발주의 (deve-
lopmentalism)에서 탈퇴하여 저
개발의 근본원인을 공략하는 해방
운동으로 전환해야 한다. 그래서
구티에레즈 (Gutierrez)는 개발
의 의미를 『사회전체의 발전 to-
tal social process』이라 요약하
고, 여기에는 물론 경제적, 사회적
문화적 해방을 주장하고 있는 것이

다. 그는 이어서 기존상황 (Stat-
usquo)을 근본적으로 무너뜨리
는 일, 기존사회를 새로운 사회로
변화시킬 것을 주장한다. 물론 새
로운 해방운동은 갈등과 투쟁이 내포된다.
1975년 W.C.C (세계교회협의
회)는 개발의 모든 문제로 제3세
계가 핵심으로 등장하였으며, 개발
의 과정을 해방의 과정이라 정의하
고 다음과 같은 세가지 프로그램을
제시하였다.
1) 가난하고 억눌린 사람들이
운동을 조직하는 일을 지원하기 위
해 접촉한다. 국제적인 연락망을
조직한다.
2) 소수의 가난한 정신들이
자신들의 가난과 억압에 맞서 투쟁
하면서, 가난한 억눌린 사람들의
교리가 되는 일을 돕기 위해, 경험
에 의거한 주도권을 잡는다.
3) 모든 차원에서 억압적인 구
조를 변화시키기 위해 투쟁한다.
해방은 인간의 역사, 땅의 역사
에 대한 정확한 이해이다. 제주인
의 해방운동은 제주땅의 자연적 상
황과 역사적 상황의 이해에서 출발
해야한다. 그리고 해방의 과제를
수행하기에는 필연적 고통을 감수
해야 한다.

개발의 전략으로서의 지역사회조직

제주땅을 지키기 위해서는 지역
주민의 힘과 조직이 필요하다. 개
발이 안정된 사회적 기반에서 추진
되기 위해서는 사회갈등이나 대립
을 조직화하는데서 출발해야 한다.
갈등을 은폐하거나 강제로 억압하
는 것으로서 문제가 해결될 수는
없다.
지역사회조직 (Community Orgr-

김관후, 「땅의 주인은 누구인가?」, 『월간 제주』

개발에 대한 비판과 제주4·3의 항쟁적 성격을 규정하는 글의 게재는 복간 이후 『월간 제주』의 편집 방향성을 가늠할 수 있게 한다.

그렇다면 이를 가능하게 한 참조점은 과연 무엇인가. 87년 항쟁의 경험이 이전과 다른 새로운 지역 주체를 탄생하는 동력 중 하나였다는 점은 부인할 수 없다. 하지만 여기에서 질문을 멈춰서는 안 된다. 다름을 확인하는 일은 87년 항쟁을 이전과 이후를 분절시키는 단절의 시간으로 간주하는 일이 될 것이기 때문이다. 지역 주체의 연속과 단절, 즉 무엇을 반복하고 있고 무엇을 반복하지 않는가를 바라볼 때 근대의 연속선에서 지역 주체의 모습을 확인할 수 있을 것이다. 다시 1968년 창간호로 되돌아가보자.

> 애향하고 애국하는 마음에서 초라하나마 『월간 제주』를 내 향토와 조국에 바친다. 사치로운 지면을 꾸미기 위해서가 아니라, 문화제주의 건설에 앞장서기 위해서이다. (…중략…)
>
> 지금 조국은 함마 소리 드높은 근대화 작업에 눈, 코, 뜰 새가 없다. 우리는 민족과 국가의 융성을 염원하며 민주주의로부터의 역행과 탈선을 다반사로 삼아온 우리네의 병리적 요소를 제거하는 데 좀 더 과감해야 되겠다.
>
> 그것이 승공통일에 향하는 우리의 정신적 자세이고 동시에 애국하는 길인 것이다. 썩고 곪아 터지기 전에 우리는 매스를 들어 환부를 수술해야만 되겠다.

호시탐탐하게 남침을 획책하고 있는 공산도배들을 무찌르고 승공 통일을 이룩하는 데는 무엇보다도 우리의 정신적 무장이 우선되어야 한다.

『월간 제주』는 이런 국가적 사명과 민족적 숙원을 성취하고 복지제주, 낙원제주, 관광제주, 도약제주, 문화제주의 건설에 앞장서기 위해 탄생한 것이다.

이 고장 지역사회 개발의 역군으로서, 이 나라 건설의 역군으로서 본지는 끊임없이 전진할 것이며, 그 선구자가 될 것을 맹세하는 바이다.

정치, 경제, 문화, 사회 등 제 분야를 정화하여 명랑한 사회 기풍을 조성하고 진위를 혼미하는 어용곡필이 성행하고 있는 우리네 사회에서 공정을 모토로 한 보도와 논평으로서 본지는 사회의 거울이 될 것을 밝히는 바이다.

1968년 창간호에는 반공주의와 성장주의가 결합된 박정희 정권의 '근대화론'이 전면에 등장하고 있다. 반공주의를 전면에 내세운 정권의 성공 여부는 국민들의 반공주의 내면화에 달려있었다고 과언이 아니다. 1964년 당시 진보적 입장의 매체들이 내세운 민주─반민주의 구도를 와해시키기 위해 정권 차원에서 기획된 것이 바로 근대화 담론이었다. 근대화론은 반공주의적 억압의 세련된 표현이었다. 제주의 지식인들은 세련된 억압에 자발적으로 포섭되었다. 이 과정에서 지역 주체의 발화 양식인 미디어는 반공주의와 성장주의의 결합을 효율적으로 전달하는 체계가 되어갔다.

'함마 소리'로 상징되는 근대화 담론과 "승공 통일"이라는 반공주의를 동시에 주창하고 있는 미디어의 창간은 개발의 정치학에 포섭되어가는 새로운 지역 주체가 탄생되는 과정을 보여준다. 이는 1964년 제주도종합개발계획 발표 이후 『제주도』지에서 등장한 '복지제주', '낙원제주'라는 구호에서도 확인할 수 있다. 1989년 복간호가 개발 담론에 대한 이데올로기적 투쟁을 내세우고 있다면 1968년 창간호는 개발 이데올로기에 대한 투항의 언술들이 지면을 메우고 있다.

당시 국회의원이었던 현오봉 의원에게 보내는 공개편지의 형식을 띠고 있는 '현오봉 의원에게 보내는 공개장─절름발이 개발 지양하기를'에서는 "낙원 제주 건설"을 희구하는 청년 주체가 등장한다.

「낙원 제주 건설」을 목마르게 열망하는 청년의 글임을 현오봉 의원께서는 양찰諒察해주시기 바랍니다. (⋯중략⋯)

지역대표인 당신님은 지역 개발을 참으로 중시했고, 당신님의 선출구인 남제주군 일대는 특히 6대 국회 임기동안 눈부시게 발전이 되었습니다. (⋯중략⋯) 제주시관내를 제쳐놓고 중문까지 뻗어나간 포장도로, 성산포 어업 전진기지 설치 등 당신님의 업적은 실로 놀라운 것뿐입니다. 시방도 포도당 공장을 비롯한 제반 시설들이 순조롭게 진행 중에 있거니와 그것으로 인해 당신님은 7대에도 국회진출이 가능했습니다. 헌데 여기 하나의 중차대한 문제가 있습니다. 듣건대 현 의원은 자유당 시대로부터 오늘에 이르기까지 제주 북제주군 출신 의원과는 사이좋게 지내는 듯하면서도 어딘지 모르게 엇갈리고 빗나가는 일면이 있다고 합니다. 특히 6대 국회 때는 현 의원과 임병수 의원 사이에 이상한 소문까지 나돌았었습니다. (…중략…) 실상 제주개발은 남제주군 일대에서만 편중된 듯한 인상을 짙게 하였습니다. (…중략…)

낙도로 버림받았던 본도는 5·16혁명 후 놀라운 발전을 거듭했으며 시방도 하루하루 눈에 띄게 달라져 가고 있습니다. 낙원제주는 어느 개인의 힘이나 노력만으로 이룩될 수 없는 것입니다. 양 의원을 비롯한 도민 전체의 결속만이 당신님이 입버릇처럼 외치는 낙원제주를 만들어줄 것입니다.

미디어 종사자인 저자는 자신을 청년의 위치에 두면서 지역 개발의 성공을 위해서는 공동체의 결속이 필요하다고 말하고 있다. 도로포장과 성산포항 개발 등 일련의 개발 프로젝트들은 지역 근대화를 확인하는 시각적 이미지로 각인되고 있다. 근대화 담론을 내면화한 지역 지식인의 모습은 1960년대 이후 근대화 이데올로기가 지역 사회에서 강력한 규율권력으로 작동되고 있음을 보여준다. 이러한 근대화 담론은 새로운 지역 주체의 탄생을 촉구하는 동인이 되기도 했다. 68년 창간호에 실린 '제주도민의 주체개발문제'를 비롯해서 『월간 제주』에는 개발 담론이 자주 등장한다. 당시 제주시지 주간인 이근이 쓴

글에서는 지역 개발의 성공을 위해 인적 개발의 필요성을 언급하면서 지역 개발 주체로서의 자각의 필요성을 강조하고 있다. 『월간 제주』의 단골 필자 중 한 명인 이희주는 근대를 외형적인 근대와 내면적 근대로 인식하면서 "외형적 발전"과 달리 "내면적 전 근대적 답보상태"에 머물고 있는 지역 주체들의 인식 전환 필요성을 강조하기도 한다.

이 과정에서 제주의 지식인들은 제주 / 육지의 차이에 주목하며 제주의 특수성을 강조하기도 한다. 제주와 육지를 구분하는 이러한 사유는 제주를 특수의 자리에 놓으면서 보편을 지향하는 당위성을 정당화하는 논리로 사용된다. 1960년대 이후 제주 사회에서 근대화 담론은 추구해야 할 보편이었다. 이러한 보편을 상징적으로 보여주는 것이 '동양의 하와이'라는 언술이었다. 이를테면 김영돈은 '제주도 관광개발의 문제점'에서 "제주도는 지리, 역사, 민속, 사회적으로 육지와 다르기 때문에 '동양의 하와이'로서 관광 제주가 어필하는 것"이라고 말한다.

지역 개발에 대한 기대감은 제주개발을 위해서 박정희 정권의 계속적인 집권이 필요하다는 논리로까지 이어졌다. 1969년 9월호를 전후해서는 잡지의 권두언 바로 뒤에 박정희 대통령의 사진을 배치하고 주요 동정을 소개하는 기사들이 실리기도 한다. 이러한 배치는 반공국가의 통치성이 지역에 각인되는 과정을 보여준다. 근대화론에 대한 이러한 인식은 1980년 잡지가 강제 폐간되기까지 주요한 흐름이었다. '아름답고 풍요로운 새 제주 건설'이라는 도정 목표를 전면에 부각하기도 하고, '관광입국의 정신으로 지상 낙원건설의 꿈'이라는 제하로 관광 종사자를 '이달의 인물'로 내세우기도 했다.

『월간 제주』의 창간과 복간은 지역 주체들이 개발 담론을 내면화하는 과정과 거기에 투쟁하는 저항의 순간들을 잘 보여주고 있다. 이는 매체를 통한 지역 주체의 목소리는 기억하되 개발 이데올로기에 투항하지 않겠다는 지역 주체의 갱신 과정이다. 이전과 다른 지역 주체의 탄생은 개발 담론의 내면화 과정에서 침묵된 4·3의 목소리를 발화하는 시도로 이어졌다. 이는 역설적으로 반공주의와 성장주의의 결합이 4·3의 침묵을 효율적으로 관리하는 장치였음을 보여준다. 이러한 지역 주체의 갱신을 가능하게 동력은 87년 6월의 경험이었다. 1987년 10월 민주헌법쟁취국민운동 제주본부가 발간한 『제주의 소리』 창간호에는 민주화에 대한 열망을 담은 기사들과 함께 탑동 횟집단지를 둘러싼 관과 개발업자간의 결탁 의혹이 실렸다. 성장주의에 대한 비판적 성찰과 반공주의로 인해 침묵되었던 4·3도 다시금 호명되기 시작한다. '3·1민족해방운동과 조선민중', '제주도민족해방운동전사', '사진을 통해 본 4·3민중항쟁'1989년 3월 5일 등이 그 좋은 예다.

침묵의 강요와 거부가 근대화 담론에 대한 순응과 거부의 양상으로 나타나고 있는 것은 침묵이 강요와 순응이라는 굴절된 내면을 동시에 지니고 있음을 보여준다. 침묵의 내면은 순수하지도 무구하지도 않았다. 지역을 말하되 정작 지역을 말하지 않는 침묵의 내면화가 근대화 담론이었다. 지역의 근대는 반공주의와 성장주의라는 두 개의 힘이 동시에 기입되어가는 과정이었다. 4·3을 항쟁으로 기억하는 것은 단순히 분단 체제의 극복만을 의미하지 않는다. 반공주의 이데올로기를 지역에 효율적으로 이식해왔던 성장주의를 동시에 겨냥하지 않는다면 항쟁의 기억은 언제든 침묵의 내면에서 다시 '침묵'될 것이다.

4·3과 개발, 국가폭력의 변주를 읽기 위해

1960년 4·19혁명 이후 제주지역 사회에 잠깐 불었던 제주4·3진상규명운동 움직임은 5·16군사쿠데타로 좌절되었다. 억압된 기억은 오랫동안 침묵으로 이어졌다. 제주4·3 진상규명 움직임이 1987년 6월 항쟁 이후 봇물처럼 쏟아졌다는 사실은 그 억압의 강도가 얼마나 강했는지를 보여준다. 하지만 이러한 침묵의 내면에는 외부의 억압만이 존재하지 않았다. 1960년대 이후 개발 담론에 대한 지식인들의 투항은 결과론적으로 자발적 침묵으로 이어졌다.

현기영의 『지상에 숟가락 하나』에는 인상적인 장면이 하나 등장한다. 소개령으로 제주 성안으로 이주하게 된 주인공이 병문천을 경계로 '개명과 미명'을 구분하는 근대적 감각을 지니게 되는 대목이다. 전력 사용이 일상화된 성 안과 성 밖의 구분은 '전깃불'로 상징되는 근대적 구획을 자연스럽게 받아들이게 한다. 또한 한국전쟁 이후 제주지역에 늘어나기 시작한 군용 차량과 민간인 트럭에서 뿜어져 나오는 '휘발유 냄새'와 교실에서 우두 접종을 받았던 때의 '알코올 냄새'를 주인공은 "신기한 문명의 냄새"로 인식한다. 유년 시절 제주4·3의 비극을 겪었던 화자의 개인적 체험으로 치부될 수도 있지만 폭력과 문명에 대한 감각을 동시에 포착하는 이 장면은 그 자체로 근대성이 지역에 기입되는 방식을 상징적으로 보여준다. 즉 제주 지역은 4·3과 한국전쟁을 거치면서 절멸의 비극과 문명과의 조우를 동시에 경험했다. 해방 이후 시작된 지역의 근대가 '국가폭력'과 '문명'이라는 상반된 모습으로 다가왔다는 사실은 제주4·3항쟁 진압 직후 지역에서 일었던 '재건' 움직임이 잘 말해준다. 1961년 쿠데타 세력이 집권한 직후 보여줬던 '개발 프로젝트'에 대한 지역 지식인들의 호응은 이후 시작된 개발 담론의 등장을 예비하는 것이었다.

그동안 제주4·3을 이야기할 때 제주지역 개발사는 별도의 영역으로 다뤄져왔다. 한국 사회에 뿌리 깊게 자리한 근대화 담론을 이해하기 위해서 근대성이 내재한 식민성에 주목해야 할 필요가 있다. 『월간제주』 등 당시 미디어를 통해서 확인했듯이 개발 담론의 내면화가 결국 저항의 기억을 소거하는 침묵의 동조를 낳았다는 점은 제주4·3에 대한 인식의 지평을 넓히기 위해서라도 개발 담론의 본질과 마주 서야 할 필요가 있다.

9
다시, 분단을 생각하다

『화산도』라는 문제적 텍스트

해방은 오랜 식민으로부터의 해방이기도 했지만 아무것도 정해지지 않은 시간이기도 했다. '제국─일본'의 항복과 미소 연합군의 승리, 그리고 미국과 소련의 점령으로 이어진 해방의 시간은 '제국' 이후의 새로운 체제에 대한 열망의 시작이었다. 9월 6일 여운형이 주도한 조선인민공화국은 이러한 해방의 파토스를 징후적으로 보여준다. 하지만 해방된 조선 인민의 열망은 미군정이 진주하기 전까지 실질적인 통치권을 행사하고 있었던 조선총독부, 그리고 승전국 미소와의 대결이 불가피한, 험난한 여정의 시작이었다.

1945년 8월 17일 자 『매일신보』는 해방 직후 조선의 상황을 상징적으로 보여준다. 이날 『매일신보』는 머리기사로 '호애의 정신으로 결합, 우리 광명의 날 맞자'라고 하는 안재홍 건국준비위원회 부위원장의 연설을 싣고 있다. 그 옆으로는 몽양 여운형의 연설 내용을 전하는 기사가 나란히 실려 있다. 해방에 대한 감격과 새로운 시대에 대한 기대는 '광명의 날', '민족해방의 사자후'라는 표제에서 확인할 수 있다. 흥미로운 것은 감격적인 기사 바로 밑에 '경거망동을 삼가라'라는 경고문을 전하는 기사가 배치되어 있다는 점이다. 조선군 관군 명의의 경고문은 "인심을 교란하여 치안을 해하는 일이 있다면 군은 단호한 조치를 감하지 않을 수 없다"는 내용이었다.

미군정 진주 전까지 실질적인 통치권을 행사하고 있었던 조선총독부에 대한 당혹감은 해방 직후 발표된 소설에서도 확인할 수 있다. 해방 이후 우익문단을 대표하는 작가 중의 한 명인 김송의 작품은 1945년 8월 15일 해방의 순간이 해방의 감격으로만 기억되지 않는다는 점을 잘 보여준다. 그의 작품 「인경아 우러라!」에는 해방 후 시위행렬에 참가했던 주인공 신행이 일본 헌병대의 발포로 총상을 입고 체포되는 장면이 그려지고 있다. "철창 속에 가치어", "형언할 수 없는 고문 입에 담지 못할 상소리"를 들어야만 했던 이들이 확인했던 것은 해방의 감격이 아니었다. 그것은 해방이 새로운 시작을 둘러싼 대결의 장이라는 점을 보여준다.

김석범의 『화산도』는 이러한 해방의 대결 국면을 제주 4·3항쟁의 문제를 통해 다루고 있다. 흔히 『화산도』를 제주 4·3을 다룬 소설로 이야기한다. 1957년 「간수 박서방」, 「까마귀의 죽음」을 시작으로 한 김석범의 문학은 1976년 『화산도』의 1부가 되는 「해소海嘯」를 기점으로 『화산도』가 마무리되는 1997

년까지 20년의 시간을 제주4·3의 문제를 정면으로 다뤄왔다. 김석범이 오랜 시간 제주4·3을 그려왔다는 점 때문에 그의 소설을 제주4·3의 관점에서 보는 것도 무리가 아니다. 하지만 김석범을 읽기 위해서는 그가 제주4·3을 소재로 소설을 썼다는 사실만이 아니라 그가 왜 4·3을 썼는가를 물어야 한다. 이미 그는 김시종과의 대담에서 그것을 "니힐리즘의 극복"을 위해서라고 고백한 바 있다. 하지만 김석범의 제주4·3에 대한 천착을 규명하기 위해서는 그의 소설이 그려내고 있는 4·3의 무엇이었는지, 그리고 왜 4·3이었는지를 따져야 한다.

김석범의 소설을 제주4·3의 형상화라는 측면에서 바라보는 것은 그의 작품을 제주4·3이라는 역사적 사실에 한정하여 읽을 우려가 있다. 결론적으로 말하자면 김석범의 『화산도』는 제주4·3항쟁을 다룬 지역적이고 박제된 서사가 아니다. 김석범이 제주4·3을 문제 삼는 것은 그것이 해방기 정치적 주체로 등장했던 당대 인민들의 파토스, 즉 해방기 통일된 독립 국가 수립 좌절의 이유를 제주4·3을 통해 설명하고자 했기 때문이다.

그런 점에서 『화산도』는 제주4·3소설이 아니라 제주4·3을 통해 바라본 한반도 분단의 역사를 다룬 소설이라고 할 수 있다. 『화산도』가 제주4·3의 총체적 모습을 소설적으로 형상화하고자 했다면 『화산도』에서 다뤄지고 있는 역사적 사실이 그에 부합되어야 한다. 제주4·3의 전개 과정을 감안할 때 『화산도』에서 의미 있게 다뤄지고 있는 역사적 사실은 1948년 4

월 3일의 봉기와, 4월 28일 김달삼과 김익렬의 평화협상, 5월 1일 오라리 방화사건 정도이다. 『화산도』가 제주4·3의 소설적 형상화를 문제 삼았다면 『화산도』에서 그려지고 있는 역사적 사실은 제주4·3에 대한 총체적 이해를 담보하기에는 턱없이 부족하다. 소설의 시간도 1948년 2월부터 1949년 6월까지로 제주4·3의 일부분에 지나지 않기 때문이다. 제주4·3의 총체성을 다룬 소설로 『화산도』를 접근한다면 『화산도』의 서사는 미완이라고 평가할 수밖에 없다.

하지만 『화산도』는 이러한 서사적 시간의 한계 속에서 끊임없이 식민지의 기억과 해방기의 시공간을 환기한다. 소설 속 인물 이방근의 입을 빌려 해방 전후의 시간을 소환하는 이유는 그것을 통해 해방의 파토스가 미군정과 이승만 정권에 의해 좌절되어가는 과정을 살펴보기 위함이다. 이방근이 서울에서 숙부 이건수와 만나 해방 3년의 문제를 지적하는 대목은 이를 잘 보여준다. 1948년 8월 15일 대한민국 정부 수립을 이틀 앞두고 있었던 순간, 이방근은 이건수에게 이렇게 말을 한다.

대한민국 정부라는 건 일찍이 친일파, 민족반역자들을 기반으로 해서 생겼으니까요. 친일파, 민족반역자들의 온존과 육성. 그러니, 이걸 어떻게 설명하면 좋겠습니까. 최근 3년간, 미국은 그 일을 해 왔습니다. 8월 15일, 민족 반역자들……. 이 나라는 대체 누구의 것입니까. 치욕스럽기 그지없는 일입니다.

『화산도』 5권

"이 나라가 누구의 것"이냐고 묻는 이방근의 울분에 찬 목소리에서 알 수 있듯이 『화산도』는 해방의 시공간을 주체적으로 만들어가고자 했던 인민의 파토스가 그 좌절된 이유를 따져 묻는다. 소설 속에서 이방근은 유달현과 강몽구로부터 조직원이 되어달라는 요구를 받았다. 서청 단장인 고영상으로부터 애국에 가담해달라는 요구를 받기도 하였다. 좌우 모두로부터 포섭의 대상이 되었던 이방근은 그들의 요구를 거절하면서도 자신이 행동에 나서지 않으면 안 되는 불안감에 사로잡힌다. 이즈음에 이방근이 이건수와 만나 이러한 이야기를 나누는 것은 그것이 단순히 좌우의 이념적 판단이 아니라 당대적 욕망의 발현이라는 점을 강조하기 위한 것이다. 이방근이 뒤이어 "'빨갱이 살육'이 국가 건설을 위한 필요악"이라고 말하고 있는 점을 염두에 둔다면 제주4·3을 『화산도』가 어떻게 바라보는지를 보여준다. 결론적으로 말하자면 『화산도』는 해방기 통일독립국가 수립이 좌절된 까닭을 제주4·3을 통해 묻고 있는 것이다. 김석범은 해방기 인민 주체의 나라 만들기가 좌절되는 과정에서 일어날 수밖에 없었던 역사적 사실로 제주4·3을 문제 삼고 있다. 김석범은 제주4·3을 제주의 문제만으로 바라보지 않는다. 분단과 남한 국가 형성 과정에서 발생한 하나의 과정으로 제주 4·3을 이해하고 있다. 이것이 바로 『화산도』가 문제적인 이유이다. 제주4·3만이 아니라 해방과 분단으로 이어지는 분단의 이유를 묻는 것, 그것이 『화산도』가 던지는 질문이다. 한마디로 『화산도』는 소설로 쓴 분단의 계보학이다.

무엇이 애국이었는가

1948년 4월 3일의 봉기 이후 이방근은 동생 유원의 일본 유학 문제를 해결하기 위해 서울로 향한다. 표면상으로는 동생의 유학문제였지만 사실 행상인으로 위장해 제주를 찾은 박갑삼^{황동성}을 만나기 위해서였다. 황동성은 이미 제주에 잠입해 이방근에게 당의 일원이 되어줄 것을 요청한 바 있다. 이방근은 황동성이 제주에서 일러준 대로 남대문 자유시장 26호 화신상회로 향한다. 무장봉기에 회의적이었던 이방근을 포섭하기 위해 황동성은 애국심을 명분으로 내세우며 서울행을 압박한다.

> 그것은 애국심의 문제입니다. 이방근 동지가 부정하고, 그러한 말을 좋아하지 않는다는 것을 나는 알고 있지만, 그 애국심이야말로 이방근 동지를 움직이게 한다고 확신합니다.^{5권}

서울에서 재회한 황동성은 이방근의 '애국심'을 거론하며 신문 발행에 참여해줄 것을 요청한다. 하지만 이방근은 '애국심'이라는 용어에 대해 거부감을 보인다.

> "저는 이 동지가 여동생의, 즉 가족의 용무를 겸해서 왔다고 해도, 당 중앙의 요청을 성실히 받아들여 서울까지 온 것에 대해 당을 대신해서 이방근 동지의 혁명적 애국심의 발로로서 높게 평가하는 바입니다……"

"저기 박갑삼 씨, 말씀 중에 죄송합니다만, 그와 같은 표현, 높게 평가한다든가, 혁명적 애국심이라든가 하는 말투는 삼가 주세요. 저는 좋아하지 않습니다."5권

'애국'이라는 용어에 대한 이방근의 반응은 이데올로기적 반감이 아니다. 주지하다시피 해방기는 '애국의 과잉' 시대였다. 해방기 숱하게 뿌려진 삐라들에서 종종 발견할 수 있는 적대적 언어는 '애국'과 '매국'이었다. '애국/매국'이라는 '선전선동의 언어'들은 해방 정국에서 격렬하게 대립했다. 이러한 대립의 양상은 '애국'이라는 기표를 선점하기 위한 수사에 그치지 않았다. 그것을 정선태는 "소통의 가능성이 원천 봉쇄"된 "저주의 외침"인 동시에 실제적 대결의 장이었다고 말한다.「해방 직후의 전단지, '불길한 아우성'의 흔적들」 '애국의 과잉'에 대한 인식은 이방근이 서울행에서 서청 단장 고영상을 만나는 장면에서도 드러난다. 식민지 시절 일본인보다 더 악랄했던 다카키 경부가 '애국'을 앞세워 반공에 앞장서고 있는 현실에서 이방근은 해방 정국의 타락상을 간파한다.

고영상은 자신이 일찍이 고등경찰이었다고 당당히 말했는데, 그 과거 경력이 현재의 반공 투쟁에서 얼마나 귀중한 무기가 되고 있는지를 명분으로 내세우고 있을 뿐만 아니라, 반공이라는 국시에 충실한 애국자로서의 자부심까지 드러내고 있었다. 과거에 조국과 민족을 팔아먹은 앞잡이들의 피로 얼룩

진 반공이, '민족주의'라는 의상을 걸치게 됨으로써, '자유주
의' 건설, '자유조국'의 건설에 강력한 지렛대가 되고 있다는
점에, 이 사회의 가장 깊은 타락과 병의 근원이 있었다. 타락
을 뛰어넘는 것이었다. 5권

　　친일 반공 세력이 '애국주의자'를 자처하는 해방 정국의
현실이 '타락'을 뛰어넘는 근원적 원인이라는 이방근의 인식은
『화산도』에서 일관되게 나타나고 있는 친일반공에 대한 비판
의 연장으로 읽힐 수 있다. 하지만 좌우 모두 '애국'을 내세우고
있는 현실에 대해 이방근이 느끼는 거부감을 이해하기 위해서
는 이방근의 '애국'에 대한 인식을 면밀하게 살펴볼 필요가 있
다. 자신의 서재 소파에 앉아서 회의주의적 태도를 보이던 이
방근이 정세용 처단이라는 행동주의자로 변모하게 된 이유를
'애국적 결단'으로 읽을 수 없다. 만일 정세용 처단이 '애국적
결단'이라고 한다면 이방근은 자살할 이유가 없다. 이방근의
행동주의는 '애국' 이전에 윤리의 문제이자, '애국'이라는 추상
에 갇히지 않으려는 신체적 자각이다.

　　이방근은 정세용을 자신의 손으로 살해한 이후 끊임없이
번민한다. 당에서 정세용을 사문하기 시작했다는 강몽구의 연
락을 받은 이방근은 "증인의 자격"으로 산에 오른다. 정세용에
대한 '살의'를 품고 눈 덮인 산으로 오르면서 이방근은 "자유
로운 정신은 죽이기 전에 자살한다. 그러므로 죽이지 않는다.
왜 지금, 죽이기 전에 자신을 죽이지 않는가. 자유를 잃어버리

면서까지 살해로 향하는 것인가"라며 정세용 처단의 당위성을 스스로에게 되묻는다. 정세용은 4·28평화협정을 무산시킨 장본인이자 고 경위를 암살한 인물이며, 유달현을 스파이로 이용했다. '전장'이 되어버린 제주에서 정세용의 존재는 마땅히 죽음으로 응징되어야 할 존재이다. 하지만 이방근은 정세용을 권총으로 살해한 이후에 자살하고 만다. 이방근이 자살이라는 극단적 선택을 할 수밖에 없는 이유는 무엇인가. 이러한 물음을 해명할 수 있는 단서는 정세용 처단 이후 이방근의 내면을 묘사하고 있는 다음의 대목에서 찾을 수 있다.

> 그만큼 고민한 끝에 행한 살해의 대가가 만족스럽지 않았다. 한순간에 모든 존재가 걸린 정열의 폭발 결과는 참으로 어이없고 공허했다. 현실의 피막이 벗겨져 완성된 꿈에 삼켜진 몸이 아직 충분히 헤어나지 못하고 있었다. 꿈의 광경으로 떠오르는 눈 덮인 산으로 오르내린 왕복이, 살해할 가치가 있는 여정이었던가. 죽은 지금, 그는 이미 경찰 간부도 친척도 아닌, 한 사람의 인간이고, 한 남자의 죽음이었다. 한 사람의 남편과 자식의 죽음, 그리고 아버지의 죽음, 결국 죽일 필요가 없었다……는 생각이 머리를 스쳤지만, 그러나 그렇지 않다. 정세용은, 스스로도 가담하여 만들어낸 이 학살의 땅에서 살해당하는 것이 당연하다고 납득하는 마음이 불쑥 일어났다.12권

정세용의 살해에 대한 당위성을 스스로에게 납득시키면

서도 이방근은 정세용의 죽음을 "한 사람의 남편과 자식의 죽음, 그리고 아버지의 죽음"이라면서 구체성을 띤 개인의 죽음일 수도 있다고 번민한다. 이는 정세용의 죽음을 추상성으로 환원하지 않으려는 인간적 고뇌를 보여준다. 이러한 고뇌는 서청과 경찰이 학살을 '빨갱이'에 대한 정당한 '응징'으로 여기는 것과 비교해보면 윤리적 측면에서 한 걸음 더 나아간 것이다. 서청과 경찰은 '학살'을 회의하지 않는다. 오히려 '학살'을 '애국적 처사'라고 위장한다. 누군가의 아비이자 자식일 수도 있는 구체적 개인의 죽음은 '애국'이라는 추상의 뒤에 숨겨진다. 추상의 가면 뒤에서 서청은 스스로의 행동을 합리화한다. '빨갱이'이라는 추상이 타자의 신체성을 용인하지 않는 비윤리적 태도라고 한다면 이방근의 번민은 윤리적 고민에 가깝다고 할 수 있다. 이방근이 "밤낮 인간이 살해당하는 것을 보면서도, 도대체 내가 할 수 있는 일은 무엇인가"라고 자문하면서 '밀항'이라는 탈출을 시도하는 것도 추상적 죽음으로 수렴될 수 없는 개인의 신체성을 자각하고 있기 때문이다. 이는 이방근의 자살이 '애국'이라는 추상을 거부하는 윤리적 고뇌에서 비롯되고 있음을 보여준다. 이러한 윤리적 고뇌는 살인에 대한 무감각이 윤리적 타락으로 이어질 수 있다는 인식으로 이어진다.

관덕정 광장 옆을 지나는 이방근은 시체의 산, 각각의 살해 결과를 바라보면서 이전보다 더욱 이 절망을 견딜 수 있는, 죽은 자들과의 불가사의한 거리감, 학살의 공포와의 균형감각을 유지하고 있는 자신을 의식했다. 살인자의 눈을 하고, 자신이 살인자라는 자각과 함께 생겨난 것이었다. 살인자인 까닭에 보다 절망을 견딜 수 있다면, 어떻게 할 것인가. 그는 이러한 종류의 힘이 살인에 대한 면역을 동반한 무서운 타락의 징조임을 느끼고 있었다. 12권

"살인에 대한 면역"을 "무서운 타락의 징조"라고 여기는 이방근의 윤리 의식은 살인에 대한 무감각을 공포로 인식하면서 스스로의 인간성에 대해서도 회의하게 만든다. 학살에 대한 대항 폭력의 당위성을 인정하면서 스스로에게 엄격한 윤리적 잣대를 들이대는 이방근의 인식은 그가 끊임없이 타자의 신체성을 의식하고 있음을 보여준다. 그런 점에서 이방근의 자살은 윤리적 우위를 증명하는 하나의 방식이며 '애국'을 빌미로 학살을 정당화하는 폭력을 용인하지 않겠다는 선택이다.

국가는 폭력이다

이방근의 윤리성이 작동할 수 있었던 이유가 타자의 신체성에 대한 이해에서 비롯되었다고 할 때 그것은 역설적으로 국가의 탄생이 필연적으로 내포할 수밖에 없는 배제와 차별의 문제로 이어진다. 자신이 타자의 신체성을 용인하는 것은 자신이 타자가 되었을 때 그의 신체성을 인정받고자 하는 태도로

이어지기 때문이다. 타자의 언어를 발견할 때 자신의 언어도 하나의 타자로서 인정받기 원하는 것처럼 이방근의 윤리적 우월성은 서청과 경찰로 표상되는 반공국가의 집행자들에게도 윤리적 태도를 요구할 수 있는 근거로 작용한다.

서청이 제주사람들에게 가혹한 폭력을 행사할 수 있는 이유를 이방근은 지역에 대한 서청의 몰이해 때문이라고 인식한다. 즉 반공국가의 하수인인 서청이 제주라는 타자를 인정하지 않는 태도가 폭력의 원인이라는 것이다.

> 커다란 벽, 아니 크레바스 같은 틈새, 같은 민족이면서도 북에서 온 그들과 남쪽 끝인 이 섬에 사는 사람들은 이민족처럼 느껴지기도 했다. 그것은 남북의 지역적인 차이나 섬에 대한 본토 사람의 지방적 경멸에서 유래된 것이 아니었다. 무엇보다도 '빨갱이 소굴'이라는, 제주도에 대한 이해가 결여된 그들의 증오심에서 생겨난 어쩔 수 없는 인식의 차이였다. 북에 대한 그들의 철저한 증오심과 복수심을 만족시킬 수 있는 '대체'로서의 제주도가 있었다. 그것은 '서북'에 있어서 '제2의 모스코바·제주도에 진격해 온 멸공대'로서의 '사명감'을 뒷받침하고 있었다.4권

반공을 빌미로 한 서청의 폭력성을 이방근은 "남북의 지역적 차이"나 "지방적 경멸"이 아닌 "제주도에 대한 이해"의 결여로 파악한다. 제주라는 신체성에 대한 몰이해가 서청의 폭력

성의 원인이라고 보는 이방근의 인식은 『화산도』에서 일관되게 나타난다. 이를테면 "서울정권의 지역에 대한 차별"이라는 진단은 제주4·3을 이데올로기적 대립이 아니라 제주/서울이라는 지역의 문제로 환원한다.

제주4·3봉기의 표면적 이유는 5·10선거 저지였다. 물론 1947년 삼일절 발포사건 이후 일어난 총파업과 이에 대한 폭력적 진압으로 경찰과 서청, 그리고 그 배후에 있었던 미군정에 대한 반감이 고조된 것도 하나의 이유였다. "탄압이면 항쟁이다"라는 무장대의 초기 구호는 당시 제주사회의 폭압적 분위기를 잘 보여준다. 김시종은 김석범과의 대담에서 "지금도 봉기가 지나간 무참한 결과가 '인민봉기'라는 4·3사건의 정당성을 위협하는 그림자"『왜 계속 써 왔는가 왜 침묵해 왔는가』가 되어버렸다고 고백한다. 그의 고백은 4월 3일의 봉기를 인민의 주체적 선택이라는 측면에서 세밀하게 바라볼 필요가 있음을 보여준다. 해방 이후 식민지 경찰출신들이 관리로 재등용되고 지역사정을 고려하지 않은 미군정의 무리한 곡물수집정책이 주민들과 끊임없이 마찰을 빚고 있던 상황에서 복시환 사건 등은 해방의 의미를 반문하지 않으면 안 되는 상황으로 몰고 갔다.

『화산도』에서 '애국'의 이름으로 친일반공이 용인되는 상황에 대한 비판은 일관되게 나타난다. 그런데 여기에서 주목해 볼 것은 해방 이후의 현실을 대하는 지역 주체들의 인식의 차이이다. 이방근의 어머니 제사에서 정세용과 유달현, 고원식, 이방근은 서청과 반공주의로 표현된 '애국'에 대해 의견 대립을 보인다. 정세용은 서북의 문제를 "조국의 문제, 애국심의 문제"라고 이야기하면서 자신의 역할을 이렇게 정의내린다.

　　그리고 난 정치가도 법률가도 아닙니다. 토론이 서툽니다. 다만 범죄를 수사하고 사실을 추구하여 완전한 사실로 만들어서. 즉 법률을 적용할 수 있게 될 때까지 사실을 준비하여 사법에 맡깁니다. 그 과정의 잔심부름꾼에 불과합니다. 그것이 내 일입니다.2권

　　스스로를 법의 집행자라고 이야기하는 정세용에 대해서 이방근은 냉소적인 반응을 보이며 정세용 발언의 논리적 모순을 반박한다. 이방근의 논리는 "법의 세계에서 사실이란 법률을 적용시키기 위해서 존재한다는 말"이 된다며 "법률이 요구할 때는 사실을 꾸며낼 수도 있"는 것 아니냐는 것이다. 이방근의 이러한 지적은 입법권과 집행권을 동시에 행사하는 법적 체계에 대한 예리한 비판으로 읽을 수 있다.

　　해방은 일본제국의 조선에 대한 통치권의 상실을 의미하는 동시에 새로운 통치권의 등장을 예고하는 것이었다. 남한과 북한에 각기 진주한 미군정과 소련은 1948년 남한과 북한 정부 수립 이전에는 각기 그들의 사법체제를 이식하려고 하였다. 미군정 진주 이후에도 한동안 조선총독부의 법적 체계를 준용해왔고 이후 미국식 사법체제, 특히 해방 이후 한반도 이남에서의 정치적 목적을 달성하기 위해 사법체제를 개편하는 과정

에서 법률의 문제는 인민의 선택이 아닌 미군정과 미군정의 비호를 받는 한민당의 편향적 선택에 의해서 운용될 수밖에 없었다.

식민지 시대 조선총독부의 법령과 미군정 법령이 뒤섞여 있었던 시대에 정세용은 스스로를 입법권자가 아닌 말단의 집행권자라고 말한다. 하지만 이러한 발화는 벤야민의 말을 빌리자면 법 제정적 폭력과 법 보존적 폭력이라는, 법제도가 지니고 있는 근원적 폭력성을 은폐하는 태도이다. 이방근이 "법이 요구할 때는 사실을 꾸며낼 수도 있"는 것 아니냐고 반문하는 것은 이러한 법제도적 폭력의 문제를 인식하고 있는 것이다. 카야노 도시히토는 국가의 폭력성이 입법권과 집행권을 모두 행사하는 물리적 폭력의 독점에서 비롯된다고 말했다. 어머니 제삿날 법 집행권자인 정세용의 발언을 문제 삼는 이방근의 태도는 이후 제주에서 벌어질 국가폭력의 양상을 보여주는 징후적 순간이다.

이방근의 법제도에 대한 근본적 문제제기에 정세용이 "법에 대한 모독적 언사는 입에 담지 않는 게 좋"다라고 위협하는 부분 역시 인민의 선택을 폭력으로 응징하는 국가폭력과 그로 인한 비극적 결말을 암시한다. 법은 곧 국가이며 국가를 모독하는 언사는 처벌의 대상이다. 친일과 반공을 내세운 국가는 반공을 모독하는 행위를 결코 용납할 수 없다. "법을 모독하지 말라"라는 정세용의 위협적 발언은 반공국가 대한민국을 모독하지 말라는 국가의 명령 체계가 이미 작동되고 있음을 보여준다.

 그런데 여기에서 주목할 점은 이러한 국가의 폭력적 위협에도 불구하고 대항 폭력의 가능성이 타진되고 있다는 점이다. 그리고 이러한 대항 폭력이 '우리'라는 상상된 주체의 분열을 통해서 모색되고 있다는 점도 주목된다.

 '눈에는 눈을, 이에는 이를, 폭력에는 폭력을……' 포복전진하는 양손에 움켜잡은 총 대신의 쇠창이 발하는 빛이 총보다 더욱 생생하고 불길한 느낌을 주었다. 그 창날에는 몇 개나 되는 줄 같은 홈이 파여 있다고 했다. 외적에 대비하기 위한, 옛날부터 내려오는 전통적인 쇠창 제조법에 따른 것이라고는 하지만, 섬 주민들로 하여금 이런 것들을 만들게 하는 힘은 대체 무엇일까. '서북'이나 경찰이라 하더라도 동족임에 틀림없다. 아니, 민족의 피가 동족을 의미하지는 않는다. 그것은 환상이라고 해야 할 것이다. 이미 많은 피가 이 섬을 포함한 남한 전역에서 미군의 후원으로 뿌려진 게 사실이었다. 그들은 외적 미군의 동맹자. 자위와 자활을 위해 창의 양날에 홈이 새겨졌다.4권

 해방구를 방문한 이방근은 무장대의 훈련장면을 목격한다. 대항 폭력이 준비되고 있는 현장에서 이방근은 섬 사람들이 무기를 손에 드는 이유를 자위와 자활을 위한 것이라고 인식한다. 서북과 경찰을 동족이라고 여기는 것이 "환상"이라고 깨닫는 것은 역설적으로 "멸치도 생선이냐, 제주도 것들이 인

간이냐'라고 거드름을 피우는 본토 출신 경찰들"의 차별적 태도에서 비롯됐다.[5권] 제주 사람을 동족으로 인정하지 않는다는 '우리'라는 공동체의 분열은 대항적 폭력의 가능성을 연 원인이라고 이방근은 인식한다.

'우리'라는 상상적 공동체의 분열은 해방 이후 주권의 부여를 국가에 의해서가 아니라 인민의 손으로 부여하고자 하는 자기결정권의 문제로 옮아가고 있음을 보여준다. 제주4·3 항쟁은 단선 단정 반대를 외치며 반공국가 대한민국의 탄생을 막기 위한 인민들의 자기결정권의 행사였다. 제주4·3이 문제적인 이유도 여기에 있다. 1948년 10월 이후 이른바 '초토화 작전'으로 제주도민을 대상으로 한 대학살이 자행되었던 이유는 이러한 자기결정권의 행사를 반공이라는 이름으로 용납하지 않겠다는 응징이었기 때문이다.

대한민국이라는 제정된 권력은 주권의 초월상태로 존재하면서 주권을 선택적으로 부여했다. 주권의 선택적 부여는 그동안 자명하게 여겨왔던 '우리'라는 공동체의 분열과 새로운 '우리'라는 공동체의 선택과 배제로 이어질 수밖에 없다. 그런데 이러한 차별과 배제의 논리는 신생독립국 조선에서 새롭게 '발견'된 것이 아니었다. 이방근이 정세용과 법률의 문제로 실랑이를 벌이는 대목 바로 다음에 소학교 때 봉안전 소변 사건으로 비국민 취급을 받았던 과거가 환기되는 것에 주목해야 한다.

봉안전에 소변을 눈 이방근을 교무주임은 "비국민이라고

욕하면서" "죽도로 구타했다". 퇴학처분을 당한 이방근은 그때를 "우리 나이로 열세 살짜리 소년이 일본 관헌에 의해 태어난 고향에서 추방당하게 된 것"이라고 회고한다. 이 회상장면을 앞의 정세용과의 긴장 국면과 겹쳐 읽는다면 비국민의 서사가 해방 이후에도 작동하고 있음을 알 수 있다. 일본에 의해 주권이 상실된 식민지 상황에서 비국민이라는 단죄가 가능했다면 해방 이후에는 주권의 부여가 인민이 아니라 국가-권력에 의해 부여되고 있음을 이 장면이 보여주고 있다. 이는 제주4·3항쟁을 반공국가를 거부하려는 지역의 자기결정권과 이를 국가의 외부, 비국민으로 규정하려는 국가의 대결, 즉 주권의 대결 양상으로 읽을 필요가 있음을 보여준다.

반공국가 대한민국의 탄생과 좌절된 인민주권

국민이라고 호명하는 힘은 비국민을 규정할 수 있다. 호명하는 자가 권력이다. 해방기 나라 만들기를 둘러싼 대결은 이러한 호명의 주체가 누구인지를 묻는 것이었다. 『화산도』에서 이방근은 끊임없이 자신의 실존적 위치를 문제 삼는다. 소설 속에서 이방근의 실존적 위치는 '소파'로 상징된다. 유달현으로부터 무장 봉기 소식을 들은 후부터 이방근은 외부의 힘에 의해 자신의 실존적 위치가 위협받을 것이라고 예상한다.

그런데 최근에 그 소파가 움직이기 시작한 듯한 느낌이 들었다. 위치를 말하는 게 아니었다. 소파 그 자체가 삐걱삐걱 욱신거리듯 발밑에서부터 움직일 것만 같았다.3권

식민지 전향의 부채 의식 때문에 이방근은 해방 후 사회 참여에 비관적이었다. '해방 후 좌익 만능주의'에 대한 비판적 입장은 유달현에 대한 불신의 이유이기도 했다. 냉소주의자였던 이방근에게 '소파'는 자신의 입장을 확인하는 수단이었다. 비관주의자였던 이방근의 실존적 고민은 소설 속에서 소파의 움직임으로 묘사되는데 그것은 실존에 대한 불안으로 형상화된다. "소파가 흔들리며 움직일 듯한 불안"과 "그 불안을 몰고 오는 구체적 윤곽"은 이방근의 기존 입장이 외부적 상황에 의해 도전받고 있음을 보여준다. 『화산도』의 결말에서 이방근의 행동을 감안할 때 이러한 소파의 흔들림은 소설 속에서 이방근의 행동주의를 설명하는 중요한 상징이라고 할 수 있다. 이방근도 소설 후반부에 가서야 행동주의의 면모를 갖게 된다. 이방근의 행동주의에는 제주 / 서울로 표상되는 국가 공동체의 분열에 대한 인식도 작용했다.

이 무서운 결과를 예상하면서도 여전히 토벌전을 펀드는 것은, 사정이야 어찌 되었건 제주도 사람으로서는 있을 수 없는 일이고, 이 섬의 멸망을 노리는 외부 침입자의 앞잡이에 불과했다.3권

참혹한 학살이 계속되고 있는 현실에서 "토벌전을 편드는 것은 제주도 사람"이 아니며 "섬의 멸망을 노리는 외부 침입자의 앞잡이"라고 규정하는 것은 이러한 자기 분열적 인식이 있었기에 가능하다. 이러한 인식은 국가가 국민을 선택하고자 하는 차별과 배제의 폭력을 경험했기 때문이다. 1949년 이른바 '초토화 작전'이 마무리된 이후에 제주를 찾은 서재권이라는 이는 제주4·3의 발발 원인을 "일등국민의 건전한 국민성"과 비교하면서 제주도민이 "정신적 진공상태"에 있었기 때문이라고 지적한 바 있다.

해방기 제주에서 인민주권을 실현하고자 하는 시도는 반공국가의 탄생으로 좌절되었다. 그 좌절의 결과는 참혹했다. 3만 명이 넘는 희생자가 생겼고 그 후유증은 지속됐다. 70주년이 넘은 지금까지도 제주4·3항쟁은 '사건'이라는 중립적 기표로 불리고 있다. 제주4·3특별법이 제정됐지만 여전히 배타적 희생자들은 '불량위패'라는 선전과 선동의 구호로 공격받고 있다.

더 큰 문제는 제주4·3의 가해 당사자인 군과 경찰의 책임 문제를 국가폭력이라는 추상적 언어로 서둘러 사죄했다는 점이다. 2003년 노무현 대통령의 사과는 제주4·3을 겪었던 유족들에게는 수십 년 동안 쌓였던 한을 위로하는 계기가 되었지만 사과의 방식은 실질적 책임의 문제를 외면한 추상의 차원, '무고한 희생'이라는 규정을 확산하는 결정적 요인이 되었다. 노무현 대통령 사과 이후 제주에서는 제주4·3 당시 피해를 입은 사람들을 '희생자'로 규정하면서 해방 정국에서 발생한 3 · 10총파업 등 지역의 저항을 주체적인 시각으로 인정하지 않는 암묵적 동의가 확산되었다.

이를 더욱 공고하게 만든 계기는 제주4 · 3특별법 제정 이후 서북청년단 중앙본부 단장을 지냈던 문봉제 등 극우 인사들이 헌법재판소에 제기한 헌법 소원 결과였다. 당시 헌재는 이들 인사들의 위헌 소송을 각하하면서 부대의견으로 희생자 선정 기준을 다음과 같이 제시했다.

자유민주적 기본질서를 부정하며, 인민민주주의를 지향하는 북한 공산정권을 지지하면서 미군정기간 공권력의 집행기관인 경찰과 그 가족, 제헌의회의원선거 관련인사 · 선거종사자 또는 자신과 반대되는 정치적 이념을 전파하는 자와 그 가족들을 가해하기 위하여 무장세력을 조직하고 동원하여 공격한 행위까지 무제한적으로 포용하는 것은 우리 헌법의 기본원리인 자유민주적 기본질서와 대한민국의 정체성에 심각한 훼손을 초래한다. 이러한 헌법의 지향이념에다가 제주4 · 3특별법이 제정된 배경 및 경위와 동법의 제정목적, 그리고 동법에 규정되고 있는 '희생자'에 대한 개념인식을 통하여 보면 수괴급 공산무장병력지휘관 또는 중간간부로서 군경의 진압에 주도적 · 적극적으로 대항한 자, 모험적 도발을 직 · 간접적으로 지도 또는 사주함으로써 제주4 · 3사건 발발의 책임이 있는 남로당 제주도당의 핵심간부, 기타 무장유격대와 협력하여 진압 군경 및 동인들의 가족, 제헌선거관여자 등을 살해한 자, 경찰

등의 가옥과 경찰관서 등 공공시설에 대한 방화를 적극적으로 주도한 자와 같은 자들은 '희생자'로 볼 수 없다.

헌법재판소는 제주4·3 희생자의 범주에 "수괴급 공산무장병력지휘관", "중간간부로서 군경의 진압에 주도적·적극적으로 대항한 자", "제주4·3사건 발발의 책임이 있는 남로당 제주도당의 핵심간부", "무장유격대와 협력하여 진압 군경 및 동인들의 가족, 제헌선거관여자 등을 살해한 자", "경찰 등의 가옥과 경찰관서 등 공공시설에 대한 방화를 적극적으로 주도한 자" 등은 대한민국의 헌법 이념과 맞지 않는다고 규정하였다. 이러한 규정은 지역에서 제주4·3을 '희생'의 범주에서만 사고하게 만드는 중요한 기준으로 작용하였다. 희생자를 결정하는 기구인 제주4·3위원회가 헌재의 부대의견을 받아들이면서 남로당 핵심 간부 등 4·3 당시 무장대 핵심 세력들은 여전히 희생자로 인정받지 못하고 있다. 이에 따라 희생자 선정이 불허된 자는 31명에 이른다. 하지만 제주4·3 당시 군경 토벌대들은 여전히 희생자로 선정되고 있다.

제주4·3이 공동체의 분열을 경험한 비극이라고 할 때 헌재와 제주4·3 위원회의 결정은 여전히 대한민국이라는 공동체가 배제와 차별의 인식 구조를 바탕으로 하고 있음을 보여준다. 해방 이후 3·10총파업과 통일독립국가를 선택하기 위한 지역의 주체적 선택은 여전히 대한민국의 역사에서 배제되고 있다. 제주4·3은 통일독립국가라는 시대적 과제를 쟁취하기 위한 지역의 주체적 선택이었다. 반공과 친일을 기반으로 한 이승만 정권은 이러한 지역의 주체적 선택을 폭력적으로 진압하였다. 제주4·3 당시 무장대의 규모는 많아봐야 500명 수준이었다. 그들의 무기도 일본식 구구식 소총과 죽창 등이었다. 저항은 미미했고 응징은 가혹했다. 무장 봉기 이후 무장대 지도자 김달삼과 9연대장 김익렬의 4·28평화협상은 제주4·3의 비극을 방지할 수 있는 당시로서는 최선의 방법이었다. 하지만 평소 군과 대립 관계였던 경찰은 자신들의 책임 문제가 불거질 것을 우려해 5월 1일 오라리 방화 사건을 조작해 강경 진압 작전을 유도했다. 그 과정의 배후는 미군정이었고 학살의 집행자는 이승만과 군경이었다.

한국문학에 뒤늦게 도착한 편지 『화산도』가 던지는 질문은 무엇인가. 그것은 아마도 이승만 정권과 친일 반공주의를 내세운 대한민국 정부 수립을 근본에서부터 회의해야 함을 의미할 것이다. 그것은 국가란 무엇인가, 국가란 무엇을 해야 하는가라는 현재적 질문인 동시에 국가가 내재하고 있는 폭력의 양상을 외면하지 않아야 함을 문신처럼 우리의 신체에 새기고 있는 것인지도 모른다.

소설로 쓴 분단의 계보학

『화산도』가 탈고된 1997년과 한국어로 완역된 2016년은 그 시간적 간극에도 불구하고 끊임없이 현재적 의미로 해석될 수밖에 없다. 그것은 『화산도』에 드러난 해방 정국에서 조선의 인민들이 자기결정권을 행사하고자 했던 선택의 가능성과 좌절을 보여주기 때문이다. 36년간의 식민지 지배를 경험했던 신생 독립국 조선에서 국가의 정체政體를 선택하는 문제는 식민지 청산과 함께 중요한 과제였고 그러한 민족적 과제를 수행하기 위한 인민들의 주체적 노력은 결국 민주주의를 향한 조선 인민들의 열망과 맞닿아 있다. 그런 점에서 『화산도』는 한국문학에 뒤늦게 도착한 편지이자 해방 이후 한 번도 온전히 쟁취하지 못했던 진정한 민주주의의 가능성을 타진할 수 있는 참조점이다.

에드워드 사이드가 『문화와 제국주의』에서 엘리엇을 인용하면서 '과거의 과거성'과 '과거의 현재성'을 언급하고 있는 것처럼, 『화산도』는 해방기 제주4·3항쟁을 통해 온전히 실현되지 못한 인민 주권의 가능성을 현재적 질문으로 우리 앞에 던지고 있다. 그런 점에서 『화산도』의 서사는 완결을 지향하지 않는다. 미완의 서사는 제주4·3항쟁이 '미완의 혁명'이라는 사실을 끊임없이 상기시키며 제주4·3의 문제가 단순히 지역의 문제가 아니라 '지금-여기'의 문제라는 사실을 자각하게 한다. 『화산도』가 여전히 문제적인 이유가 여기에 있다. 『화산도』에서 보여주는 제주4·3항쟁의 서사가 제주4·3의 전모를 온전히 드러내지 않는다고 하더라도 『화산도』가 던지는 질문은 제주4·3의 진실에 가닿아 있다. 제주4·3진상조사보고서가 규정하고 있는 1947년 3월 1일부터 시작해서 1954년 한라산 금족령이 해제되기까지 제주에서 발생한 '사건'의 전체를 바라보고자 한다면 『화산도』는 적절한 텍스트가 아닐 수 있다. 하지만 『화산도』는 제주4·3항쟁이 내포하고 있는 근본적 문제, 신생독립국가 조선에서 인민의 자기결정권과 그것을 억압하는 국가의 폭력성을 그려내면서 분단이 은폐하고 있는 민주주의의 본질이 무엇인지를 묻고 있다.

그런 점에서 『화산도』를 제주4·3소설로 읽는 것은 잘못된 독법이다. 『화산도』는 제주4·3소설이 아니라 분단의 계보를 소설적으로 탐구하는 분단 소설이자, 이루지 못한 미완의 통일을 겨냥하는 질문이다. 소설로 그린 분단의 계보학, 『화산도』를 한마디로 정의한다면 이보다 더 적절한 표현은 없을 듯하다.

물론 『화산도』는 그 서사의 방대함만큼이나 독법도 다양할 수밖에 없다. 『화산도』는 제주4·3항쟁을 정면으로 다루고 있지만 그것을 지역의 문제로 국한하지 않는다. 또한 제주4·3항쟁을 해방기 국가 정체 결정 과정에서 발생한, 과거라는 시간성에 국한된 비극적 '사건'이었다는 입장도 취하지 않는다. 『화산도』는 제주4·3항쟁이라는 역사적 사건을 통해 해방 이후 인민 주권의 형성과 좌절을 정면으로 다루면서 '국가란 무엇인가'라는 질문을 던지고 있다. 『화산도』의 이러한 문제의식은 분단 이후 한국문학의 자장 속에서 자명하게 여겨지고 있는 대한민국이라는 반공국가에 대한 근원적 회의의 필요성을 한국문학에 던지고 있다.

일본의 식민지배는 주권의 상실로 귀결되었고 상실된 주권의 복원이 해방기 민족적 과제로 등장하게 되었다. 그동안 한국문학의 장에서 해방 정국의 좌우대립 양상을 나라만들기라는 과제를 수행하기 위한 국가 정체 선택의 문제로 바라보았다. 하지만 이러한 선택의 과정이 필연적으로 초래할 수밖에 없는 인민의 주권성의 문제에 대해서는 간과한 측면이 있었다.

『화산도』에서 보여주는 제주4·3항쟁과 친일반공정권의 폭력적 진압과정은 인민의 주권, 즉 인민의 선택지를 인정하지 않겠다는 국가-주권의 모순을 정면에서 다루고 있다고 하겠다. 『화산도』는 제주4·3항쟁을 이념의 대결로도, 이로 인한 지역민의 희생의 관점도 취하지 않는다. 『화산도』의 문제성은 법의 제정자이며 법의 유일한 집행자인 근대국가의 근원적 모순을 제주4·3항쟁이라는 거울에 비춰보면서 해방 이후 지금까지 우리 사회가 마주하고 있는 민주주의의 문제를 끈질기게 되묻고 있는 데에 있다. 때문에 『화산도』의 문제의식은 촛불혁명 과정에서 불거져 나온 "이게 나라냐"라는 광장의 물음과 결을 같이하고 있다. 제주4·3항쟁이 70여 년이 지난 과거의 비극적 사건이 아닌 현재적 사건이 될 수 있는 이유도 바로 이 때문이다.

10

'필연'이 되어버린 재일의 시어들

너무 늦게 도착한 편지들

김시종을 읽기 위해서는 '시차'를 견뎌야 한다. 그것은 단지 그가 글을 써왔던 시간과 그의 글을 '지금에야' 읽는 시간의 편차만을 의미하지 않는다. 김시종의 시가 한국에 처음 번역되었을 때가 2008년이었다. 시선집의 성격을 띤 『경계의 시』에는 『지평선』, 『일본풍토기』, 『니이가타』, 『이카이노 시집』, 『광주시편』, 『계기음상』, 『화석의 여름』 등 7편의 시집에서 고른 시들이 수록되었다. 일본 밀항 후 50년이 다 되어서 고향 제주를 찾았을 때가 1998년이었으니 시인보다 시가 더 늦었다. 김석범과 마찬가지로 김시종의 시도 너무 뒤늦게 도착한 편지들인 셈이었다.

김시종은 『지평선』1955년과 『일본풍토기』1958년를 출간한 이후에는 조선총련의 노골적인 공격으로 절필이나 다름없이 지내다가 『니이가타』1970년, 『이카이노 시집』1978년, 『광주시편』1983년

김시종 시인 근영 ⓒ김동현

김시종, 『시집 지평선』, 오사카조선시인집단
간행, 진달래발행소, 1955.12.10

등을 발표했다. 그 일련의 과정들은 한 인간이 청년에서 장년으로 나아가는 물리적 시간이며 낯선 이국의 땅에서, 외국인으로 살아야 하는 실존의 순간이었다. 김시종의 시들은 그 시간을 관통해 온 존재의 질문이다. 그것은 그 자체로 아시아의 시간을 한 인간의 몸으로 견뎌내야 하는 일이었다. 누가 받아볼지도 불분명한 편지를 쓸 수밖에 없었던 시간들이었다.

김시종을 읽기 위해서는 식민과 분단, 그리고 '재일在日'이라는 역사의 내면을 바라봐야 한다. '지금-여기'의 연원淵源을 사유하지 않으면 안 된다. 단단하고 강고한 벽 너머를 상상하며 우리가 가야 했던 길들과, 우리가 가지 못한 길들과, 미처 도래하지 않은 길들을, '동시에' 걸어야 한다. 그 길에서 우리는 김시종이 던졌던 질문들과 동행해야 한다. 그 동행의 순간 우리는 오늘을 사는 어제를 만나고, 내일의 시간을 향해 달리는, 오늘의 태도를 사유할 수 있다.

그의 표현대로 '황국 소년'은 해방 이후 남로당 조직원으로, 그리고 제주에서 벌어진 대학살을 피해 일본으로 밀항했다. 그의 간단치 않은 이력이 말해주듯 그의 시를 읽어가기 위해서는 '일본어에 대한 복수'와 '재일을 산다'라는 명제를 이해해야 한다. '재일'의 자리에서 청년 김시종은 일본적 서정을 전복하기 위한 방법으로 '일본어에 대한 복수'를 감행해왔다. 때문에 김시종이라는 존재와 만나기 위해서는 필연적으로 그가 견뎌온 '복수'와 '재일'의 시간을 통과해야만 한다. 그러기 위해서는 시대의 맥락 속에서 김시종과 우리의 시간을 포개야 한다. 선분적 시간을 통과해온 한 인간의 면을 우리의 선분과 면의 꼭짓점으로 수렴해야 한다.

김시종은 스물의 나이에 제주 인근 관탈섬에서 꼬박 나흘을 숨어 지내야 했다. '죽어도 내 눈이 닿는 곳에서는 죽지 말라'는 아버지의 당부를 마지막으로 밀항을 선택해야 했던 그였다. 캄캄한 절망의 어둠은 평생 잊을 수 없는 문신처럼 그의 기억 속에 새겨졌다. '도망자'라는 열패감은 오랫동안 4·3을 말하지 않는 침묵으로 이어지기도 했다. 하지만 그 침묵은 단순한 침묵이 아니었다. 침묵보다 더 큰 비명이었다. 자아의 내면을 통째로 흔드는 몸부림이었다. 시로 말해질 수 없는 침묵과 침묵으로 그칠 수 없는 비명. 빛과 어둠. 드러난 것들과 숨겨진 것들로 휘몰아치는 바람이었다. 그 바람 속에서 그는 나무처럼 견뎠다. "시들어 가는 입목立木"이 아니라 "의지하는 마음을 지닌 나무"로, "분만憤懣을 참고 광풍에 서 있는 나무"「가을노래」, 『지평선』로 살았다. 순응과 체념이 아니라 내면에 깊은 분노를 차곡차곡 쌓아가면서도 끝내 견디는 버팀이었다. 그래서 김시종의 시를 읽는 일은 그 '견딤'의 태도를 바라보는 일인지도 모른다.

지평의 상상, 지평의 힘

스물일곱의 청년 김시종은 일본에서 낸 첫 시집 『지평선』 '자서自序'에서 이렇게 고백한다.

자신만의 아침을

너는 바라서는 안 된다.

빛이 드는 곳이 있으면 흐린 곳이 있는 법이다.

붕괴돼 사라지지 않을 지구의 회전이야말로

너는 믿기만 하면 된다.

태양은 네 발 아래에서 떠오른다.

그것이 큰 활 모양을 그리며

정반대 네 발 아래로 가라앉아간다.

다다를 수 없는 곳에 지평이 있는 것이 아니다.

네가 서 있는 곳이 지평이다.

멀리 그림자를 늘어뜨리며

저물어가는 석양에 안녕을 고해야 한다.

진정 새로운 밤이 기다리고 있다.

"자신만의 아침을", "바라서는 안 된다"라는 단호한 명령은 '너'를 향한 발화이지만 정작 그것은 자신을 향한 말이다. '너'에 던지는 명령과 지시의 언어는 스스로를 유폐하기 위한 수단이다. 김시종의 언어가 닿는 '너'라는 타자는 '나'조차도 외부의 자리에서 사유하게 한다. 그렇게 김시종은 자신이자 타자인 너에게 "자신만의 아침"을 기다리지 말라고 한다. 이런 다짐의 언어들은 외부로 발산되는 내면적 응축을 가능케 한다. 그것은 '나'와 '너'를 잇는 언어들이 탄생하기 위한 힘의 축적이며 타자로 향하는 언어의 촉수이자 나의 신체가 너로 환원될 수 없다는, 그토록 분명한 불가능에 도전하는, 끊임없는 시도이다. 이러한 시도 끝에서야 "진정 새로운 밤"을 맞을 수 있다. 그것은 대낮의 자명함을 거부하는 세계이다. 빛이 아닌 어둠을 선택하는 단호함이다.

보이지 않는 것을 보려 하고, 들리지 않는 소리를 들으려 하는 이 무모함을 가능하게 하는 힘은 무엇일까. 도대체 무엇이 스물일곱의 청년으로 하여금 이 도저한 불가능의 세계에 발을 들이게 했을까. 오세종은 『지평선』이 출간될 무렵 김시종이 세 가지의 위기에 봉착해있었다고 말한다. 생명의 위기, 한국전쟁이라는 위기, 언어의 위기가 바로 그것이다. 이 무렵 김시종은 실제로 건강이 나빠져 오랫동안 병원 신세를 지게 된다. 대학살을 피해 도망쳐 온 일본에서 허망하게 죽을 수도 있다는 절망감. 거기다 조선에서는 '한국전쟁'이 발발했다. 목숨을 부지하기 위해 자신만 도망쳐 나왔다는 죄책감이 컸던 김시종에게 조선에서 벌어진 전쟁은 또 다른 위기였다. 조국에서 벌어진 전쟁에 직접 맞서 싸울 수 없다는 근원적 절망, 게다가 일본에서 전쟁을 반대하는 일은 추방이라는 현실적 위험을 감수해야 하는 것이었다. 생존의 토대가 뿌리부터 흔들리는 실존적 위기가 그 앞에 놓여있었다. 그런 상황을 더욱 깊은 절망으로 몰아간 것은 바로 언어의 문제였다. 쓰는 자, 쓸 수밖에 없는 자에게 언어의 부재, 언어의 상실은 죽음보다 더한 고통이었을 것이다. 누구보다 철저한 "황국 소년"이었던 김시종에게 일본어는 제국의 언어인 동시에 제국을 파괴하는 언어였다. 조선어 창작이라는 조직의 압박에서도 일본어를 선택할 수밖에 없었던 그에게 일본어는 복수를 감행하기 위한 수단이자, 복수의 대상이었다. 이 언어적 모순 속에서 죽음이라는 개인의 위기와 한국전쟁이라는 민족적 위기가 동시에 찾아온 것이다. 이런 상황에서 김시종은 스스로 지평을 선언했다. 그것은 실존적 한계를 온몸으로 밀고 나가는 힘의 발견이었다.

이를 가능하게 하는 것은 "붕괴돼 사라지지 않을 지구의 회전"에 대한 믿음이었다. "지구의 회전"이라는 물리 법칙이야말로 변치 않을 사실이다. 하지만 그것은 형이상학적 맹목이 아니었다. 뒤이어 이어지는 "다다를 수 없는 곳에 지평이 있는 것이 아니다"라는 선언의 의미를 생각해보자. "지구의 회전"만이 유일한 신뢰라면 "네가 서 있는 곳이 지평"이라는 선언은 불가능하다. 물리의 세계에서 지평은 한계이며 경계이다. 더 이상 시선이 다가갈 수 없는 궁극이다. 그럼에도 김시종은 "네가 서 있는 곳이 지평"이라고 말한다.

이는 그의 선언이 우주적 질서에 대한 환원론적 신뢰가 아님을 의미한다. 그것은 추상과 구체의 팽팽한 줄다리기이며 형이상학적 질서와 실재의 거센 충돌이다. 추상으로 비상하려는 언어를 다시 대지로 잡아끄는 물리인 동시에 실재를 재구하려는 존재의 욕망이다. 지평이 "다다를 수 없는 곳에" 있는 것이 아니라는 선언은 실재의 한계를 인식하되 거기에 매여있지 않겠다는 다짐이다.

존재는 지평이며 지평이 곧 존재이다. 이렇게 될 때 지평은 고정된 '거기'에 있지 않게 된다. 존재가 지평이 되고 지평이 존재가 되는 역동적 순환. 이는 지평이라는 한계를, 지평이라는 경계를, 존재의 힘으로 밀어내는 확장의 사유를 가능하게 한다. 그 팽창의 힘이 '재일에 산다'가 아니라 '재일을 산다'라는 질서를 선포하게 하는 힘이다. 스물일곱의 나이, 죽음을 피해 밀항한 땅 일본에서 지독하게 배고팠던 청년 김시종이 '네가 서 있는 곳이 지평'이라는 말하는 순간 그의 언어는 재일의 자리에서 발사되었고 그 지평의 질서 속에서 '재일을 사는' 존재로 탄생했다. 그렇게 김시종은 "지평에 깃든 / 하나의 바람을 위해", "울리는 노래"가 되었다.『니이가타』 그렇기 때문에 '지금-여기', 김시종을 읽는 순간 우리는 무한히 확장하는 지평의 현재, 그 뜨거운 울림과 공명하게 된다.

과정의 진실과 질문으로서의 시

시는 질문이다. 매끈한 현실에 주름으로 새겨놓는 질문이다. 그 질문에 답하는 순간 우리는 형해形骸한 개별의 사실들과 만나게 된다. 수많은 그림자들을 숨기고 있는 사실의 민낯을 바라보는 것은 때로 불편하다. 하지만 그 불편한 진실이야말로 시의 언어로 물어야 하는 질문들이다. 김시종의 시를 읽으며 우리는 그가 만들어놓은 수많은 주름을 관통한다. 오늘의 시간으로 어제의 시간을 박음질한다. 그렇게 과거와 현재와 미래가 하나의 주름으로 만나게 된다.

그의 시를 읽을 때 그의 삶을 이야기하지 않을 수 없는 이유도 여기에 있다. 하지만 그의 시는 그의 삶보다 크고 그의 삶은 그의 시보다 크다. 시가 삶이며 삶이 시가 되어버린 존재. 그래서 그의 시를 읽을 때 "시인의 삶과 시 사이를 반복"해서 이야기할 수밖에 없다. 이진경은 그래서 그의 삶과 시를 "실증적 대응물"로 경험하는 것이 아니라 "문학적 허구"안으로 끌고 들어가야 한다고 말한다.^{이진경, 『김시종, 어긋남의 존재론』}

김시종은 『지평선』에서 지평은 "언제든지 다다를 수 있는" 한계라고 규정했다. "네가 서 있는 곳이 지평"이라고 선언했다. 이는 한계를 스스로 규정하는 자가 되겠다는 다짐이다. 정해진 한계를 묵인하는 자가 아니라 자신의 언어로 한계를 만드는 자의 탄생. 한계를 생산하는 자에게 한계는 끊임없이 팽창하는 신체의 연속일 뿐이다. 한계를 삼켜버린 신체, 신체가 되어버린 한계. 스스로 한계가 되어버린 자에게 삶은 "습성"이 아니었다. 삶을 살아감으로써 삶을 가능케 하는 힘이자 몸부림이다. "이미 / 마련된 / 길의 / 모든 것을", "믿지 않는다"는 실천적 선언이었다.^{『니이가타』}

무의 존명력存命力이
인간의 삶에 암시를 주는 듯하다.
불사신인 그 몸은

몸이 잘려 나가고 속을 도려내어도,

한 되 십 전의 수돗물

몇 방울 물에 행복해 하는 한

삶을 포기하지 않는다 한다.

게다가 거꾸로 매달려서

〈 모양으로 구부려져서 싹을 위로 솟아나게 하는 모양은

엄청난 교훈을 자각하게 한다고 하지.

산다는 건 어려운 일

응달에서 시들고

생기가 뽑혀나가도

산다는 건 고귀한 것이지,

이번에만 살아남는다고 하는

잎사귀

참 노랗지 않은가.

왕성한 생명력이

교훈을 위해 산제물이 되다니

말도 안 되는 철학이라고 생각하지 말라.

적어도 내 삶은

습성이 아니다.

「산다는 건」 전문

무의 생명력을 보면서 김시종은 삶을 포기하지 않는 힘을

발견한다. 습성을 거부하고 왕성한 생명력으로 살아내고자 하는 의지를 이야기한다. 그에게 산다는 일은 관성의 포박을 거부하는 것이었다. 습성을 외면하는 힘을 '존명存命'이라고 할 때 그것은 새로운 신체를 만들어가는 삶을 가능하게 한다. 그 가능의 힘으로 그는 "포기할 수 없"는 "꿈 같은 이야기를", "진심으로 꿈꾸"고자 한다.

　　"습성"에 젖은 자들은 꿈을 꾸지 않는다. "습성"을 거부하는 자만이 꿈을 꾼다. 그럴 때에만 언어는 "진실을 찍"는 카메라처럼 시대의 이면으로 침범할 수 있다. 이런 침범을 감행해왔기에 김시종은 "눈에 비치는", "길을", "길이라고", "결정해서는 안 된다"라고 말할 수 있다. 눈에 보이는 길이 아닌 눈에 보이지 않는 길. 경계를 상상의 힘으로 넘어서는 비범한 통과. 이빨처럼 대지를 단단히 물어버리는 상상은 이로써 가능해진다.

　　　　눈에 비치는

　　　　길을

　　　　길이라고

　　　　결정해서는 안 된다.

　　　　아무도 모른 채

　　　　사람들이 내디딘

　　　　일대를

　　　　길이라

　　　　불러서는 안 된다.

바다에 놓인

다리를

상상하자.

지저地底를 관통한

갱도를 생각하자. (…중략…)

인간의 존경과

지혜의 화和가

빈틈없이 짜 넣어진

역사歷史에만

우리들의 길을

열어두자

그곳을 통과하지 않으면 안 된다.

「니이가타」 중

　　장편시집 『니이가타』에서 김시종은 일체의 관행을 거부
하고 새로운 길을 상상한다. 그 상상은 대지로부터 자유로워지
는 것이 아니다. 오히려 끊임없는 추락을 감수하는 것이다. 지
평의 상상은 "바다에 놓인 다리"와 "지저地底를 관통한 갱도"를
생산한다. 그것은 존재의 근거지인 대지를 떠나 얻게 되는 비
상의 자유를 거부하는 것이다. 비상을 거부하고 대지로 곤두박
질치는 추락을 감수하겠다는 의지다. 필요하다면 '대지'가 구
축한 현실적 조건을 전복할 수도 있어야 한다는 자각이다. 그
렇기에 그는 추상을 거부하고 자신의 신체로 도달하는 모험을

감행한다. 그 모험의 과정이야말로 "인간의 존경과", "지혜의 화和가", 가득한 "역사歷史"를 통과하는 순간이다.

역사는 사실의 기록이 아니다. 역사는 과정이다. 사실은 결과일 뿐이다. 과정의 상상이 없다면 역사는 건조한 개별적 사실들의 집합에 불과하다. "인간의 존경"과 "지혜의 화和"는 결과가 아니라 과정의 진실을 통과할 때 만날 수 있는 것이다. '재일'이라는 존재론적 무게를 끊임없이 자각할 수 있는 것도 바로 이러한 과정의 진실과 마주하는 신체적 경험이 있기에 가능하다.

마음이여.

날뛰지 말거라.

보장된

모든 것이

내게는

고통이다.

그것이 가령

조국이라 해도

자신이 더듬거리며 찾은

감촉이 없는 한

육체는 이미

믿을 수 없다.

『니이가타』 중

"더듬거리며 찾은", "감촉이 없"다면 조국도 추상일 수밖에 없다. 생생한 육체성이 없다면 추상은 허약하다. 이러한 신체적 감각이 있기에 김시종은 "바다를", "도려내야만", "길"이라고 말할 수 있다. 그는 주어진 길을 거부한다. 스스로의 길을 자신의 온몸으로 밀고 나간다. 필요하다면 "바다"마저 "도려내"어 버린다. 바다마저 거부하는 단호한 거부. 존재론적 근거를 묻기 위해 현실의 자리마저 허물어뜨리는 전복. 그것은 지평의 상상으로 비로소 만나게 되는 과정의 진실이며 신체적 경험의 순간이다.

'재일'이라는 중력

김시종에게 '재일'은 중력이다. 그것은 현실적 조건이자 제약인 동시에 현실을 내파內破하는 힘이었다. 일본적 서정을 거부하는 도저한 부정은 일본이라는 현실적 공간에서 행한 언어적 쟁투였다. "벙어리매미"를 거부하는 힘으로 그는 '재일在日'을 살았다. 그 힘겨웠던 싸움은 "싹을 틔우기보다", "씨앗이 되어 바람을 타는 것"「뛰다」중, 『잃어버린 계절』이었다. 결과가 아니라 과정으로서의 싸움. 끊임없이 "바람을 타는", "씨앗"으로서의 가능성.

'재일'이라는 중력은 한계가 아니라 현실적 제약을 하나의 가능성으로 만드는 과정의 연속이었다. 그것은 "고향도 연고도 잃은 새가 / 쓰레기밖에 주울 게 없는 일본에서 / 나의 말을 모이로 살아가고 있"다는 자각이었다. 언어가 "모이"가 되어 존재의 근거가 되는 상황 속에서 그는 "까악까악 외칠 수밖에 없는", "새"가 되었다.「조어(鳥語)의 가을」 중 그는 '재일'에 침묵하지 않았다. 자신의 "말을 모이로" 삼아서 '재일'을 살아냈다. '재일'의 삶은 "까악까악 외"치는 비명과 몸부림이었다. 일본어로 말하되 일본어가 아닌, 낯선 '새의 목소리'가 되는 일을 감수하는 과정의 연속이었다.

　『지평선』에서는 '재일조선인'이라는 시가 있다. 거기에서 재일조선인은 "오늘도 체포"되고 "어제도 압류 당"하는 조선인들이다. "고철을 줍"고, "개골창을 찾아다니"면서 "폐지를 줍는 조선인"이다. 체포와 압류가 일상인 재일조선인의 삶은 악다구니 그 자체이다. "밀치고 우기"고, 한국전쟁 중에도 "고철을" 줍고 "업신여김을 당하고", "미움을 받는다". 재일조선인들의 처절한 생존기는 그들로부터 비롯된 것이 아니었다. "자유를 외쳐도 금령이고", "평화를 사랑해도 송환"되는 일상적 억압이 만들어낸 필연이었다. 식민과 분단, 동아시아의 시간이 만들어낸 '과정의 산물'이었다. "일할 곳 없"고 "아무도 써주지 않"았다. 오히려 "아이를 잘 낳"고 먹기만 "잘 먹는 조선인"이라는 편견을 견디며 "지닌 것을 몽땅 팔아도 충분치 않"은 "넝마주이"의 삶을 감내해야만 했다.「재일조선인」

　'재일'이라는 현실적 조건 속에서 "일본 열도의 / 세로縱깊이에 망설이고만 있는 / 나"는 "자족自足하고 있는 / 자기의 저변底邊에 걸쳐 / 다시 포착"할 것을 다짐한다. 그것은 '재일'이라는 조건을 추상의 힘으로 비상하는 외면도 아니고 '재일'에 순응하는 체념도 아니었다. '재일'을 인식하되 '재일'을 재구성하려는 근원적 사유, 그것이 '재일을 산다'는 명제이며 '재일'에 매몰되지 않되 '재일'과 대결하겠다는 의지이다.

이러한 '재일' 인식이 있기에 그가 지향하는 고향은 망향과 회구의 대상으로만 존재하지 않는다. '재일'의 현실을 도피하기 위한 추상적 공간이 아니다. 오히려 '재일'을 낳게 한 기원이자, '재일'을 전복할 수 있는 원점이다. "이미 인적이 끊어진 / 유사有史이전 / 단층이 / 북위 38도라면 / 그 경도의 / 바로 위에 / 서 있는 / 귀국센터야말로 / 내 / 원점이다!"『니이가타』중라는 선언이 가능한 이유도 여기에 있다.

그에게 '재일'은 추상으로 비상하려는 욕망을 끊임없이 지상으로 향하게 하는 중력이었다. '재일'의 중력, 그 실존적 무게가 만들어낸 시간의 지층. 그것이 그의 언어가 만들어낸 '재일을 살아온' 흔적들이다. 우리는 이제 그 흔적들에서 '재일'을 외면하지 않고 '재일'과 맞서며 '재일'을 재구성하려 한 '맞섬의 상상력'과 만난다. '재일'의 중력을 외면하지 않았기에 '일본어에 대한 복수'도, '재일을 사는' 삶도 구축될 수 있었다.

그는 '재일은 산다'는 의미에 대해서 '선험성'이라는 말로 설명한 바 있다. 그가 말하는 선험성은 다른 게 아니다. 전쟁과 분단, 반공국가와 인민공화국의 적대적 대립은 역설적으로 낯선 타자를 만들어냈다. '빨갱이', '미제 앞잡이'라는 서로에 대한 악마화는 어쩌면 타자를 이해하지 않아도 된다는 공감과 연대의 유예를 당연한 것으로 받아들이게 했다. '똘이장군'류의 반공 스토리 속에서 낯선 타자는 이해할 수 없는 괴물 그 자체였다. 괴물을 이해하는 일은 불필요한 수고였다. 그 게으른 인식의 지속은 남이나 북이나 매한가지였다.

하지만 '재일'의 자리는 달랐다. 일본 안에서 '재일을 산다'는 건, '적대적 괴물'과의 일상적인 교류를 전제로 하지 않으면 안 되었다. 남과 북이라는 한반도의 이분법이 '재일'의 자리에서 그대로 적용될 수는 없는 일이었다. "암석 위의 하얀 모근"처럼 엉켜서 살아갈 수밖에 없었던 '재일'은 분단의 너머, 분단 이후를 선험적으로 상상하지 않으면 안 되는 실존 그 자체였다. 그 선험성을 누구보다도 강렬하게 인식하고 있었던 김시종이었기에 '재일'의 자리는 늘 현재적으로 규정되는 것이 아니라 '지금-여기'의 한계를 넘는 인식론적 월경의 가능성으로 인식되었다. '재일에 산다'가 아니라 '재일을 산다'는 의미도 바로 여기에 있다. 수동태로서의 삶이 아닌 능동적으로 '재일在日'을 재구성하는 모험적 삶의 연속. 그것이 바로 '재일을 산다'는 의미였다.

김시종을 읽는 이유

아무리 기다려도 길은 오지 않았다. 마땅히 예비되어 있던 길들도 없었다. '재일'은 그런 것이었다. 『니이가타』는 길 없는 '재일'의 자리에서 주어진 길을 부정하고 새로운 길을 찾는 시적 사유의 여정을 보여준다. "선복에 삼켜져 / 일본으로 낚여 올려"진 '재일'이었다. "이미 마련된 / 길의 / 모든 것을" 그는 믿을 수 없었다. "머언 이국도 가까운 본국도 아닌" 곳에서 어떤 길도 신뢰할 수 없을 때 그가 선택한 방법은 "지렁이"가 되는 것이었다.

김시종은 스스로를 "고향이 / 배겨 낼 수 없어 게워낸 / 하나의 토사물"로 "일본"이라는 "모래에 / 숨어"든 존재라고 규정한다. 4·3대학살을 피해 일본으로의 밀항을 선택한 그였다. 그래서 그는 "이 땅을 모른다"라고 말한다. 그리고 "나는 / 이 나라에서 길러진 / 지렁이"라고 선언한다. '재일'의 자리에서 "인간부활"를 꿈꾸는 그가 "지렁이"이가 된다는 것은 무슨 의미일까.

지렁이는 오로지 신체적 감각으로 길을 찾는다. 만들어진 길이 아니라 지렁이가 밀고 간 몸의 흔적이 곧 길이다. 그렇게 김시종은 있는 길이 아니라 오지 않는 길, 와야만 하는 길들을 몸으로 밀고 나갈 수 있게 된다. 그래서 그는 "모든 / 사육되는 것과의 / 연대連帶에 철저한 / 배덕背德이야말로 / 바람직한 것"이라고 말할 수 있다. "사육되는 것"들과의 철저한 결별, 그 "배덕"이라는 철저한 자기 부정이야말로 그의 문학적 갱신을 가능케 하는 사유의 원천이다.

오로지 몸의 흔적으로 밀고 나가는 길의 갱신은 "지저地底의 소용돌이"를 마다하지 않는다. '재일'이라는 삶의 조건에 현혹되지 않으며 오히려 "일본 가스의 / 메탄올에 현혹돼 / 가라앉은 것은 / 지반이 아니라 / 내가 아니었던"가를 의심한다. 주

어진 존재가 아니라 만들어가는 존재가 되기 위한 선언. 주어
진 길이 아니라 오로지 자신의 몸으로 밀고 나가는 길의 창조.
그것이 그가 보여주는 문학적 갱신이었다.

　'지금-여기' 김시종을 읽는 일은 그가 몸으로 밀고 간 '지
저'의 혼적과 만나는 일이다. 눈이 아니라 손으로 더듬고 몸으
로 만끽하며 기꺼이 함께 더러워짐을 감수하는 일이다. 김시종
은 지평의 상상력으로 허공으로 비상飛翔하려는 추상의 욕망을
잡아채었다. 그 추락의 현장, 땅속 깊은 곳에는 "복수"와 "재일"
의 언어가 새겨져 있다. 그 거친 혼적을 우리의 몸으로 느끼는
순간, 김시종의 언어는 문신처럼 우리 몸에 새겨진다. 그 뜨거
운 시술은 이미 시작되었다.

11

『만덕유령기담』과 『일본풍토기』를 읽는 밤

'김석범'이라는 숲

김석범의 문장을 읽는다. 「까마귀의 죽음」과 「1945년 여름」, 그리고 『화산도』까지. 그가 써온 문장들을 읽는 것은 깊은 숲을 헤매는 일과 같았다. 그 숲에서 나는 자주 길을 헤매곤 했다. 단단한 뿌리들에 발을 헛디딘 적도 많았다. 나아가다 보면 제자리였고, 돌아보면 지나온 자리가 녹음에 지워져 버렸다. 숲을 빠져나왔다 생각하면 또 다른 숲이 펼쳐져 있었다. 숲은 스스로의 힘으로 울창한 가지를 하늘 높이 뻗곤 했다. 깊은 숲 그림자는 낯선 방문객을 집어삼켰다. 그 숲속에서, 방향마저 잃어버린 시간 속에서 나는 차라리 사라져도 좋을 작은 발걸음이었다.

김석범의 문장을 읽어가면서 자주 4·3 행불인 묘역을 찾았다. 생몰연도와 행방불명된 장소가 적혀 있는 비문을 읽어가다 보면 문득 그해 스물 안팎이었던 비문의 주인들에게 눈길이 갔다. 1920년 어느 해에 태어나 채 서른 해를 살지 못하고 죽음으로 사라져갔던 이들. 막 스물의 시간을 지난 이들은 비석으로 남아 그들의 부재를 증명하고 있었다. 단단한 묘비 하나로 남아 죽음을 보여주는 그 자리에서 나는 김석범의 문장들과 그의 글쓰기에 대해 생각했다. 김석범 스스로 이야기했듯이 그해 제주에 남아있었다면 김석범도 차가운 비석으로 남아 있었을지 모른다. 오랫동안 비문의 생몰연도를 읽고 있노라면 김석범의 문장들이 차갑게 내 머리를 때리기 시작했다. 어쩌면 김석범의 문장들은 이미 죽어버린 자들에게, 차마 죽지 못한 이가 보내는 참회인지 모른다. 살아서 부끄럽다는 고백이자 부끄럽게도 살아남을 수밖에 없다는 회한. 김석범이라는 작가의 윤리는 거기에서부터 시작되는 것이리라.

식민의 시간과 재일의 거리 어디쯤에서 김석범은 스스로 문장이 되었고 문장의 힘으로 시간을 견뎠다. 김석범의 문학은 일본어와 한국어 '사이'의 세계이자, 조선과 일본의 틈새에서 자라난 삶의 흔적들이었다. 식민의 삶과 재일의 세월들, 시간은 문장을 낳고 문장은 시간을 견뎠다. 그의 문장들은 언어를 지니지 못했던, 말의 형태를 가질 수 없었던, 침묵의 시간을 뚫고 도착한 편지들이다. 그것도 뒤늦게 도착한 글들이다. 오랜 시간이 흐른 뒤에 그의 문장을 읽고 써야 하는 이 글은 너무 늦은 답장인지도 모른다.

생각해보면 제주의 사월, 그해의 함성은 제주라는 시공간에서만 멈춰버린 것이 아니었다. 김석범과 김시종, 누군가는 사월을 말했고, 누군가는 사월을 가슴에 새겼다. 그렇게 그들은 제주의 사월을 살았다. 오랫동안 언어를 지니지 못했던 4·3 항쟁의 시간 안에서 그들은 문장의 돌담을 쌓아갔던 것인지 모른다. 하여 이제 우리가 읽어야 하는 문장들은 끝내 잊을 수 없었던 시간의 흔적을 더듬는 일이다. 그렇게 우리는 김석범이라는 작가가 만들어낸 숲을 오른다. 봄, 여름, 가을, 그리고 겨울. 스스로를 죽여 다시 피어나는 계절이듯, 죽음이 생명으로 피어나는 지독한 대결과 마주해야 한다.

「1949년 무렵의 일지에서」에서 시작된 김석범 문학 세계

「1949년 무렵의 일지에서-「죽음의 산」의 한 구절에서」 1951년, 「만덕유령기담」1970년, 「유방이 없는 여자」1981년는 김석범 문학의 성격을 규명할 때 반드시 언급해야 하는 작품이다. 「1949년 무렵의 일지에서」는 김석범이 박통朴樋이라는 필명으로 『조선평론』에 발표한 작품이다. 이 소설은 김석범 문학의 시작이라는 점에서도 의미가 있지만 '재일在日'이라는 현실과의 고단한 싸움의 출발이라는 점에서도 각별하다.

이즈음 김석범은 교토대학 문학부 미학과를 졸업하고 오사카 조선인문화협회와 『조선평론』 창간 등의 작업에 의욕을 보였다. 하지만 김석범은 일 년 뒤인 1952년 일본 공산당을 탈퇴하면서 사실상 조직 활동을 그만두게 된다. 당시 재일조선인 사회에서 조직 활동을 그만둔다는 것은 정치적 사형선고나 다름없는 일이었다. 오사카에서 센다이로 은밀히 거처를 옮기고 이후 도쿄에 정착하면서1952년 공장 노동자 생활로 생계를 이어가던 김석범은 1957년 『문예수도』에 「간수 박서방」을 발표하면서 본격적인 창작 활동을 시작하게 된다. 이후 김석범은 한글 「화산도」 등 조선어 소설 쓰기를 시도하면서 일본어와 조선어 사이에서 치열한 고투를 벌였다. 한글 「화산도」를 비롯한 일련의 한글 소설들이 바로 이 시기의 산물들이었다.(이 당시의 작품들은 『혼백』이라는 제목으로 번역 출간되었다.) 이때부터 김석범은 일본어로 소설을 쓰는 쪽으로 방향을 전환하게 되는데 「만덕유령기담」은 이러한 문학적 모색의 결과물이었다.

1957년 「간수 박서방」을 시작으로 「까마귀의 죽음」1957년, 「똥과 자유」1960년, 「관덕정」1962년을 발표했던 김석범은 1967년 이 네 편을 담은 『까마귀의 죽음』을 신코쇼보新興書房에서 출간한다. 당시만 하더라도 작품 발간에 조직의 비준이 필요했지만 김석범은 조직의 동의 없이 작품집 출간을 강행했다. 위암 수술과 조총련 조직 탈퇴1968년 등 이 시기 김석범은 육체적, 정신적으로 극심한 고통을 겪었다. 이후부터 김석범은 일본어로 소설을 쓴다는 것에 대한 고민을 하기 시작하는데 이러한 고민의 결과물이 7년 만에 일본어로 쓴 단편 「허몽담」이었다. 이러한 그의 이력을 살펴볼 때 「만덕유령기담」은 김석범이 소설가로서 언어의 문제에 대해 깊은 고민을 하고 있었을 당시의 산물이었다. 특히 이 작품은 발표 당시 아쿠타가와상 최종심 후보에 올라 일본어 소설 쓰기에 대한 문학적 모색에 자신감을 주는 계기도 되었다.

「1949년 무렵의 일지에서」와 「만덕유령기담」을 거치면서 김석범 문학은 중요한 분기점을 맞게 된다. 그것은 재일조선인문학에 대한 일본 문학계의 기대(?)를 배신하는 '일본어 문학'이라는 독창적 세계의 구축으로 이어지게 된다. 대작 『화산도』의 시작이 되었던 「해소海嘯」 연작 중에 발표된 「유방이 없는 여자」는 김석범의 '일본어 문학'의 지향점이 어디에 있는지를 잘 보여준다. 1980년 광주와 1948년 제주의 상황을 시야에 두면서 국가폭력의 문제를 날카롭게 비판하고 있는 이 작품은 1980년이라는 동시대적 상황에서 제주4·3을 소환하면서 공적 역사에서 배제된 존재들을 서사화해나가고 있다.

초기작인 「까마귀의 죽음」과 그의 대표작인 『화산도』의 세계를 이해하기 위해서는 「1949년 무렵의 일지에서」와 「만덕유령기담」, 「유방이 없는 여자」를 살펴볼 필요가 있다. 이 세 작품은 제주4·3이라는 심연에서 길어 올렸던 김석범의 문장들이 어디에서 시작되고 흘러갔는지를 분명하게 보여준다.

『만덕유령기담』은 김석범이 한글 「화산도」 연재를 중단한 이후에 쓴 일본어 소설이다. 이 작품을 계기로 김석범은 본격적인 '일본어 문학' 창작으로 나아가게 된다. 이 작품은 '일본 문학'이 아닌 '일본어' 글쓰기라는 자기 정체성의 구현이라는 측면에서 주목할 필요가 있다. 김석범은 스스로 '일본어'로 소설을 쓰는 의미를 '재일'이라는 실존적 위치에서 느끼는 언어적 감각이라고 말한 바 있다. 이러한 언어 감각은 윤건차가 지적했듯이 재일조선인 작가로서 식민지 근대화의 강요와 분단이라는 조선의 근대성이 지닌 현실적 모순을 돌파할 수밖에 없기 때문이었다. 또한 이 작품은 김석범 문학에 등장하는 원형적 인물의 탄생을 알리는 작품이라는 점에서도 의미가 깊다. '허물 영감', '용백' 등의 인물을 통해 김석범은 자신의 소설 속에서 민중성을 반복적으로 재현한다.

'만덕유령기담'이라는 제목이 말해주듯이 이 소설은 처형장에서 기적적으로 살아남은 만덕의 '기행奇行'을 통해 4·3의 의미를 되묻고 있다. '만덕'은 "시민권을 박탈당해도 마땅한" 인물이자, "부모도 모르는" 인물로 묘사된다. 이러한 인물을 통해 김석범은 항쟁과 학살의 비극성을 '기담'이라고 명명하고 있다. 그가 말하는 '기담'이란 권력에 의한 절멸의 이유를 찾기 위한 그 나름의 모색이기도 하다. 때문에 김석범은 "하면 이 나라에서 유령이 아닌 사람은 도대체 누구인가?"라고 되묻는다.

24살에 죽은 만덕의 생애를 다루고 있는 이 소설에서 주목할 것은 이름 없는 자, 만덕의 존재이다. 만덕은 아비 없이 태어나 어미 손에 이끌려 제주 관음사 주지에게 맡겨진 채 절의 허드렛일을 하며 살아간다. 부모도 모르고, 제 이름조차 없이, 개똥이라는 별칭으로 불리기에 만덕은 "시민권을 박탈당해도 마땅한" 존재로 치부된다. 이름이 없는 존재였기에 징용 당국은 그를 '만토쿠 이치로'라는 일본식 이름으로 불렀다. 만토

구 이치로가 자신의 이름이 아니라고 강변해도 폭력적 명명은 하나의 낙인처럼 만덕의 신체를 구속한다. 이름 없는 신체라는 만덕의 존재는 타자의 신체를 폭력적으로 훼손하는 권력의 불의를 상징적으로 보여준다. "신도들의 유쾌한 경멸과 연민의 배출구"로 살아야 했던 만덕은 제주4·3항쟁을 진압하기 위한 '계엄령'이 선포된 직후 '반역죄'로 심문을 받게 된다. 처형장에서 살아남은 후에 다시 비극적 죽음을 당한 만덕에게 죽음은 한 번으로 끝난 단일한 순간이 아니라 죽음 이후에도 여전히 죽음을 강요당하는 폭력의 연속이었다. 그것은 죽음의 이유를 되물어야 하는 비극적 질문을 품은 자의 죽음이자, 죽음으로도 죽을 수 없었던 기억의 신체 그 자체였다. 그것은 죽음의 범주에 포함되지 못한 죽음들, 죽어서도 죽음을 인정받지 못하는 존재를 말하기 위함이다. 처형장에서 극적으로 살아났지만 결국 죽음을 피할 수 없었던 만덕의 생애를 다룬 이 소설은 살아서 죽은 자들의 이야기이자 죽어서 사라진 이들을 호명하고 있는 부르짖음이다.

모멸의 현실에서 죽음을 기억하기

죽음은 영원한 결별이기에 절망이며, 암흑이다. 죽음을 생각하는 것은 죽은 자가 아니라 살아 있는 자들이며, 살아있는 자들은 살아있는 한, 죽음을 영원히 경험하지 못한다. 어쩌면 종교란 죽음 이후를 '상상'하지 않으면 생의 일회성을 견딜 수 없었던 인간들이 '발견'해낸 안전지대인지도 모른다. 선한 자들의 선한 삶보다 악한 자들의 악다구니가 승리하는 현실 앞에서, 우리는 비극을 감내할 수 없어서, 혹은 삶의 모멸을 설명하기 위해서, 죽음 이후를 바라보았는지 모른다. 선한 자들의 비극적 죽음과 악한 자들이 당당하게 살아가고 있는 모멸의 현실에서 우리는 어떻게 '죽음'을 발견할 것인가.

김석범 문학의 출발이라고 할 수 있는 「1949년 무렵의 일지에서」에서도 죽음에 대한 그의 사유를 확인할 수 있다. 김석범은 소설이 기억을 공유하는 하나의 사건임을 증언하고 있는데, 이는 시간과 기억, 재현과 해석의 사이를 유영하는 김석범 문학의 특징을 잘 보여준다.

어쩌면 김석범은 소설을 통해 기억은 어디에 깃드는 것인가를 집요하게 묻고 있는지 모른다. '기억하다'라는 서술어는 기억의 주체와 대상, 그리고 행위로 이루어진 세계다. 피에르 노라가 이야기했듯이 기억의 주체는 기억의 장소들을 불러낸다. '기억의 장소'들은 시간이 지층처럼 쌓여있는 하나의 상징이다. 그것은 수많은 물物들로 이루어진 기억의 세계이자 기억해야 할 몸들을 불러내는 비명의 순간이다. 그 몸들의 만남은 우연과 필연의 경계를 가로지르고 소설과 사실을 넘나들면서 제주4·3을 박제된 시간 속에서 꺼내 현재적 질문으로 되묻고 있다.

처형장에서 극적으로 살아난 만덕을 '유령'으로 오인한

'기담'은 기이한 이야기가 아니라 살아있는 사람들의 이야기이자, 기억의 이야기를 만드는 '혼 부름'이다. 죽음이 신체의 불가역적 소멸이라면 죽어서도 살고, 살아서도 죽은 사람들을 어떻게 기억할 것인가.

「1949년 무렵의 일지에서」를 거쳐 「유방이 없는 여자」에 이르는 그의 문학적 여정을 되짚어 보면 죽음은 일회적 소멸이 아니라는 그의 인식을 잘 알 수 있다. 그것이 제주4·3과 5·18을 별개의 사건이 아닌 동아시아의 냉전 체제와 국가폭력이라는 구조적 관점에서 파악하고 있음은 물론이거니와 공적 역사의 장에서 배제된 존재들의 목소리를 듣는 김석범 문학의 윤리성이 어디에서 기인하는지를 잘 알 수 있다. 김석범 문학을 제주4·3항쟁이라는 우물에서 길어 올린 '깊이의 문학'이라고 규정할 때 이들 작품은 그의 문학이 지니고 있는 심연의 본질이 무엇인지를 잘 보여준다.

우리의 오늘을 찌르는 아픈 송곳, 김시종

『일본풍토기』에는 허기와 냄새와 동물의 사체가 가득하다. "시영市營 전차 선로에 배를 깔고 누워 / 모가지만이 쳐들린 / 무표정한 개"「정책발표회」와 "아기의 코를 갈아먹어"버리는 쥐의 사체「용마루 긴 집의 법도」와 "밥으로는 / 충분치 않아서 / 동전을 먹는", "밥통에서 / 뻑뻑하게 / 반죽된 것"「샤릿코」들은 '재일'의 자리에서 바라본 김시종의 실존이다. 이 낯설고, 때로는 기괴한 조합들은 '재일'이라는 자신의 실존이 우연한 도착이 아닌 필연이자, 신체에 각인된 시간이라는 자각이다. 오세종이 해설에서 이야기한 대로 "일본에서 살아있다는 사실을 '우연'으로 만들지 않기 위"한 "필연"이자, "식민지의 경험"을 바탕으로 한 '재일'의 대상화이다. 이러한 김시종의 현실 인식은 밀항의 우연한 결과가 '재일在日'이 아니라는 각성이기도 하다.

김시종 시인 스스로 고백했듯이 밀항은 평생 그의 죄책감의 근원이었다. 누구보다 충실한 '황국신민'이었던 김시종이 해방 이후 남로당 조직원으로 활동하게 된 데에는 식민의 경험에 대한 철저한 자기반성이 자리 잡고 있었다. 자위적 저항으로 선택했던 봉기가 잔혹한 학살로 귀결되었다는 자괴감과 함께 동지들을 뒤로하고 도망쳤다는 그의 부채의식은 소설가 김석범과의 대담에서 잘 드러난다. 김시종은 2014년 제주 방문 당시 자신이 남로당 조직원으로 활동했다는 사실을 공개적으로 토로한 적 있다. 오랫동안 자신의 심중에 감추어두었던 청년기의 기억은 그 스스로 4·3을 왜 쓰지 않았는가에 대한 자기 고백이기도 했다.

하지만 1955년 발표한 『지평선』에서는 물론이거니와 『일본풍토기』에도 제주4·3의 기억은 '재일'이라는 실존을 묻는 중요한 질문으로 작용하고 있다. '나의 성性 나의 목숨'이 잘 보여주고 있듯이 교수형의 순간, 탈분과 발기 현상을 직면했던 살육의 경험은 "스물여섯 생애를 / 조국에 건 / 의형 김金"의 사연으로 전해진다. 김일성주의로 굳어지는 총련에 맞섰던 김시종에게 '재일'은 우연히 던져진 현실이 아니라 식민의 경험과 분단의 시간이 동시에 놓인 현실이었던 셈이다. 조직의 명령을 거부하는 일은 '재일'이라는 현실에서 자신의 삶을 모두 걸어야 하는 일이었다. 번역자인 곽형덕 교수의 상세한 연보에서도 확인할 수 있듯이 김시종의 '일본어 시 쓰기'에 대한 총련 조직의 비판은 실재적인 압력이었다.

조직의 혹독한 비판 속에서 『일본풍토기』Ⅱ의 출간은 좌절되었고 오랫동안 망실된 채 그의 시적 이력에서 사라져있었다. 이번 번역 출간된 『일본풍토기』는 시인조차 잊고 있었던 시편들을 한 일본인 연구자의 노력으로 복원한 것이다. 2008년 『경계의 시』유숙자 역가 한국어로 처음 번역된 이후, 『장편시집 니이가타』곽형덕 역, 『광주시편』김정례 역, 『잃어버린 계절』이진경 외역, 『이카이노 시집 외』,이진경 외역 『지평선』곽형덕 역이 차례대로 출간되었으니 이번 『일본풍토기』 출간은 김시종 시인의 시 세계를 온전히 조망할 수 있는 중요한 계기라고 할 수 있다. 한국에서 김시종 시인의 번역 출간 이력을 보면 한국문학은 김시종을 뒤늦게 '발견'한 것인지도 모른다. '재일'이라는 실존에서 고독한 싸움을 이어갔던 시인의 이력을 감안하자면 너무 늦은 '발견'이다.

어찌 보면 한국문학은 '일본어 문학' 안에 내재된 식민의 시간과 분단체제의 현재성을 오랫동안 망각해왔다. 그것은 '한국어 문학'이라는 한국문학 범주 규정의 협소함뿐만이 아니라, 냉전과 탈냉전을 거치면서 신자유주의적 쇄말화 속에서 한국문학 자체가 왜소해져버렸기 때문인지도 모른다. 65년이 지나 도착한 김시종의 『일본풍토기』는 이제 다시 우리에게 질문을 던지고 있다. 그것은 식민의 시간과 분단체제의 모순이 여전한, 우리의 오늘을 아프게 찌르는 송곳이다.

신체에 각인된 재일

우여곡절 끝에 우리 앞에 당도한 김시종의 시편들은 '재일'이 관념이 아니라 신체에 각인된 시간임을 되돌아보게 한다. 제주 관탈섬에서 사흘 밤을 숨어 지내며 밀항선을 타고 일본으로 향했던 김시종은 자신의 본명이 아니라 임대조라는 가명 아닌 가명으로 '재일'을 견딜 수밖에 없었다. 그것은 식민본국 일본에 거주했던 조선인들이 해방 이후 마주해야 했던 실존의 문제이자, '재일'의 위치에서 조선의 분단을 일상으로 마주해야 했던 오늘의 시간이기도 했다. 본명이 필명이 되어 버린 시인에게 글쓰기는 자신의 정체성을 확인하는 싸움의 시간이었다. 그것은 김시종 개인의 문제만이 아니었다. 돼지를 키우던 땅, 버려진 땅 이카이노猪飼野는 그렇게 조선을 떠나온 자들이 '재일'의 시간을 버티며 살아온 삶의 공간이었다.

그것을 김시종은 "도피"라고 규정하면서 "익숙해지지 않는 짐무게에 눌려 / 새로운 땅을 지나간 것까지는 좋았는데 / 이 십간도로 분류와 만나면 / 모든 것이 정지된다"고 말하고 있다. "이카이노猪飼野 입구에 당도하기 위해서는 / 내가 아니라 해도 / 필사적인 종鐘이 필요했던 것인지도 모른다"「이카이노이번지」는 고백은 그가 일본과 대면하는 방식이자, '재일'을 살아가는 분투의 비명이었다. 그것은 때로는 "재일 세대의 독자성을 인정하지 않는", "총련의 권위주의와 획일주의"에 맞서는 싸움이기도 하였다. 하여 『일본풍토기』는 자신의 전 존재를 걸고 맞섰던 '재일'의 실존을 증명하는 '여전한 오늘'의 질문이다. 오세종은 그것을 전후 일본이 '국민'과 '서정'을 재구축하려는 문화적 동향에 공명하는 동시에 '재일'이라는 우연을 넘어설 가능성을 발견했기 때문이라고 말하고 있다. 오해하지 말자. 그가 말하는 '일본풍토기'는 일본의 풍토가 아니라 일본이라는 땅에 던져진 '재일'의 풍경이자, 재일조선인의 신체에 각인된 식민과 분단의 문신이었다. 지우려 해도 지울 수 없고, 아니 지우려 할수록 더욱 선명해지는 필연의 문신. 그것이 김시종이 우리 앞에 펼쳐놓는 '일본풍토기'의 진면목이다.

김시종에게 '재일'은 우연이 아니라 식민의 필연이자, 분단체제가 낳은 과정의 진실과 마주하는 전장戰場이었다. 그 전장에서 김시종은 때로는 피 흘리며, 혹은 비명을 지르는 악다구니를 외면하지 않았다. 그것은 "같은 말을 / 계속 되풀이해 / 그렇게 / 같은 몸짓으로 / 십 년이 지났다 / 십 년을 울었다"「흰손」는 고백으로, "영원히 / 세이프티존에 / 내내 서있는 / 나. / 그것이야말로 / 구멍이다!"「구멍」는 통렬한 자기반성으로 이어졌다. 김시종이 서 있는 '재일'의 자리는 일본을 사는 것도 아니고, 조선을 사는 것도 아닌, '조선과 일본의 틈새에서 사는', 경계의 삶이기도 하였다. 그것을 김시종은 "출생은 북선北鮮이고 / 자란 곳은 남선南鮮이다 / 한국은 싫고 / 조선은 좋다. / 일본에 온 것은 그저 우연한 일이었다 / 요컨대 한국에서 온 밀항선은 일본으로 갈 수밖에 없었기 때문이다"「종족 검증」라고 말하고 있다. 하지만 그가 말하는 우연은 우연을 해명하기 위한 질문이자, 우연을 우연으로 놓아두지 않으려는 강렬한 거부였다. 그래서 김시종은 "사람들이 신이 나 / 손을 칠 때 / 그 손을 잡는 / 나는 쾌활한 방법 / 노no / 노 / 노 / 죄의식은 / 털끝만큼 / 도. / 일본 전체가 아지랑이일 뿐인걸"「봄은 모두가 불타오르므로」이라고 말할 수 있는 것이다.

오늘을 향해 던져왔던 질문들

김시종은 "일본에서의 생활은 한 많은 '일본어'를 '일본'으로 향하는 생활"이라면서도 "'일본'과의 나의 대치는 나를 배양해 온 나의 일본어에 대한 나의 보복"이었다고 고백한 바 있다.『재일의 / 틈새에서』 김시종의 보복의식이 식민의 시간에 대한 사유로 이어졌음은 당연한 귀결이기도 하다. 하지만 이러한 디아스포라의 삶 속에서 고향은 여전한 그리움이었다. '자신의 눈앞에서 죽어서는 안 된다'는 아버지의 말이 유언이 되어버렸던 김시종에게 '재일'은 망향의 시간이었다. 『일본풍토기』의 속표지에 쓴 '아버지의 무덤에 바칩니다'라는 글귀는 '재일'의 현실에서 그가 보낼 수 있는 유일한 애도이기도 하였다. 부모에 대한 그리움은 『일본풍토기』II의 시편에서도 드러나는데 대표적인 것이 '밝힐 수 없는 거리의 깊이에서'이다. 여기에서 김시종은 항공우편으로 일본에 도착한 어머니의 편지를 "동체착륙의 / 사나운 형상으로 / 도착"한 것으로, "한국산 / 관"으로, "엎드려서 / 옻을 먹고 / 산 채로 / 미라가 된 / 어머니의 / 칠십여 년에 걸친 / 고별의 편지"라고 말하고 있다. "갱지 / 지질紙質에 밴 / 냄새"를 "망실된 고향"과 "망국의 그늘"이라고 말해야 하는 그에게 '재일'은 건널 수 없는 디아스포라의 시간을 뼈저리게 느끼게 한다.

그래서일까. '재일'이라는 현실과의 분투에는 돌이킬 수 없는 현실이 되어버린 분단에 대한 통한도 짙게 배어있다. 시 말미에 "일조협약 예고, 조국의 사진에 부치다"라는 부기가 달린 '이 땅에 봄이 온다'는 남한과 일본의 국교 정상화를 바라보는 '재일'의 시선이 잘 드러난다. 김시종은 "올해야말로 / 벌집처럼 구멍이 뚫린 벌판의 마음은 / 치유돼야만 한다"면서 이렇게 질문을 던진다. "어떻습니까? / 농지에 뚫린 구멍은 당연히 메워지지만 / 께느른한 양의 졸음을 깨우는데 / 저기 있는 슬로프에 움푹 팬 곳을 하나 / 그 상태 그대로 받을 수 없을까요!?" 그가 제주도를 본적으로 해서 한국 국적을 취득한 해가 2003년이었다. 소설가 김석범이 조선적을 고수하고 있다는 점을 염두에 두면서 그것을 일종의 '재일'에 대한 그의 실존적 위치의 변화라고 말할 수도 있지만 그것은 너무 섣부른 판단이다. 실제로 그가 한국 국적을 취득한 것은 1년에 한두 차례 부모님 산소에 성묘를 할 수도 있지 않을까 하는 현실적 이유에서였다.

조선이 아닌, 남한만의 국교정상화를 눈앞에 둔 그에게 "농지에 뚫린 구멍은 당연히 메워"질 수 있지만 "슬로프에 움푹 팬 곳", 여전히 비가시적 지대로 남아있는 북조선을 배제한 '정상화'는 정상이 아닌 또 다른 비정상의 고착일 뿐이다. 그래서 그는 말한다. "그 상태 그대로 받을 수 없을까!?"라고. 느낌표와 물음표를 동시에 달고 있는 구두점에 주목하자. 그것은 분단을 인정하는 현실의 굴복이 아니라 분단체제를 극복해야 한다는 미래적 전망의 가능성을 되묻고 있는 것이다. 그래서일까 그는 밀항자들을 수용했던 오무라 수용소를 소재로 한 시 「감방을 열어라」에서 "이보시오 / 제대로 태어난 일본이라면 / 감방을 열어라! / 이 땅의 발 디딜 곳에서 / 그가 날갯짓을 할 곳은 / 바다 저편 / 북에 있다"라고 호소한다. "바다 저편 / 북"이 북조선이라고 단정하지는 말자. 어쩌면 그것은 '조선'이라는 공동체를 영위했어야 했던 통일의 시간을 '재일'의 자리에서 '바다 저편'으로 표현하고 있는 것인지도 모른다.

이처럼 『일본풍토기』는 '재일'이라는 현실 속에서 김시종이 분단체제를 당연한 포스트 식민의 결과로 인정하지 않겠다는 계속된 분투가 담겨있다. 그것은 여전히 오늘의 시간에서도 유효한 싸움인 동시에 우리가 잊고 있는 현실을 각성시키는 날카로운 질문인지도 모른다.

오래된 오늘을 읽는 경이

이제 김시종이 있다. 오래전에 당도했어야 할 마땅한 질문들을 가득 담은 채 그가 우리 앞에 드디어 왔다. 김대중 정부의 특별조치로 제주를 찾은 것이 1998년이었고, 『장편시집 니이가타』 출간을 기념해 제주를 찾은 때가 2014년이었다. 그리고 2017년 제주작가회의의 초청으로 전국문학인대회에서 특별강연을 한 것까지 치면 김시종이 고향 땅을 밟은 것은 1949년 밀항 이후 겨우 세 번이다. 그 세 번의 방문은 한국문학이 마땅히 '발견'했어야 하는 '재일'의 시간을 뒤늦게 만난 경험이기도 했다. 이명박 정권 시절 김석범이 조선적을 지니고 있다는 이유로 _{속내는 제1회 4·3 평화상 수상식장에서 한 이승만 정권에 대한 비판적 발언 때문이었지만} 한국 방문이 좌절된 적이 있다는 사실을 염두에 둔다면 김시종이라는 존재는 분단 이후 수립된 대한민국은 과연 무엇이었는가를 물어야 하는 현재적 질문이기도 하다.

『왜 계속 써왔는가 왜 침묵해왔는가 — 제주도 4·3사건의 기억과 문학』에서 김시종은 스스로 4·3에 대해 말하는 것이 부끄러웠다고 고백한 바 있다. 밀항의 경험이 그의 오래된 부채의식이 되어 '부끄러웠다'고 말하고 있지만 사실 김시종은 계속 써오고 있었다. 그것도 온몸으로 쓰고 있었다. 『지평선』에 이어 출간된 『일본풍토기』가 바로 그 증거다. 그 오래된 글쓰기의 분투를 한국문학이 그동안 모르고 있었을 뿐이었다.

김시종은 『조선과 일본에 살다』에서 이렇게 고백한 바 있다. "해방으로부터 70년 가까이 지났음에도 '나는 무엇으로부터 해방되었는가'라는 자문은 지속됩니다. 1945년 8월 15일을 기해 그때까지의 내 일본어는 어둠 속에 갇힌 말이 되어야 했습니다. 그럼에도 그 어둠의 말을 겉으로 꺼내가며 인생 대부분을 일본에서 지내고 있으니 이것은 자신과의 지독한 숨바꼭질이라는 생각마저 듭니다."

그의 이러한 고백은 '해방'이 1945년 8월 15일이라는 박제된 시간에 머무는 것이 아님을, '해방'이 그 의미 그대로 '해방'이 되기 위해서는 '해방'이라는 운동을 멈추지 않아야 하는 분투임을 잘 말해준다. 여전히 식민과 분단의 시간이 되돌아가는 오늘 김시종을 읽어야 하는 이유도 여기에 있다.

그리하여 이제 우리는 여전한 현재적 질문으로 김시종을 다시 읽어야 한다. 김시종을 읽는 일은 식민의 연속과 동아시아 냉전체제의 동시적 시간을 오늘의 질문으로 던지는 일이자, 분단을 자명한 현실로 인정해서는 안 된다는 미래적 전망이기 때문이다. 이제 김시종을 읽을 시간이다. 오래된 오늘로, 여전한 오늘의 질문으로 지금 김시종을 만나야 한다.

12

암흑의 응시와 몰락의 윤리

팬데믹 이후

모든 것이 변했다. 학교는 물론이고, 일상의 모습도 이전과 달라졌다. 촘촘히 짜인 초연결의 시대는 역설적으로 대유행의 확산을 재촉했다. 코로나바이러스 집단 감염에 대한 우려는 특정 지역만의 문제가 아니다. 치사율은 낮지만 전염력은 강한 바이러스의 특성은 지구적 차원의 대응을 필요로 하고 있다. 모두의 문제이며, 모두의 오늘, 그것이 '팬데믹'의 현실이다.

대유행의 시대를 진단하면서 지구의 역습이라고 말하기도 한다. 새로운 인수공통감염병의 등장과 수많은 변이의 탄생. 그 이유를 멈출 줄 모르는 인간의 탐욕 때문이라고 하기도 한다. 코로나19 이후 오히려 놀라울 정도의 생태 복원력을 보여준 자연의 모습을 증거로 제시하기도 한다.

바이러스 대유행 이후, 언론과 수많은 전문가가 다양한 분석을 내놓고 있다. '언택트'니 '위드 코로나'라는 말이 쏟아져

나온다. 중구난방처럼 보이지만 그들의 방향은 하나다. '지금과 다른 삶이 필요하다.'

팬데믹 이전의 삶으로 되돌아갈 수 없다는 말의 의미는 무엇인가. 단순히 마스크가 일상이 되어버리고, 일상의 영역에서 비대면 접촉이 늘어나고, 재택근무가 당연시되는, 그런 변화만을 말하는 것인가. 팬데믹 이후의 삶이 그런 것이라면 지금 우리가 느끼는 불안의 정체는 과연 무엇인가. '전대미문'이라는 상투적 수사 앞에서 우리는 무엇을 해야 하는가. 섣부른 진단이 넘치는 지금 우리는 어떤 내일을 상상해야 할 것인가. 질문은 그치지 않고 해답은 선뜻 떠오르지 않는다. 누군가는 미래를 낙관하지만, 누군가는 대책 없는 예측을 질책하기도 한다.

모두가 내일을 말하지만, 내일의 시간을 정확히 아는 이는 없다. 지금 말해지는 전망들이란, 그저 성급한 희망의 언어인지도 모른다. 그런 점에서 희망을 말하기보다는 몰락을 상상하는 것이 오늘을 대면하는 자세인지도 모른다. 어쩌면 우리는 함께 망해가는 중이다.

몰락의 시대

되돌리기에는 너무 늦었다. 2019년 '어떻게 감히 희망을 말하고 있는가'라며 기성세대를 겨냥했던 툰베리의 외침처럼 우리에게 필요한 것은 희망이 아니라 고백이다. 지금에 대한 철저한 반성. 지금을 만들어버린 책임에 대한 통렬한 자각. 스웨덴 소녀의 연설은 행동하지 않은 채 희망을 말하는 자들을 향한 일침이었다.

백신이 개발되고 대유행의 시대가 진정되면, 우리는 일상을 되찾을 수 있을까. 아니 우리의 일상이 계속될 수 있을까. 지속가능한 미래를 만들어야 한다는 말은 참담한 내일을 외면하는 유예나 도피는 아닐까. 팬데믹 이전의 삶이 더 이상 계속되지도 않고, 내일의 삶이 계속되리라는 보장도 없는 게 솔직한 오늘의 모습이지 않을까.

막연한 불안을 조장하는 게 아니다. 엄연한 현실을 외면하지 말자는 말이다. 내일은 없다. 오늘은 계속되지만 오늘과 같은 내일은 오지 않는다. 우리는 모두 내일의 몰락을 향해 한 걸음씩 나아가고 있는 중이다.

그럼에도

삶은 계속될 것이다. 마스크가 일상이 되어버렸던 시대, 해외여행도, 목청 높이 외쳤던 응원의 함성으로 가득 찼던 경기장도, 땀내 나도록 뛰놀던 학교 운동장도 잃어버렸던 지금을, 오랜 시간이 지난 뒤에도 우리는 기억할 것이다. 오늘을 기억할 단 한 사람이 남아있을 때까지.

진단은 넘치고, 전망은 분분하다. 두려움 때문이다. 아무도 가보지 않았던 길을 가야 하기 때문이다. 알 수 없기에 무섭고, 가보지 않았기에 머뭇거린다.

그럼에도,

어김없이 일상은 계속될 것이다. 언젠가 되돌아올 수 없는 절벽 앞에 함께 서게 되더라도 지금은 우리 앞에 놓인 길을 걷지 않을 도리가 없다. 매일의 시간 속에서 우리는 개별의 삶을 사는 동시에 모두의 내일을 살아가야 하기 때문이다.

그럼에도,

오늘의 불안은 여전하다. 어디로 가야 하는지, 어디에서 멈춰야 될지 알 수 없다. 분명한 것은 오늘은 다시 오지 않는다는 사실이다. 불가역성이 유일한 앎이 되어버린 때, 우리는 무엇을 할 수 있을까. 아니, 무엇을 하지 않아야 하는가.

몰락의 윤리

어쩌면 지금 우리에게 필요한 것은 몰락의 윤리인지 모른다. 섣부른 미래에 대한 전망도 재빠른 변신도 아닌, 망해가는 자의 태도. 우리가 지금 물어야 하는 것은 바로 이런 것이다. 예언은 오히려 쉽다. 알 수 없는 내일의 약속은 언제나 오늘의 시간에서 말해지기 때문이다. 그렇게 말해지는 전망들이란 방관이거나 허무의 다른 이름이다. 어쩌면 우리의 내일은, 망해가는 자의 언어로 겨우 만들어지는, 오늘인지도 모른다.

따지고 보면 윤리의 문제는 인류 지성사의 오래된 주제였다. 아리스토텔레스의 『니코마코스 윤리학』을 비롯해서, 수많은 학자들이 윤리의 문제를 거론해왔다. 최근에 사회 문제가 되고 있는 혐오에 대한 성찰 역시, 윤리의 문제로 귀결된다. 거칠게 말하자면 윤리는 사회, 인간, 자연과의 관계에 대한 성찰이며, '사이間'의 탐구였다. 그것은 '나'라는 개인이 '너'라는 타자를 어떻게 만날 것인가를 묻는 질문인 동시에 '나'와 '너'가 어떻게 관계 맺을 것인가를 살피는 모색이었다. '나'로 태어나 '나'로 죽을 수밖에 없는 개별의 존재들이 타자를 만나고 관계를 맺는 방식에 관한 성찰이었다. 사이의 방식을 묻는 것이 윤리라면 몰락의 윤리는 과연 무엇인가.

몇 년 전 큰 인기를 얻었던 〈미스터 선샤인〉이라는 드라마가 있다. 구한말 열강들의 각축에 저항하는 의병을 다뤄 화제가 되었다. 노비였던 유진이 미군이 되어 자신을 버린 조선에 돌아오고 망국에 저항하는 의병의 편에 선다는 판타지 같은 이야기였다. 이병헌과 김태리를 비롯한 출연진들의 면면, 그리고 드라마 제작 관행을 깬 파격적인 제작비 등도 화제가 되었다. 극 중 미군인 유진 초이이병헌 분는 고애신김태리 분에게 이렇게 말한다. "좀 더 더디 망하는 쪽에 설까 하오."

사랑은 어느 편에 서 있는지를 선택하는 일이다. 새드엔딩이 예정되어 있더라도 기꺼이 함께 무너지는 것, 비극은 결말을 함께 맞는 자들의 몫이었다. 조선은 스스로를 지킬 힘이 없는 망해가는 나라였다. 망국을 막아보려는 애신 일행의 분투는 실패가 예정된 싸움이었다. 그럼에도, 유진은 파국의 미래를 함께하려 한다. 망하더라도 지금은 아닌, 지연된 파멸을 생산하는 쪽에 서고자 한다. 유진의 선택은 맹목인가, 희망인가. 어느 쪽이든 분명한 것은 선택의 순간, 내일은 다른 시간으로 달려간다.

"좀 더 더디 망하는 쪽에 설까 하오." 유진의 고백 이후 유진과 애신의 시간은 섞인다. 미군 병사의 시간은 부잣집 애기 씨이자 비밀 의병 대원이었던 애신의 시간으로 스며들고, 애신의 시간은 유진의 시간으로 흘러든다. 조선에서의 복무를 마치면 그만이었던 낯선 이방의 사내와 무모하지만 마땅한 저항을 선택했던 의병 애신. 두 사람의 우연한 만남이 없었다면 그들의 미래는 예상 가능한 시나리오였을 것이다. 두 사람의 선택으로 분명했던 미래는 혼들리기 시작했다. 불과 얼마 전까지 자명했던 시간들은 혼돈과 무지, 예측 불가능의 암흑이 되고 말았다.

기꺼이 함께 무너지는 쪽에 섰던 유진의 선택이 사랑의 윤리라면, 그것은 새로운 시간을 만들어내는 생성이자, 어제의 시간을 지우는 망각이다. 불안은 영혼을 잠식하는 것이 아니라, 불안이 영혼을 만들어낸다. 내일을 알 수 없어서 힘든 것이 아니라, 오늘을 지울 수 없기에 괴로운 것이다. 몰락의 시대에 윤리가 필요한 이유도 여기에 있다.

섣부른 미래가 아니라 지나온 길들을 응시해야 한다. 니체가 『도덕의 계보』에서 긍정적 망각의 필요성을 이야기했듯이 오늘의 시간을 잊어야 오늘과 다른 내일이 생산된다. 윤리는 단순히 선악의 문제가 아니다. 그것은 약속이자, 창조이며, 새로운 법의 창안이다. 오늘을 잊고, 지금을 지우고, 지나온 길을 버려야 내일의 시간이 만들어진다. 유진과 애신이 서로의 시간으로 섞이는 선택을 하지 않았다면 그들의 내일이 만들어지지 않았다. 사랑의 윤리는 오늘의 나를 잊고, 내일의 우리를 생산하는 창조다.

파괴와 망각의 망치로

'뉴딜'이니, '위드 코로나'라는 말이 유행이다. 언택트의 시대라며 강의는 물론이고, 공연예술도 온라인 플랫폼으로 달려간다. 유튜브 접속은 폭발적으로 늘어나고 넷플릭스를 비롯한 OTT^Over The Top Service 산업은 호황이다. 문화부는 '코로나 일상 속 지속가능한 예술생태계를 만들겠다'면서 비대면 예술 지원 계획도 밝혔다. 문화만이 아니다. 정부 부처들이 내놓은 대책들도 크게 다르지 않다. 최우선의 방역 대책이 밀폐된 공간에서 밀접한 접촉을 하지 말아야 하는 것이니 이해되지 않는 것도 아니다.

비대면, 재택, 온라인. 선택지는 많지 않다. 다가올 시간은 지나온 시간과 전혀 다를 것이다. 팬데믹의 원인과 이후의 삶에 대해서 전문가들이 한마디씩 이야기를 보태고 있다. 분분한 논의들 속에서 모두가 지적하는 것은 하나다. 그것은 인간이 지구의 생존을 위협하고 있다는 점이다. 한나 아렌트가 『인간의 조건』에서 말했듯이 인간에게 '지구'는 생존을 위한 기본적인 조건이다. 그동안 우리는 '지구'라는 조건이 늘, 항상, 여전할 것이라고 착각했다. 그 오해의 대가를 동시대를 사는 우리가 겪고 있는지도 모른다.

원인은 단순하다. 원인이 단순하니 결론도 분명하다. 그렇게 살지 않으면 된다. 지나온 삶을 잊어버리면 된다. 더 이상 욕망을 생산하는 시스템을 버려야 한다. 문제는 망각이 쉽지 않다는 데 있다. 더 많이 생산하고, 더 많이 소비하고, 더 많이 욕망하는 삶을 그만둘 수가 없다. 개인의 문제만이 아니다.

지젝은 『팬데믹 패닉』에서 단호하게 협력과 연대의 지구 공동체가 필요하다고 강조한다. 그는 바이러스의 위협에서 벗어나는 길이 과학과 의학에 있다고 보지 않는다. 바이러스가 상수가 되어버린 시대에도, 그럼에도, 우리의 삶이 계속되려면 무엇이 필요하다는 것인가. 지젝은 그 질문에 대한 답으로 새로운 정치, 새로운 혁명의 필요성을 이야기한다.

바이러스가 창궐하는 전지구적 위험 앞에서 지젝의 고군분투가 마뜩잖을 수 있다. 백신으로 바이러스의 위험 따위는 쉽게 극복할 수 있으리라는 낙관도 있다. 독감처럼 관리가능한 코로나의 일상이 우리의 미래라는 예측이다.

지젝의 말처럼 '협력과 연대의 새로운 정치 공동체'가 필요하다면, 그것은 누구의 몫인가. 모두의 몫이라고 말하지 말자. 모두의 몫은 누구도 책임지지 않겠다는 말이나 마찬가지다.

그렇다면 우리는 무엇을 해야 하는가. 우리는 어떤 미래를 만들어야 하는가. 섣부른 예측이 아니라 오늘의 '꼬라지'를 보자. 무엇이 보이는가. 희망인가, 절망인가, 아니면 파국인가. 지금 우리에게 필요한 것은 거짓 선지자의 예언이 아니다. 오늘을 만든 우리의 걸음을 부수는 파괴, 오늘의 욕망을 잊어버리는 창조적 망각. 니체가 그랬듯이 파괴와 망각의 망치로 오늘을 부수어버릴 수 있을 것인가. 질문은 타인에게 던지는 투창이 아니라 자신에게 향하는 비수여야 한다. 우리에게 필요한 것은 섣부른 예언이 아니라 오늘과 싸우는 더 많은 몸부림이다.

'글로벌'에 담긴 열패감

김영삼 정부가 '세계화'를 내세운 이후, 세계화는 거스를 수 없는 대세였다. 세계화가 무엇인지, 무엇이 세계화인지, 목적인지 수단인지, 과제인지 전략인지 분간할 수는 없었다. '어쨌든 세계화'와 '닥치고 세계화', 무분별과 맹종. 그것의 원인이자 결과가 '글로벌'이었다.

글로벌에 대한 반성적 모색도 적지 않았다. 글로컬glocal 담론도 그중 하나였다. 맹종이 아니라 지역에 기반한 세계화가 필요하다는 지적도 나왔다. 국가 차원의 경쟁이 아니라 지역을 중심에 둔 연대와 협력의 상상을 말하기도 했다.

글로벌을 지향하든 글로컬을 말하든, 이러한 담론의 무

의식에는 보편과 특수, 거슬러 올라가면 문명과 야만의 대립과 긴장이 담겨있다. 김영삼 대통령은 '개화기 실패를 되풀이할 수 없다면서', '세계중심국가'를 위한 과제로 세계화를 선언했다. 1995년의 일이었다. '세계중심국가'라는 표현에서 알 수 있듯이 세계화는 변방 콤플렉스와 보편이 되고자 하는 욕망이 뒤섞인 호명이었다. 대한민국의 오래된 인정 욕망의 변형이 바로 '세계화'라는 발화로 나타난 것이다.

돌이켜보면 이러한 인정 욕망을 보여준 문제적 인물은 이광수였다. '민족개조론'1921년에 대한 다양한 독법은 이광수의 문제성을 한국문학 나아가 한국사회가 어떻게 받아들이고 있는지를 잘 보여준다. '한국문학사의 스캔들', 이광수. 그가 '민족개조론'에서 주장한 논의를 한마디로 요약하는 일은 쉽지 않다. 이광수를 읽어가는 독해의 욕망이 저마다 다르기 때문이다. 하지만 '민족개조론'의 저변에 문명과 야만, 보편에의 욕망이 담겨 있다는 데에는 대체로 동의한다.

이광수가 '민족'이라고 명명할 때 그것은 '조선'을 근대적인 민족으로 규정하겠다는 자기 규정이자, '조선'을 근대의 일원으로 인정해달라는 인정 욕망이기도 했다. 이광수가 '민족개조'를 이야기할 때 개조의 대상과 개조의 목표가 무엇이었는지를 확인하는 일은 어렵지 않다. 그것은 근대에 대한 열망이자, 문명에 대한 기대였다. 이광수의 소명은 미개한 조선을 근대의 자리로 옮기는 일이었고, 그러한 소명을 위해 친일협력의 자기합리화가 가능했다.

비단 이광수만이 아니었다. 식민지 시기 '이등국민'이라
는 차별의 언어 속에서 열등감과 열패감을 극복하기 위한 자
기 극복의 열망은 보편, 즉 힘에 대한 갈망으로 이어졌다. '이광
수'는 식민지 시기를 살아간 한 사람의 개인이 아니었다. '이광
수'는 식민의 상처를 안고 살아가야 했던 한국 사회의 집단 무
의식을 상징하는 하나의 기호였다. 일본에서 미국으로, 그리고
글로벌이라는 이름으로, 보편의 자리를 누가 차지했는가만 달
라졌을 뿐, 보편을 지향하는 욕망의 방식은 달라지지 않았다.
세계 중심국가보편에 대한 욕망과 아직은 세계 중심국가가 아니
라는 열등감. 정체를 알 수 없는 열패감이 바로 '세계 중심국가'
라는 명명이었다.

OECD에 가입하고 세계 7위 규모의 경제 규모임에도 여
전히 우리 사회를 지배하는 이데올로기가 이른바 선진국 담론
이다. 식민지 시기 '이등국민'이라는 열패감이 선진국 담론으
로 치환되었다.(K-방역의 성공 이후 이러한 열패감에 대한 반성적 성찰
이 확산되고 있다는 점은 대단히 역설적이다.)

오랫동안 우리 사회의 무의식을 형성해왔던 열등감의 표
현이 '글로벌'의 이면에 짙게 깔려있다. 그것은 보편과 특수의
결정권자가 누구인지를 사유하지 않았던 맹목과 추종의 흔적
이다. 글로벌이든 글로컬이든 지향점은 같다. 방식의 차이만
있을 뿐 '글로벌'을 우리가 이뤄내야 할 과제로 바라보는 점은
동일하다.

코로나19 사태 이후 우리는 '글로벌'의 민낯을 보았다. 그

것은 연대와 협력의 연결이 아니었다. 지역, 혹은 한 나라가 감당해야 할 위험들을 '글로벌'이라는 이름으로 외주화하는 손쉬운 회피였다. 쓰레기는 '수출'되고, 노동은 은폐되었다. 나이키와 애플, 구글과 삼성이 서로의 노하우를 빠르게 배워갔다. 착취의 세계화이자 차별의 글로벌이었다. 우리가 밟고 선 카펫이, 우리가 마시는 커피가, 우리가 입는 외투가, 착취의 증거였고, 외면의 현재였다. 방글라데시와 미얀마, 필리핀, 동남아시아의 값싼 노동이 아니었다면 존재할 수 없는 현실이었다. 그 매끈한 자본의 세계 속에서 우리는 국민의 권리를 선택하고 소비하며 마땅히 보호받아야 할 의무를 누리고만 있었다. 시민은 사라지고 소비의 욕망만 가득한 세상. 그것이 우리가 살아온 '글로벌'의 실체였다.

암흑을 응시하는 오늘

코로나바이러스가 아니었다면 우리는 오늘에 만족했을 것이다. 재앙의 역설이다. 바이러스가 아니었다면 우리가 서 있는 곳이 어디인지 바라보지 않았을 것이다. 다행스럽게도,

우리는 암흑을 보기 시작했다. 암흑의 응시는 암흑의 내면에 익숙해지는 일이 아니다. 그것은 어둠에 적응하는 것이 아니라 어둠을 극복하는 응시다. 캄캄한 어둠 속에서 어떤 전망도, 희망도 없이, 오로지 절망의 힘으로 오늘의 밑바닥으로

내려가는 일이다. 그 어둠의 바닥을 더듬고 더듬어 우리의 몸과 손이 새로운 눈이 될 때까지 버티고, 버티는 일이다. 견딤의 과정 없이 만들어지는 낙관은 쉽게 바스러지는 낙엽과도 같다.

오래전 마르크스는 이렇게 썼다. "네가 사랑을 하면서도 되돌아오는 사랑을 불러일으키지 못한다면, 즉 사랑으로서의 너의 사랑이 되돌아오는 사랑을 생산하지 못한다면, 네가 사랑하는 인간으로서의 너의 생활 표현을 통해서 너를 사랑받는 인간으로 만들지 못한다면 너의 사랑은 무력하며 하나의 불행이다." 「1844년 경제철학 초고」

사랑이 되돌아오는 사랑을 생산해내지 못한다면, 사랑이 새로운 인간을 생성하는 힘이 아니라면 사랑은 무기력한 불행일 뿐이다. 우리가 대면해야 할 암흑 역시 마찬가지다. 반복되는 암흑을 피하지 않기 위해서라도, 새로운 몸이 되어가는 과정으로서의 암흑을 만나기 위해서라도, 우리의 오늘은 암흑을 기꺼이 수락해야만 한다.

희망이라는 과정

희망은 없다. 희망은 결과가 아니다. 우연한 결과를 희망이라고 부를 뿐이다. 코로나19 이후, 우리는 어떤 삶을 살 수 있을 것인가. 알 수 없다. 오지 않은 삶을 이야기하기보다는 지나온 삶을 되돌아보는 것이 필요하다.

코로나 이후 많은 사람들이 우리의 삶이 지속 가능할 것인가를 묻는다. 바이러스의 역습이 지구를 배신한 대가라면 어제의 삶은 이제 더 이상 불가능하다. 분명한 것은 우리가 살아온 어제의 삶이 "제 힘으로 돌아가는 바퀴"가 아니라는 점이다. '제 힘으로 돌아가는 바퀴'라는 표현은 니체가 한 말이다. 니체는 정신의 변화에 대해서 낙타가 사자가 되고, 사자가 다시 아이가 되는 과정으로 설명한다. 대지에 결박된 정신의 자유로움을 아이의 상태에 비유하면서 니체는 "순진무구요, 망각이며, 새로운 시작, 놀이. 제 힘으로 돌아가는 바퀴이며, 최초의 운동이자 신성한 긍정"이라고 표현한다. 니체에 의하면 자유란 모든 속박으로부터 벗어난 결과가 아니다. 스스로의 힘으로 움직이는 무한한 생성이자, 끊임없는 과정의 연속이다.

자유가 결과가 아니라 과정이듯이, 우리가 기대해야 할 희망도, 낙관도 과정의 산물이다. 막연한 결과가 아니라, 끊임없는 내일을 만들어가는 과정이 지금 필요한지 모른다.

다시, 로컬, 공동

글로벌로 지어진 성채를 어떻게 부술 것인가. 창조를 위한 파괴를 어떻게 감행할 것인가. 해답은 오히려 가까운 곳에 있는지 모른다. 글로벌 지향의 정체가 보편이 되고 싶은 열패감과 인정 욕망이었다면 이제는 로컬을 다시, 바라봐야 할 때다.

한동안 유행했던 로컬 담론은 서울 중심주의를 타개하기 위한 지적 모색의 일환이었다. 숱하게 쏟아졌던 로컬 담론도 우리 사회에 뿌리박힌 서울 중심주의를 무너뜨리지 못했다. 하지만 무수히 던져진 '짱돌'의 잔해는 여전히 남아 있다. 다시 손에 맞춤한 돌을 고를 때다.

어제 던졌던 '짱돌'이 서울을 무너뜨리기 위한 도전이었다면, 오늘 우리의 손에 들려진 돌은 지금 우리의 삶을 만들기 위한 시도들이다. 서울이 무너지지 않는다면 우리는 새로운 동네를 만들어가면 된다. 서울이 되고 싶은 욕망이 아니라, 새로운 삶의 대지에서 돌담을 쌓아가면 될 일이다. 우리의 동네를, 우리의 손으로 만들어가기 위해 다시 돌을 들자. 우리의 삶이 단단히 뿌리박은 동네의 상상력으로, 베드타운이 가득한 아파트 단지에서, 함께 할 우리를 찾아 나서는 모험과 공동의 힘으로 오늘을 함께 견뎌낼 우정의 향연, 그 왁자지껄의 난장을 펼쳐보자.

사랑의 윤리가 함께 무너지는 시간을, 우리라는 이름으로 기꺼이 감수하는 일이라면, 이제 잊혔던 우리를 찾아 나설 시간이다. 로컬과 공동共同, 코로나 이후 동네에서 소소한 동행을 감행하는 작은 실험들이 늘어나고 있는 것은 그 작은 시작이다. 연결이 아닌 동행의 시도들이 우리의 내일이 될 수 있을지 알 수 없다. 하지만 그 우연한 접속의 과정이 지금과 다른 미래를 만들어갈 것이다.

글로벌의 벽돌로 지어진 장벽은 높고 단단해 보였다. 하지만 장벽은 실체 없는 공포였다. 세계화라는 벽돌로 세웠던 장벽 이전의 세계를 우리는 충분히 상상할 수 있다. 그렇게 살아왔고 그렇게 살아갈 수 있을 것이다. 허상을 부수고, 다시 대지로 돌아와야 할 때, 우리가 딛고 설 땅은 멀리 있지 않다. 지금은 우리의 손에 돌과 망치를 들 때다.

그럼에도

오늘의 길은 안개에 가득하고, 내일의 시간은 알 수 없다. 가야 할 길이 보이지 않을 때야 비로소 지나온 길이 보인다. 땅에 새겨진 발자국들만이 우리의 흔적이다. 시간의 자취를 뒤지는 것은 앞이 보이지 않기 때문이 아니다. 걸어온 길이 걸어가야 할 길로 이어져 있기 때문이다. 내가 지나온 길이 우리라는 이름으로 함께 뻗어갈 것을 믿기 때문이다. 그럼에도,

삶은 계속되어야만 하기 때문이다.

13

재난의 시대와 잃어버린 '사이'들

'재난'이라는 일단멈춤

길이 보이지 않는다. 사방은 캄캄한 어둠이다. 지나온 길
은 지워지고 가야 할 길은 아득하다. '전대미문'이라는 상투적
수사만 입안에 맴돈다. 균의 역습, 균의 시대. '뉴노멀'이니 '위
드 코로나'라는 말로 미래를 전망하곤 하지만 그마저도 난망하
다. 섣부른 낙관도, 대책 없는 예측도 별무소용이다. 손 놓고 있
을 것인가. 한탄과 함께 몰락할 것인가.

코로나19 사태 이후 우리의 삶이 바뀌었다는 데는 모두가
동의한다. 하지만 '그래서 어떻게'라는 질문에는 저마다의 답
이 다를 것이다. 다만 이제와는 다른 삶을 살아야 한다는 사실
만은 분명하다. 촘촘하게 짜인 전 지구적 네트워크가 당연했던
'초연결 사회'의 모습도 변할 것이다. 우리는 어떤 삶을 '상상'
해야 하는가.

다행히 우리에게는 미래를 상상할 수많은 과거가 있다.

엘리엇이 말했듯이 과거의 현재성과 현재의 과거성에 대한 성찰. 한 치 앞을 예단할 수 없을 때는 일단 걸음을 멈춰야 한다. 지나온 길을 바라보고 앞으로 놓인 길의 방향을 그려봐야 한다. 코로나19가 지구를 사는 우리에게 던진 메시지는 '일단 멈춰라'가 아닐까. '무궁화꽃이 피었습니다' 어린 시절 골목길에서 천진난만으로 뛰어놀았던 그 순간처럼, 일단은 지금 코로나라는 술래의 눈을 피해 멈춰야 한다. 멈춰야 지금 나의 모습을 바라볼 수 있고, 다가올 나의 태도를 상상할 수 있다.

'사이'가 사라져 버린 시대

코로나 시대에 우리는 사이를 빼앗겨버렸다. 사람과 사람, 인간人間이라는 말은, '사이'의 관계성을 바탕으로 하고 있다. 우리는 사람과 사람들 사이에서 함께였다. 코로나 이후 사람과 사람들 사이를 '마스크'가 대신해버렸다. 사이가 사라진 자리, '마스크'가 단단한 보호막이 되어버리는 동안, 우리는 '사이'를 잃어버렸다.

'사이'라는 틈, '사이'라는 관계, 때로는 텅 비어있는 것과도 같았던 그 사이에 우리는 저마다의 끈을 길게 늘어뜨리며 우연한 만남을 이어갔다. 그 만남이 남긴 흔적들은 시가, 노래가, 몸짓이 되었다. 문화는 그 수많은 인연의 흔적들이 남긴 단단한 지층이었다. 우리는 그 지층들 사이를 넘나들며 우정의 향연을 벌였고, 놀이의 축배를 맘껏 마셨다.

언제쯤 그 질펀한 향연을 다시 벌일 수 있을까. 치료제가 보급되면 우리는 마스크를 벗어 던질 수 있을까. 아니, 마스크를 벗어버리면 우리는 한동안 잊어버렸던 '사이'를 되찾을 수 있을까. 마스크가 최소한의 안전이자 최대한의 믿음이었던 시대를 우리가 과연 잊어버릴 수 있을까.

위로마저 박탈당한 오늘

안전은 절대선이 되어버렸다. 마스크를 쓴 채 불안한 눈빛으로 주위를 둘러보는 게 습관이 되어버렸다. 행여나 주위에 '감염원'이 있을지 모를 일이기 때문이다. '확진자'라는 낙인은 공공의 안녕을 위협하는 부주의의 대명사가 되어버렸다. 치료가 필요한 환자를 그저 '감염원'으로 바라보는 시선은 폭력을 감춘 하나의 불안이다. 무서워서, 혹시나, 우리는 우리의 무사를 위해 타인의 불운을 '위협'으로 바꿔버렸다. 모두가 모두를 위협하는 시대에, 함께 축배를 들며 노래를 부르고, 몸짓으로 하나가 되는 향연들이 용납될 리 만무하다. '사회적 거리두기'가 감염을 예방할 수 있는 지침이 되어버리면서 '만남'은 죄악이 되었고 '사이'는 빠르게 지워졌다. 마스크는 나를 침범하지 말라는 단단한 경고가 되었다.

'사이'가 피워냈던 시와, 노래와 몸짓이 사라져버린 시대,

아니, 사라져버려야 된다고 강요당하는 오늘. 노래는 언감생심이고, 서로의 우정을 확인하는 연대의 몸짓들은 '불온', 그 자체가 되어버렸다. 방역이라는 이름의 '셧다운'. 안전이 필요치 않다는 말이 아니다. 안전을 위해 부득이하게 사라져버린 목소리들. 그 숱한 웅성거림들은 어디로 갔는가.

금지의 시대, 사라진 지역의 노래들

코로나19 사태가 터지면서 정부와 지방자치단체가 여러 대책을 내놓았다. 방역을 최우선으로 하는 행정조치들이 취해졌다. 우리가 감염원이었기에 우리는 우리에게서 또 다른 우리를 떼어놓았다. 우리는 '나'로 되돌아갔고, '나'의 안전을 위해, '나와 너'라는 우리의 사이를 지워갔다. 그러다 보니 제일 먼저 노래와 몸짓이 사라졌다.

정부와 지방자치단체도 문화예술 '행사'를 원천 봉쇄하기 시작했다. 공공도서관, 미술관은 문을 닫았고, 무대는 사라졌다. 관광산업이 주요 수입원 중 하나였던 제주지역의 경우도 예외는 아니었다. 외국인 관광객들이 급감하면서 지방자치단체 예산 편성도 달라지기 시작했다. 세수가 줄어든다는 이유로 허리띠를 졸라맸다. 재정 지출을 줄이라는 지침이 정해지면서 제일 먼저 각종 문화예술 행사 예산들이 대상이 되었다.(제주도 예산들이 자신들의 호주머니에서 나오는 것도 아닌데 유세도 이런 유세가 없다.)

제주도 예산 담당 부서는 '지출 구조조정' 지침을 각 사업 부서에 보냈다. 명분은 한정된 예산을 제주형 긴급재난지원금, 소상공인 지원금으로 쓰기 위해서였다. 이미 계획된 축제와 문화행사들은 모두 소모성 예산으로 간주되었다. 2월 입춘굿 축제, 들불축제가 취소되더니 이후 계획된 모든 행사들이 줄줄이 취소되었다. 이미 교부된 예산조차도 반납하라고 압박했다. 제주4·3기념사업위원회는 3억 원 가까운 예산을 제주도에 반납했다. 다른 단체들도 사정은 마찬가지였다. 2020년 상반기 문화예술 행사가 취소되면서 이미 고사위기에 몰린 지역문화예술의 상황은 고려 대상이 아니었다. 초중등학교 개학이 연기되면서 학교 예술 강사로 생계를 이어갔던 지역문화예술인들의 삶은 관심 밖이었다.

'문화예술 예산은 소모성 예산이 아니다.' '문화예술인들에게 문화예술 무대는 생존과 생계의 수단이다.' '지역문화예술은 공공재이다.' 지역문화예술인들의 지적은 한가한 푸념이나 마찬가지였다. 제주민예총, 제주예총을 비롯해, 지역의 마이스 산업 대표들과 행사 관련 업체들도 잇따라 입장을 내놓았다. 서둘러 지방의회 의원들을 만나고, 간담회를 개최했다. 이 단체들은 위기 상황에서 직접이고 실효성 있는 대책과 고사위기의 지역문화예술을 위한 최소한의 대책을 요구했다. 코로나19 이후의 지속 가능한 지역문화예술 생태계를 위한 민관 차원의 협치 기구를 만들어달라고 호소하기도 했다. 하지만 제주 도정은 별다른 반응이 없었다.

지방자치단체 예산 지원이 없으면 문화예술 생존 자체가 어려운 현실은 외면한 채 지역문화예술인들의 자생력 운운하는 타박도 심심치 않게 들리기 시작했다. 제주를 문화예술의 섬으로 만들겠다던 도지사의 공약은 사라졌다. 제주를 대표하는 그룹인 사우스카니발의 리더는 한 간담회에서 자신들이 제작한 CD를 들고 나오기도 했다. '6개월 넘게 무대에 오르지 못했다. 수입이 없다. CD라도 사달라.' 읍소 아닌 읍소를 하는 리더의 목소리는 떨렸다.

예산 부서가 칼자루를 쥔 상황에서 문화예술 담당 공무원들의 태도도 크게 다르지 않았다. '대면은 안 된다.' '방역심의위원회의 결정 사항이다.' 일방적인 통보 앞에서 지역 문화예술인들의 목소리는 배부른 투정으로 여겨졌다. '가뜩이나 코로나 지역 전파가 걱정인데 이 시국에 무슨 공연이냐.' 지역 인터넷 신문의 댓글들이 돌멩이처럼 쏟아졌다. 비대면 공연 활동 지원, 문화예술 우수기획 지원 등 뒤늦은 대책들이 발표되었지만 이미 멈춰버린 노래와 몸짓을 살리기에는 역부족이었다.

주어진 현실, 주어질 삶

무엇을 할 것인가. 무엇을 할 수 있을 것인가. 대답이 쉽지 않다. 희망은 보이지 않고 다가올 내일이 두렵다. '감염'을 막는 것만이 유일한 가치인 시대에 다른 목소리들이 가능하기는 한 것인지. 생존 그 자체가 가치가 되어버린 시대는 그 자체로 비극이다. 총과 칼이 난무하던 시대에도 수많은 사이와 틈이 있었다. 그 사이의 지층에서 노래가 만들어졌고 몸짓들이 피어났다. 지금에야말로 모두가 모두의 위로가 되어야 할 때가 아닌가. 마스크라는 단단한 벽 뒤에서 '나'만'의 안전이 아닌, '함께'의 생존은 없을지 상상해봐야 하지 않을까.

다행스러운 것은 코로나19 바이러스가 우리에게 던진 선물이 '일단 멈춤'이라는 데 있다. '이대로는 천길 낭떠러지다. 앞이 보이지 않을 때는, 일단 멈춰라.' 삶의 관성을 벗어나지 않으면 모두가 모두를 겨눌 수밖에 없는 악무한의 세계가 온다는 경고. 그것이 코로나 시대가 우리에게 던진 경고이자 선물이 아닐까.

그래서 이제부터라도 주어진 현실이 아니라 주어질 삶을 상상해야 한다. 줄리아 크리스테바가 여성적 글쓰기를 이야기하면서 가부장적 상징체계에 포획된 언어 이전의 언어가 필요하다고 말했던 것처럼, 지금 우리는 이 견고한 세계 이전의 세계를 상상해야 하는지도 모른다. 세계화라는 벽돌로 세웠던 높은 장벽이 만들어지기 이전의 세계. 초연결이라는 허상으로 만들어진 유리의 성을 부수고 대지大地의 푸르름이 우리'들'의 '사이'에서 가득했던 그 순간을 오늘의 힘으로 만들어가는 것. 퇴행이 아니라 내일을 만들어가는 창조의 낙하. 그것이 곤두박질의 고통이라도 언젠가는 해야 할 일이라면 기꺼이 그것을 감수해야 한다. 행동 없는 상상은 망상이며, 내일이 없는 과거는 오늘을 배반한다. 이제 자유낙하의 충돌 안에서 노래할 시간이다. 겁 없이 춤출 자 누구인가.

노래, '콘텐츠'를 뚫고 가라

노래를 부르고 싶다고 하자, 온라인이 대세라고들 한다. 너를 바라보며 우리의 순간으로 충만했던 노래와 몸짓들이었다. 사이에서 쏘아 올렸던 함성들이었다. 강렬한 분출의 시간들이 쌓여 예술이 되었다. 코로나 이후 '비대면'이 만능이 되어버렸다. 여기도 '비대면', 저기도 '비대면'이다. 노래와 몸짓을 온라인으로 볼 수 있는 5G 시대에 촌스럽게 대면이 웬 말이냐. 이렇게 지적하기도 한다.

하지만 예술은 콘텐츠이자 콘텐츠 이전이기도 하다. 콘텐츠로 소비될 수 있는 것만이 예술은 아니다. 예술은 소비 이전의 소비이며, 생산 이전의 생산이다. 돌이켜보면 인류가 노래를 시작한 이래 수많은 노래와 몸짓들은 그렇게 만들어졌다. 그 시간들이 낙엽이 되어 또 다른 노래와 몸짓을 키워냈다. 예술은 콘텐츠 이전의 상상이자 소비 이전의 생성이다. 콘텐츠성만이 평가를 받는다면 지역의 수많은 노래와 몸짓들은 사라져버린다. 완성도와 사운드만으로 따진다면 세련된 연출로 탄생한 베를린 필하모닉의 연주를 유튜브에서 듣는 것만으로 충분하다. 하지만 예술적 경험과 공감은 그것을 뛰어넘는 일이다.

K-팝이니, 한류니 하면서 문화예술을 콘텐츠나 산업으로만 바라보는 정부의 시선은 그래서 위험하다. 코로나 이후 문화예술은 콘텐츠를 뚫고 가는, 소비를 관통해왔던, 예술 본연의 자리를 지향해야 한다. 모든 것을 콘텐츠로 소비하는, 콘텐츠 만능은 그래서 위험하다. 지역 문화예술이 갈 자리 역시 마찬가지다. 베를린 필하모닉이 아니라 지역을 상상하고, 지역을 노래하는, 그래서 지금을 뚫고 가는 경이의 순간을 창조하는 힘. 모든 것을 콘텐츠로 규정하려는 음험한 포획을 거부하는 역동성을 잃지 않는 것. 거친 물살을 거슬러 오르는 예술의 지느러미. 그 빛나는 지느러미들이 만들어 갈 물살의 무늬는 무엇이 될 것인가. 아무도 가지 않았던 길. 미지의 위험으로 가득한 그 길을 떠날 자 누구인가.

14

오늘과 싸우는 언어를 위해

다르게 말하는 법을 잊어버리다

지역에 말이 있는가. 무슨 뜬금없는 소리냐고 반문할지 모른다. 말 못 하는 사람이 어디 있고, 말하지 않고 사는 사람이 누구냐고 물을 수 있다. 그렇다면 질문을 다시 던져보자. 지역에, 지역의 말이 있는가. 사투리를 말하는 게 아니다. 부산, 대구, 제주, 광주, 전주…… 지금 지역은 지역의 말을 지니고 있는가. 서울이 표준이 되어버린 시대, '인 서울'의 욕망이 당연시되는 지금, 지역은 지역의 언어로 말하고 있는가.

노무현 정부 이후 '국가균형발전'은 일종의 정언명령이 되어버렸다. 물론 그 이전에도 지역 개발 프로젝트는 존재했다. 본격적인 근대화 프로젝트는 박정희 집권 이후였다. 쿠데타 직후 박정희는 '국가재건최고회의' 의장 자격으로 지방을 순시한다. 첫 번째 방문지는 제주였다. '재건'의 구호는 박정희가 대통령에 취임한 직후, 경제개발 계획이라는 수사로 바뀌었다. 박정희 시대 경제개발의 신화가 사실은 경제적 성과를 통해 정권의 정통성을 과시하기 위한 전략이었다는 사실은 이미 많은 연구자들이 입증한 바 있다.(대표적인 논의가 박근호의 『박정희 경제신화 해부－정책 없는 고도성장』이다.)

지역에 불어닥친 근대화 바람은 농촌의 유휴 인력을 저임금 도시 노동자로 포섭하는 효과적 수단이었다. 신경림이 「농무」에서 처연한 목소리로 노래했듯 '비료값도 안 나오는 농사'를 작파할 수밖에 없었던 이들은 도시로 향했다. 그들의 종착지는 평화시장의 다락방이거나 공사판이었다. 수많은 전태일들과 영달이들의 시대. '조국 근대화'의 본모습은 차별의 이식이었다. '사람을 갈아 넣어서 만든' 성장이었고 근대화였다. 서울, 수도권으로 상징되는 성장의 이면에는 비서울지역의 희생이 있었다.

서울, 수도권 중심의 성장은 필연적으로 지역 간 격차를 낳을 수밖에 없었다. 박정희 이후 지속된 발전주의 담론은 서울과 비서울의 식민주의적 위계를 전제하지 않고서는 성립될 수 없는 것이었다. 경제성장에 필요한 자본과 노동력을 스스로 창출할 수 없었던 박정희 정권에게 농촌비서울은 매력적인 착취의 대상이었다. 도시 개발을 위해서는 저임금의 값싼 노동력의 유입이 절실했다. '서울은 만원'이어야 했고, 변두리를 집어삼키는 괴물이어야 했다. 서울의 탐욕은 무서웠다. 밤 깊은 마포종점이, 김수영이 닭을 치던 서강이, 안개가 명물이었던 기형도의 방죽이, 통기타에 막걸리 잔을 기울이던 백마가, 서울의 블랙홀로 빨려들었다.

노무현 대통령이 후보 시절 수도 이전 공약을 내세웠던 이유는 그가 지역 간 격차, 보다 명확히 말하자면 서울과 비서울의 격차를 심각한 문제로 받아들였기 때문이다. 수도 이전 카드는 적중했다. 이슈를 선점했고 논쟁을 불러일으켰다. 수도권 중심주의자들의 거센 반발이 이어졌다. 관습법을 거론하면서 행정수도 이전 특별법이 위헌이라고 판단한 헌법재판소의 판결은 격한 논쟁을 일단락시켰다. 노무현 정부가 차선으로 선택한 것은 공공기관 지방 이전이었다. 지역마다 기업도시, 혁신도시들이 만들어졌고 서울에 본사를 두었던 공공기관들이 지역으로 이전했다. 이런 일련의 과정들을 뒷받침한 담론은 '국가균형발전'이었다.

박정희 정권 이후 지속된 지역 간의 격차를 해소해야 한다는 노무현 정부의 방침에 선의가 없다고는 할 수 없다. 하지만 선의의 종착지가 항상 옳은 것은 아니다. 지역 간 격차를 해소하기 위한 노무현 정부의 전략이 국가 균형 '발전'에 방점이 찍히는 순간, 경쟁은 불가피해졌다. 각 지자체마다 혁신도시 유치에 사활을 걸면서 균형은 경쟁과 차별을 합리화하는 구호가 되었다. 노무현 정부의 국가균형발전 전략에서 조금이라도 소외되면 지역 간 형평성을 무기로 '발전' 전략을 요구했다.

역설적으로 '균형발전' 담론은 지역이 스스로 말하는 법을 잊는 계기가 되었다. 1987년 항쟁 이후 제주를 비롯한 각 지역에서는 민주화 요구와 함께 다양한 지역주민운동이 전개되었다. 당시 지역주민운동에서 공통적으로 발견되는 것은 지역

개발의 부작용에 대한 문제 제기였다. 87년 항쟁은 박정희 이후 지속된 지역 개발과 관련한 부작용들에 대해 지역 주민 스스로 조직화된 목소리를 내는 계기가 되었다. 제주를 예로 든다면 1988년부터 시작된 제주시 탑동 매립 반대운동이 대표적이다. 당시 '민주헌법쟁취국민운동제주본부'에서 발행한 재야 언론, 『제주의소리』에서 가장 많은 비중을 차지한 것도 제주도 토지 외지인 소유, 탑동 매립 반대 등 개발 이슈였다. '호헌철폐', '독재타도'의 구호와 '개발 반대'의 깃발이 함께 광장을 메웠다.

이러한 지역 주민 운동은 그동안 국가와 거대 자본의 주도로 이뤄진 지역 개발에 대한 반성적 성찰인 동시에 지역주민들이 개발의 주체로 등장하고자 한 열망의 표현이었다. 이는 이후 대안적 지역 개발 운동의 맹아가 되었다. 지역주민들의 자치 조직들, 특히 지역을 기반으로 활동하는 시민운동 세력들은 개발 반대운동의 동력을 자양분으로 성장하였다. 하지만 87년 체제는 결과론적으로 지역이 아니라 서울에 방점이 찍혀 있었다. 풀뿌리 지방자치제도의 출발이 자치분권에 대한 논의를 촉발하게 된 계기가 되었지만 이미 고착화된 서울 중심주의를 바꾸기는 쉽지 않았다.

국가균형발전은 그 자체로 강고한 서울 중심주의를 깨트릴 수 있는 매력적인 구호였다. 처음 노무현 정부의 국가균형발전 전략에 대한 지역의 반응도 우호적이었다. 하지만 노무현 정부의 실책은 균형발전의 최종 목적지를 서울혹은 유사 서울로 규정하면서부터 예정된 것이나 다름 없었다. 국가 균형발전이라는 선의가 지역을 유사 서울로 바꾸는 것으로 완수되어야 한다는 역설이야말로 발전 담론의 허구를 그대로 보여준다. 이러한 균형발전 전략은 노무현 정부를 시작으로 이명박, 박근혜, 그리고 문재인 정부로 이어지는 기간 동안 정도의 차이만 있을 뿐 크게 바뀌지 않았다. 지역 균형발전 담론이 등장하면서 보다 본질적인 문제는 지역에서 발생했다. 그것은 지역이 이러한 허구를 마치 성취해야 할 목표로 적극적으로 내면화했다는 점이다.

하지만 기업도시, 혁신도시 유치가 말 그대로 '균형발전'을 가능하게 할 것이라는 믿음은 순진한 착각이었다. 혁신도시로 이주한 공공기관의 직원들 대다수는 가족은 수도권에 그대로 둔 채 기러기 아닌 기러기 신세다. 혁신도시마다 미분양 주택이 늘어나고 기반시설은 부족하다. 여러 이유가 있지만 가장 큰 이유는 교육 때문이다. '인 서울'을 위해 보다 유리한 학군을 포기할 수 없는 중산층 부모들의 욕망이 만들어낸 자화상이다. 짝퉁 서울이 되고 싶었던 지역의 민낯이다.

우리는 그렇게 말하지 않는다

지역이 다르게 말하는 법을 잊어버린 이유는 무엇일까. 지역 스스로의 문제도 있지만 가장 큰 것은 지역의 언어에 시민권을 부여하지 않으려는 서울표준의 강압이다. 이를 상징적으로 보여주는 사례는 제주 강정 해군기지이다. 2007년 유치 결정이 내려진 이후 10년이 넘는 반대 투쟁, 그 과정에서 벌어진 체포, 연행, 마을 주민들 간의 갈등 등 강정의 사례는 국가와 지역, 국가와 시민의 관계를 상징적으로 보여준다. 해군기지 유치 결정이 이뤄진 마을 임시총회의 절차적 문제부터 2018년 국제관함식 개최 결정에 이르기까지 강정의 문제는 지역의 오늘을 극명하게 드러내고 있다.

2007년 해군기지 유치 결정이 내려진 임시총회는 최소한의 민주적 절차가 생략된 요식 행위였다. 지역 주민들의 의사를 배제한 임시총회에 대해 대다수 지역 주민들은 거세게 반발했다. 이후 임시총회가 새롭게 열렸다. 절차대로 토론과 투표가 이뤄졌다면 해군기지 유치 결정은 부결되었을 가능성이 높았다. 하지만 해군기지 유치를 찬성하는 주민들은 투표함을 탈취해 임시총회를 무산시켰다. 찬반 주민 간의 갈등으로 보도되었지만 이러한 갈등의 배후에는 해군, 제주도, 경찰 등의 적극적 개입과 방조가 있었다. 이날 마을 임시총회 무산은 이후 벌어질 강정 해군기지 갈등의 시작을 알리는 불행한 사건이었다.

해군기지 건설 과정에서 벌어진 수많은 인권침해와 해군과 정부의 불법, 탈법적 행위는 경찰청 산하기관에 의해 자세하게 지적된 바 있다.경찰청 인권침해 진상조사위원회, 「제주강정해군기지 건설 사건 심사 결과」, 2019.5.27 강정 해군기지 건설 과정에서 몇 가지 결정적 장면이 있는데 그중 하나가 바로 '민군복합형 기항지'라는 제주 해군기지의 성격 규정이었다. '민군복합형 기항지'라는 표현이 본격적으로 등장한 것은 2007년 12월이었다. 당시 서귀포시가 지역구였던 김재윤 국회의원대통합민주신당과 김성곤 국회 국방위원장, 유덕상 제주도 환경부지사, 송영무 해군 참모총장 등이 참석한 비공개 간담회가 열렸다. 이 자리에서 '민군복합형 기항지'가 거론되었고 군이 긍정적으로 검토하면서 제주 해군기지라는 사업명에 민군복합형 기항지라는 꼬리표가 달리기 시작했다. 그리고 그해 12월 국회 예산결산특별위원회는 제주 해군기지 건설 예산 일부를 삭감하면서 '민군복합형 기항지 용역 후 제주도와 협의한 뒤 집행한다'는 부대 의견을 달았다.

해군기지 건설 반대운동 과정 초기에 기항지라는 명칭에 대해 긍정적으로 평가한 적도 있었다. 하지만 '민군복합형 기항지'라는 표현은 해군기지 건설의 절차적 정당성을 대변하는 상징이 되어버렸다. 국회의 부대조건이 구속력 없는 '문구'에 불과하다는 사실은 이후 해군기지 반대 투쟁 과정에서 뼈저린 후회가 되었다. 정권 교체기였고, 국방부와 해군의 의지가 여전했지만 민군복합형 기항지는 일종의 대안으로 홍보되었다. 이후 강정 해군기지는 두 개의 이름으로 불렸다. 공식적인 명칭은 '민군복합관광미항'이다. 2016년 2월 당시 황교안 국무총리가 참석한 준공식의 공식 명칭도 '제주민군복합항' 준공식이었다.

준공식에 참석한 황교안 전 총리는 "내년부터 이 항만에 크루즈 부두가 운영되면 오는 2020년에는 연간 100만 명의 크루즈 관광객이 찾아오게 될 것으로 예상"한다면서 "정부는 이곳을 미국 하와이나 호주 시드니와 같은 세계적인 민군복합항으로 발전시키고자 한다"고 말했다. 하지만 지금까지 황교안

총리가 말했던 크루즈 부두는 제대로 운영되지 않고 있다. 100만 명의 크루즈 관광객도 오지 않았다. 다만 떠들썩한 준공식이 열리고 한 달 후인 3월 28일, 해군은 34억 5,000만 원의 구상권을 청구했다. 해군기지 건설에 반대했던 마을 주민들과 시민단체들이 청구 대상이었다. 크루즈 관광객 대신 강정 해군기지를 찾은 것은 미국의 함정이었다. 3월 25일에는 미 해군 이지스 구축함 스테뎀함이 입항했고, 11월에는 미 해군 핵추진잠수함인 미시시피함이 입항했다. '민군복합형관광미항'. 이 명칭은 해군기지 건설 과정의 불법성과 군사시설의 배타적 사용권을 은폐한다. 강정 해군기지가 민군복합형관광미항으로 계속 불리는 동안 해군은 공식적으로 기지를 기지라고 부르지 못한다. 이 정도면 웃지 못할 촌극이다.

'민군복합형관광미항'이라고 불리지만 민간인의 영내 무단출입은 엄벌에 처해진다. 2020년 3월 7일 오랫동안 강정 해군기지 반대 투쟁을 해왔던 송강호 박사와 류복희 씨 등 2명은 강정 해군기지 안으로 들어갔다. 그들이 해군기지 안으로 들어간 이유는 이 날이 구럼비 발파 8주년이 되는 날이었기 때문이었다. 몇 주 전부터 이들은 구럼비 바위를 보게 해달라는 민원을 해군 측에 넣었다. 해군은 안전을 이유로 이들의 요청을 불허했다. 구럼비 멧부리는 강정 해군기지 반대운동의 성소나 다름없는 곳이었다. 멧부리는 구럼비와 연결된 곳으로 해마다 정월 초하루면 마을에서 제를 올렸던 장소이기도 했다. 해군기지에 포함되어버렸지만 여전히 제단은 남아있다.

이들의 요청은 일언지하에 거절당했다. 3월 7일 송강호와 류복희는 철조망을 자르고 구럼비로 향했다. 그들이 한 일이라곤 한 시간 동안 구럼비 앞에서 기도하고 묵상한 것뿐이었다. 기도를 마치고 정문으로 걸어 나오던 그들을 해군 경비병이 뒤늦게 발견했다. 경비병은 군사 보호구역에 무단 입장해서 나갈 수 없다고 그들을 제지했다. 30여 분쯤 지났을까, 소식을 들은 강정 주민이 기지로 달려갔다. 해군은 세 사람을 퇴거 조치했다. 이게 사건의 전말이었다.

하지만 이 사건은 이후 해군 참모총장 경질로까지 이어졌다. '군기지 민간인 무단 침입'이라는 보도가 이어졌고 책임자는 해임되었다. 심지어 한 언론은 제주 해군기지가 민간인에게 농락당했다는 표현까지 썼다. 해군기지 경계에 해병대 투입을 검토한다는 군의 발표도 이어졌다. 전국 군부대의 경계 태세 문제까지 도마에 올랐다. 정경두 국방부 장관은 특단의 대책 마련을 주문했다. 이 일로 송강호 박사가 구속되었다.

민군복합관광미항과 송강호의 구속이 의미하는 것은 무엇인가. 해군기지 무단 침입이 보도되면서 송강호 일행을 비롯한 해군기지 반대 주민들을 향해 날 선 비난도 제기되었다. 일부 언론의 댓글에는 국가안보를 위협한 행동에 엄정한 대가를 물어야 한다는 내용도 있었다. 과연 그들의 행동은 해군의 배려와 양보를 이해 못하는 과격분자의 소영웅주의인가. 송강호는 이미 해군기지 건설 과정에서 4번이나 구속되었고 연행 과정에서 경찰과 해군으로부터 심각한 인권침해를 당했다. 이러한 사실은 경찰청 인권침해 조사위원회에서도 사실로 확인이 되었다. 하지만 당시 폭행에 가담했던 경찰과 해군은 어떤 책임도 지지 않았다.

구럼비를 보고 싶었던 그들의 소박한 '일탈'이 군사 보호구역 무단 침입이라고 한다면 '민군복합형관광미항'이라는 용어는 과연 어떤 의미인가. '민군복합형관광미항'이라는 용어가 여전히 유효하다면 우선 송강호 일행이 '침범'한 지역이 민군 공용지역인지 아닌지를 따져야 한다. 그보다 우선 '민군복합형관광미항'이라는 용어가 유효하다면 군사 보호구역을 지정할 때 최소한 민과의 협의, 합의가 진행되어야 했었다. 군이라고 하더라도 민주적 견제와 감시의 예외일 수 없다. 이 모든 절차를 군은 이행하지 않았다. '민군복합형관광미항' 준공식을 전후로 해군은 민군 상생 방안을 모색하겠다고 분명히 밝혔다. 하지만 그 모든 것으로부터 해군은 예외였다. '민군복합형관광미항'이라는 용어는 해군기지의 배타적 점유를 은폐하기 위한 수사일 뿐이었다.

해군기지라는 명명을 인정하지 않는 것은 단순히 명칭의 사용만으로 그치지 않는다. 그것은 언어를 통한 시민권의 행사를 받아들이지 않겠다는 것인 동시에 지역의 언어와 무관한 그들만의 언어를 구축하겠다는 선언이다. 해군기지 무단 침입 이후 문재인 대통령은 신임 해군 참모총장으로 제주 출신을 임명했다. 임명식에서 해군기지에 대해 잘 설명해달라고 했다. '설명을 해달라'는 주문에는 '설명이 제대로 되지 않았다'라는 전제가 깔려있다. 이미 준공된 해군기지를 여전히 인정할 수 없는 사람들의 행동을 설명이 덜 되었기 때문이라고 판단하는 것이다. 이러한 판단은 그들과 우리를 나누고 대상화한다. 설명을 해야 할 주체가 아니고 설명을 들을 대상으로 지역의 목소리를 치부하는 것이다.

주권은 누구에게 있는가. 주권의 경계는 누가 결정하는가. 주권과 관련해 오랫동안 논의되어왔던 주제다. '강정 해군기지'와 '민군복합형관광미항'. 이것은 단순한 명명의 차이에 그치지 않는다. 어떻게 부르고, 어떻게 규정할 것인가를 둘러싼 권력의 대결이다. 어떤 언어를 선택할 것인가, 그리고 어떤 언어를 거부할 것인가. 여전히 현재형인 강정에서 우리는 어떻게 말을 할 것인가.

무기력과 냉소를 뚫고 가기 위해서

사실 지역에서 싸움을 계속하는 일은 쉽지 않다. 반대의 목소리를 조직하는 일도 쉽지 않지만 좁은 지역사회에서 이리저리 얽힌 인간관계에서 오는 압박도 만만치 않다. 싸움은 지루하고 성과는 더디다. 강정만 해도 그렇다. 이미 해군기지는 준공되었다. 현실적인 상생 대책을 바라는 주민들도 있다. 해군기지 주변에는 원룸과 빌라가 들어서고 있다. 해군을 상대로 한 지역 상권도 형성되는 모양새다. '군사기지 없는 제주'를 원하는 목소리들은 몽상주의자들의 한가로운 외침으로 치부된다. 비자림로, 제2공항 등 현안은 쌓여가고 동력은 많지 않다. 여전히 싸워야 할 이유는 차고 넘치지만 그들과 싸우는 일보다 무기력과 냉소를 견디는 일이 더 어렵다.

지역이 지역의 언어로 말한다는 것은 무슨 의미일까. 서울과 다른 의견을 내고, 주장을 외치는 것만은 아닐 것이다. 언어는 단순히 의사를 전달하기 위한 수단이 아니기 때문이다.

언어는 기억이고 행동이다. 시간을 견뎌온 언어의 흔적이 우리가 딛고 있는 땅의 기억이다. 파울 첼란Paul Celan은 한 문학상 수상 소감에서 언어는 모든 것이 상실되어버린 시대에도 남아 해답을 찾을 수 없는 불능의 역사를 뚫고 갔다고 말한 바 있다.

전쟁은 인류가 저지른 참혹한 범죄였다. 윤리와 존엄은 무참히 짓밟혔다. 도대체, 왜. 이런 당연한 질문들조차 통용되지 못했던 시대를 살아온 파울 첼란에게 언어는 무기력하기 짝이 없었는지 모른다. 심장을 관통하는 총알 앞에서 말이 얼마나 나약한 비명인지 누구보다 처절하게 보았을 것이다. '그럼에도 불구하고' 그는 말한다. '그럼에도 불구하고', 여전히 언어는 남았다. 모든 것이 없어져 버린 상실의 시대에 여전히 남은 것은 언어였다.

하지만 언어는 어떤 답도 주지 않았다. '도대체, 왜.' 그 당연한 질문에 대한 답을 찾을 수 없는 그 무기력의 시간을 뚫고 파울 첼란은 시의 언어를 쏘아 올렸다. 시를 쓰는 일이 "초월하는 것이 아니라 시간을 뚫고 무엇을 붙들려고 하는 것"이라는 그의 고백은 이런 이유 때문이었다.

우리의 언어가 있어야 할 자리가 무기력과 냉소가 아니라면 우리는 어떤 말을 해야 할까. 파울 첼란이 말한 것처럼 '그럼에도 불구하고', 우리는 어떤 언어를 쏘아 올려야 할까. 해답을 분명하게 말할 수는 없다. 답은 찾아야 하는 과정이지, 결과가 아니니까.

하지만 이것만은 분명하다. 지역이 지역의 목소리를 가지기 위해서는 유사 서울이 되는 욕망의 언어가 아니라 '지금 여기', 내가 딛고 서있는 이 땅의 흔적을 기억할 수 있는 언어가 무엇인지 스스로에게 물어야 한다. '초월이 아니라 시간을 뚫고 가는 것'이라는 파울 첼란의 통찰은 지금, 우리의 언어가 무엇을 지향해야 하는지를 알려준다. 지금을 넘어서지도, 지금을 외면하지도 않고, 지금을 뚫고 가는 발화, 그것이 비명이든, 외침이든, '지금 여기'의 신체로 외치는 나만의 함성.

그것은 바벨탑을 쌓으려는 욕망이 아니라 탑을 무너뜨리는 용기이며, 그래서 수많은 이질적 언어들을 두려워하는 것이 아니라 오히려 다른 목소리들의 존재와 차이를 바로 보는 응시이다. 같아지는 것이 아니라 서로의 차이를 끊임없이 드러내기 위해서 지역이 지역의 언어로 계속 말해야 하는 이유도 여기에 있다. 그 다름을 찾기 위해 지금 당장 할 수 있는 일은 무엇일까. 그 시작은 서울의 목소리로, 서울에 대한 욕망을 버리는 단호한 결별이다. 그래서 '우리는 그렇게 말하지 않는다'라고 말할 수 있는 당당한 선언. 그렇다, 그것이면 된다.

제2공항 건설 계획은 국책사업이라는 이름의 폭력이었다. 성산읍 온평리 제2공항 반대 깃발 ⓒ김동현

2018년 8월 비자림로 확장공사로 수백 그루의 삼나무가 잘려나갔다. ⓒ김동현

15

다시 윤리를 묻는다

1

혐오의 언어가 난무한다. 허위와 거짓과 선동의 칼날이 번뜩인다. 모욕과 혐오는 표현의 자유로 포장되고 날것의 욕망들 앞에서 부끄러움은 낡은 시대의 언어가 되어버린 듯하다. 반대의 깃발을 높이 드는 것이 자신의 정체성을 증명하는 일이 되어버렸다. 옳음이 아니라 유명有名이 자산이 되어버리고, 사유가 사라진 자리에는 편향의 언어가 가득하다. 부조리의 한 시절을 견디면서 누군가는 희망도, 낙관도, 미래에 대한 전망도 보이지 않는다고 말한다.

그러나 생각해보면 세상은 늘 선의 힘으로 돌아가지 않았다. 위선과 위악이 뒤섞이고, 거짓과 진실이 얽혀있었다. 삶은 혼돈의 외부가 아니라 회색의 대지에서 자라는 악다구니였다. 살아야 해서, 살기 위해서 때로는 더러운 진창을 걸어야 하는 선택이기도 했다. 시정의 혼란을 고고한 언어로 비판하는 것은 오히려 쉽다. 환멸의 손가락질만큼 안전한 것도 없다. 냉소만큼 손쉬운 방패도 없다. 그것은 관전의 시선이자 무기력한 환호성이다. 하지만 오늘도 회색의 대지를 견뎌야 하는 존재들은 여전하다. 명쾌한 흑백의 언어들이 서로를 비판의 숙주로 삼아 동거하는 사이에도 진창의 삶은 어김없이 계속된다.

　새는 좌우의 날개로 나는 것이라고 했지만 생각해보면 날개조차 없는 존재들도 있다. 공중으로 향한 비상마저 사치였던 이들도 있다. 부리조차 없는 몸으로 대지를 쪼아야 하는 삶들도 있었다. 날갯짓 한번 제대로 못 한 채 어두운 대지를 걸어야 하는 이들도 있다. 높이 오르는 이들의 눈에 그들의 꿈틀거림이 보일 리 만무하다. 공중의 언어는 그들을 호명하지 않고, 수직으로 치솟는 도약은 마땅한 권리들마저 외면한다. 높이 나는 새들의 고요한 비상은 대지의 소란을 외면했기 때문이다.

　매끈한 비상이 아니라 울퉁불퉁한 대지를 끝내 기어가야 한다면 우리는 무엇을 해야 할 것인가. 환멸과 무기력으로 안녕을 말하는 도약이 아니라 현실의 모순을 관통하는 몸부림이 필요하다면 우리는 어떤 언어를 벗해야 하는가.

　파울 첼란은 모든 것이 상실되어버린 시대에도 언어는 남아 있었다고 말한 바 있다. 윤리를 따지는 일이 사치였던 유대인 수용소에 살아남은 그였다. 죽음의 시간을 견뎌야 했던 그는 해답을 찾을 수 없는 불능의 역사를 언어의 힘으로 뚫고 갔다고 고백했다. 그의 말에서 중요한 것은 '그럼에도 불구하고'였다. 언어가 해답을 주지 않더라도, 끝내 남아있는 언어를 붙들 수밖에 없었다는 그의 고백은 언어가 고통을 외면하는 초월이 아니라 끝내 붙들고 대면해야 하는 대결의 도구임을 보여준다. 언어의 외부에서 해답을 찾는 것이 아니라 언어 속에서 보이지 않는 답을 찾아 헤매는 고된 몸부림. 무정한 외면 앞에서도 아득바득 기어가야 하는 꿈틀거림. 무너지고, 꺾이고, 피 흘리더라도, 끝내 진창의 대지로 수렴되는 지독한 회귀.

공중의 비상은 언제나 화려하다. 그것은 시정의 아우성이 들리지 않는 화려한 고요다. 자아의 내부로 침몰하는 외면이며, 타자와의 응대를 거부하는 날갯짓이다. 그들이 혐오와 모욕을 아무렇지 않게 던지는 이유도 여기에 있다. 그들은 자신들이 내뱉는 언어가 자기를 공격하지 않는다는 사실을 안다. 지극히 안전한 공중에서 그들은 그들만의 비상으로 거대해진다. 하지만 지극히 당연한 중력의 물리物理 앞에서 찬란한 비행이 계속될 수는 없다. 자신의 날개를 집어삼키는 비대한 자아의 결말은 추락일 뿐이다.

2

누군가는 말한다. 싸워야 할 대상이 명확했던 그 시절이 차라리 행복했다고. 지금은 싸워야 할 대상도, 분노로 가득 찬 주먹을 휘둘러야 할 세상도 복잡해졌다고 한다. 세상은 요령부득이고 모든 것이 빠르게 변해버렸다고 고백한다. 무망한 시절을 견디는 일이 쉽지 않다고 말한다. 전망부재의 현실은 어쩌면 눈을 감은 자들의 초라한 변명인지도 모른다. 오랜 시간 감아있던 눈을 뜨는 것이 두려운 도피인지도 모른다. 아무도 악의 편이 아니라고 말하지만 세상은 점점 악의 얼굴로 변하는 이유는 무엇일까. 낯선 우연을 거부하는 자기 검열이 암막처럼 드리운 땅에서 우리는 차라리 어둠 속에서 비상하고 싶은 것은 아닐까.

전쟁의 포화가 점점 커져가고, 폭력이 피할 수 없는 현실이 되어버렸을 때 벤야민은 자신의 유년시절을 기억하며 글을 썼다. 그것은 도피가 아니었다. 세계가 왜 몰락해갔는지, 그리고 희망은 과연 어디에 있는지를 찾기 위한 탐색이었다. 누군가의 말처럼 '붕괴와 희망을 동시에 바라보기 위한' 싸움이었다.

첨단의 불빛들이 날카롭게 빛난다. 지구를 벗어나 우주로 팽창하는 욕망들의 경쟁이 치열하다. 모두가 빛나고 싶어 하고, 모두의 관심이 돈이 되는 지금이다. 눈을 뜨고 감을 때까지 온갖 정보들이 쏟아진다. 알고리즘의 '친절한 안내'를 받으며 영상들이 춤을 춘다. '당신이 봐야 할 정보가 아직 더 남아있다'는 무한 반복의 공지가 버거울 정도다.

하지만 '능력주의'로 포장되는 불공평은 여전하고, 지금도 우리 곁으로 돌아오지 못하는 노동자들이 있다. 매해 2천 명이 넘는 우리의 이웃들이 퇴근하지 못하고 세상을 떠나고 있다. 통계에 집계되지 않은 노동자들까지 더하면 출근이 곧 죽음이 되어버리는 우리의 이웃들은 더 많다. 만 2년 동안 코로나19 사망자가 6천 명이 조금 넘는다. 노동의 현장은 언제 죽음의 감염이 번질지 모르는 일상이다. 친절한 미소 뒤에서, 화려한 유니폼에 가려진 노동은 여전한데 아무도 가난을 이야기하지 않는다. 화려한 비상을 견주는 공중의 대결이 난무할수록 노동은, 가난은 눈에 보이지 않는다. 죽어서야 겨우 보이고, 죽어서도 보이지 않는다.

여전히 읽고 쓰는 일이 유효한가. 이렇게 질문하는 이들도 있다. '무엇을 할 수 있을 것인가'를 묻지 않고 '무엇을 할 수는 있는 것인가'를 회의하는 반문이다. 점점 망가져가는 세상에 대해 던지는 환멸의 심정을 모르지 않는다. 하지만 환멸의 언어로는 아무것도 할 수 없다. 세계가 붕괴되는 현실을 지켜보면서 글쓰기를 멈추지 않았던 벤야민이나, 인간의 존엄이 망가지는 순간에도 끝내 언어를 붙들었던 파울 첼란은 환멸의 길을 거부했다. 읽고 쓰는 일이 아무런 해답을 주지 않는다고 하더라도, 말을 붙들고 글을 만드는 순간이 세계의 폭력을 멈출 수 없다고 하더라도, 그들은 끝내 읽고, 썼다.

쾌도난마 같은 해답은 없다. 해답은 계속되는 질문으로 찾아야 하는 과정일 뿐이다. 무기력한 언어를 붙들고 질문을 멈추지 않는 길에서 만나게 되는 우연한 결과이다. 어둠이 짙은 것은 우리가 눈을 감고 있어선지 모른다. 어둠에 익숙해져버려 눈을 뜰 용기가 사라진 것인지도 모른다. 안전한 오늘이 위태로워질까 봐 질문을 던지지 않는 것인지도 모른다. 회피와 외면의 욕망 사이에서 읽고 쓰는 일마저 없다면 어떻게 될 것인가. 여전히, 그래도, 그럼에도, 읽고 써야 한다면 우리는 어떤 길을 걸어가야 할 것인가.

생각해보면 문학은 죽은 자들의 이름을 부르는 것에서 비롯되었다. 그것은 낯익은 어둠을 거부하고 보이지 않는 이들을 바라보는 응시였다. 보이지 않고, 들리지 않는 목소리를 들으려는 몸부림이었다. 시정의 혼란 속으로 기꺼이 다가가는 걸음이었다. 불러주지 않아서, 보이지 않아서, 그들의 입이 되고, 그들의 몸이 되었던 시간들이었다. 알베르토 망겔의 표현을 빌리자면 그렇게 문학은 "시민적 행위로서의 기억"이 되어갔다. 그러한 기억은 때로는 "반역과 진실로 안내하는 길잡이"이자 "과거와 미래를 동시에 체험하는" 경험이기도 했다. 내일의 태양을 만나지 못하더라도 오늘을 위태롭게 만드는 전복이었다.

희망이 보이지 않는다면 우리가 익숙한 어둠에 갇혀있기 때문은 아닌지 의심해봐야 한다. 낯선 우연을 두려워하는 것은 아닌지 회의해야 한다. 눈을 감고 부조리의 악다구니를 냉소하는 것만큼 쉬운 일은 없다. 읽고 쓰는 일마저 시정의 혼란을 외면한다면 우리는 타락의 방조자가 될 수밖에 없다. 아무도 악이 아니지만 모두가 악인이 되어버리는 순간이 오지 말라는 법이 없다. 그러니 이제 필요한 것은 어찌 보면 목적이 분명한 걸음이 아니라 어디로 갈지 모르는 우연한 헛디딤이라는 생각이 든다. 소란을 외면하고 귀를 막아 자아의 내부로 침잠하는 것이 아니라 진창으로 넘어지는 '헛발질'을 해야 한다. 김수영이 이야기했듯이, "나타懶情와 안정"을 뒤집기 위해서라도 우선

익숙한 길에서 내려와야 한다.

3

또 한 계절을 견디며 한강의 『작별하지 않는다』를 거듭
읽었다. 80년 광주의 시간과 마주했던 그가 제주4·3을 다뤘다
고 해서 화제가 되기도 했지만, 이 소설에서 흥미롭게 읽은 대
목은 따로 있다. 그것은 주인공 경하가 친구 인선의 목공방으
로 가게 되는 과정을 그린 부분이었다. 옛 기억을 더듬어 인선
의 목공방을 짚어 가던 경하는 "폭이 다른 세 갈래의 길"과 마
주한다. 분명 자신의 기억 속에는 두 갈래의 길이었다. 기억과
다른 길 앞에서 경하는 세 갈래의 길 중에서 "가장 폭이 넓은
길"을 선택한다. 하지만 경하는 곧바로 "발이 닿지 않는 눈더미
속으로 미끄러져" 정신을 잃고 만다. 눈보라 속에서 의식을 찾
았을 때 경하는 자신이 "길이 아니라 건천"에 빠진 것을 알아
차린다. 방향을 가늠할 수 없는 길로 빠져버린 경하는 "최소한
길을 잘못 들었던 것은 아니"었다고 생각하지만 그 한순간의
헛디딤은 경하의 시간과 인선의 시간, 그리고 인선의 어머니가
겪었던 그해의 시간을 동시에 소환하는 계기가 된다. 이를테면
다음의 대목들.

물은 언제까지나 사라지지 않고 순환하지 않나. 그렇다면 인

선이 맞으며 자란 눈송이가 지금 내 얼굴에 떨어지는 눈송이가 아니란 법이 없다. 인선의 어머니가 보았다던 학교 운동장의 사람들이 이어 떠올라 나는 무릎을 안고 있던 팔을 푼다. 무딘 콧날과 눈꺼풀에 쌓인 눈을 닦아낸다. 그들의 얼굴에 쌓였던 눈과 지금 내 손에 묻은 눈이 같은 것이 아니란 법이 없다. 133쪽

이 섬뿐 아니라 오래전 먼 곳에서 내렸던 눈송이들도 저 구름 속에서 다시 응결할 수 있지 않나. 다섯 살의 내가 K시에서 첫눈을 향해 손을 내밀고 서른 살의 내가 서울의 천변을 자전거로 달리며 소낙비에 젖었을 때, 칠십 년 전 이 섬의 학교 운동장에서 수백 명의 아이들과 여자들과 노인들의 얼굴이 눈에 덮여 알아볼 수 없게 되었을 때, 암닭과 병아리들이 날개를 퍼덕이는 닭장에 흙탕물이 무섭게 차오르고 반들거리는 황동 펌프에 빗줄기가 튕겨져 나왔을 때, 그 물방울들과 부스러지는 결정들과 피 어린 살얼음들이 같은 것이 아니었다는 법이, 지금 내 몸에 떨어지는 눈이 그것들이 아니란 법이 없다. 136쪽

한순간의 헛디딤이 없었다면, 건천으로 미끄러져 쓰러지는 우연이 없었다면 경하는 자신의 몸에 내리는 눈의 의미를 생각할 수 있었을까. 매서운 겨울에서, 길 아닌 길, 하천 아닌 하천에 넘어져서야 경하는 눈의 순환을, 시간의 동시성을 비로소 차갑게 각인한다. 광주의 시간과 제주의 시간이, 칠십 년 전 제주섬 땅에서 있었던 시간들을 동시에 체험하는 순간, 경하는

오늘의 자리에서 어제의 목소리를 들을 수밖에 없다. 다섯 살의 첫눈이, 서른 살에 천변을 달리며 맞았던 소나기가, 언 땅에서 쓰러져 죽은 사람들의 한 많은 얼굴에 쌓이던 눈송이들이 다르지 않다는 사실을 깨닫는 순간, 그의 몸은 이전과 달라질 수밖에 없다.

보이지 않던 것들을 보고, 들리지 않던 목소리를 듣게 되는 경하의 변화가 우연한 미끄러짐에서 비롯되었다는 사실은 의미심장하다. 수백 년, 수만 년을 순환하며 '다시 응결하는 눈'처럼 오늘은 어제의 기억과 내일의 전망을 동시에 뭉쳐야 하는 순간인지 모른다. 그것은 시간이 늘 어제로 사라져버리는 것이 아니라는 깨달음이자 오늘이 어제와 내일로 함께 범람하고 있음에 대한 자각이다.

읽고 쓰는 일은 어쩌면 오늘의 자리에서 어제의 목소리를 듣는 일인지도 모른다. 오늘을 살아가되 어제의 존재들을 응시하는 눈을 잃지 않는 대면인지 모른다. 물이 영원의 순환을 계속하듯 기억도 영원히 반복된다. 철학자 박동환은 『X의 존재론』에서 "영원은 현재와 떨어져서 흐르는 시간 저편에 머물러 있는 불변의 것이 아니다"라고 선언한 바 있다. 우주 탄생의 순간부터 계통발생의 기억까지 한 생명체에 각인된 기억이 개별적 주체에 한정되는 것이 아니라고 설명하면서 그는 '영원의 기억'이라는 개념을 사용한다. '영원의 기억'이라는 말 앞에서 불과 70년 전의 일은 찰나에 불과하다. 오늘을 살아가는 '나'는 '우리'를 만나면서 어제를 마주한다. 과거의 몸이 사라지면 기억이 소멸되는 것이 아니다. 기억은 기억의 힘으로 여전히 계속되는 오늘을 산다.

한강의 소설은 4·3만을 이야기하지 않는다. 이 소설이 정작 주목하고 싶었던 것은 기억의 목소리에 귀 기울이는 상처받은 자들이었다. 경하가 인선의 이야기에 귀 기울일 수 있었던 것도, 인선이 어머니의 기억과 마주할 수 있었던 것도 그들이 상처받은 몸이었기 때문이다. 목공장에서 실수로 손가락이 절단된 인선은 고통의 순간에 경하의 소설을 떠올린다. "거기 나오는 사람들"과 "그 비슷한 일이 일어났던 모든 곳에 있었던 사람들"을 기억해낸다. "총에 맞고 / 몽둥이에 맞고 / 칼에 베어 죽은 사람들"을 떠올리며 인선은 "손가락 두 개가 잘린" 고통보다 더한 고통을 겪어야 했던 그들의 아픔에 뜨겁게 공명한다. 인선이 그렇게 경하를 불러내고, 경하가 인선의 목공장에 남겨진 새를 돌봐야 한다는 이유로 제주로 향했을 때 소설은 들리지 않는 자들의 목소리들을 우리 앞에 들려준다.

경하가 인선의 목공장을 찾기 위해 들어섰던 길에서 만난 "세 갈래의 길"을 생각해보자. 소설은 기억과 망각이라는 두 갈래의 길이 아니라 기억과 망각의 '사이'에 놓여 있는 낯선 길을 제시한다. 기억과 망각만이 아니라면 과연 우리는 어떤 사이에서 서성여야 하는 것인가. 이 계절 소설을 읽는 일은 어쩌면 흑백의 선명함이 아니라 회색의 그림자로 들어가기 위한 하나의 선택인지도 모른다.

4

읽고 쓰는 일마저 질문을 던지지 않는다면 어떻게 될 것인가. 가뜩이나 질문이 불필요한 시대다. '오징어 게임' 같은 경쟁에서 '왜'라는 질문은 사치다. 게임의 룰을 지적하는 순간, 아웃이다. 그러니 묻지 않고, 따지지 않고 달리는 것이 미덕이 되어버렸다. 주식이니, 코인이니 하는 말이 아무렇지도 않다.

질문이 필요하지 않은 사회, 질문을 던지지 않는 사회는 맹목이다. 눈을 감으니, 목소리가 들릴 리 없다. 자기언어의 무한복제만 넘쳐난다. 읽고 쓰는 일이 질문을 던지는 일이라면, 우리는 어느 자리에 서 있어야 하는가. 첨단의 시대, 관심이 돈이 되는 시대, 여전히 문학의 이름으로 불러야 하는 존재들이 있다면 우리는 무엇을 해야 하는가. 자본의 동판에 기재되지 않는 이름들은 여전한데 읽고 쓰는 일이 과연 그들의 이름을 외면하는 게 옳은 태도일까. 이렇게 말하면 '낡은 리얼리즘'으로 돌아가야 한다는 주장쯤으로 받아들이는 이들도 있다. '리얼리즘'이 아니라 '리얼'의 민낯과 대면하자는 말이다. 세상이 망해간다며 환멸과 냉소의 손가락질만 하지 말고 읽고 쓰는 일의 윤리를 따져보자는 말이다. 상처받은 몸으로 우리의 오늘을 어제와 오늘의 기억으로 충만하게 채워보자는 말이다. 그렇게 기꺼이 시정의 혼란에서 진창을 뒹굴게 되더라도, 그 우연한 '헛발질'을 멈추지는 말자.